時代小説

紅《ぐ》蓮《れん》の狼

「青嵐の馬」改題

宮本昌孝

祥伝社文庫

目次

白日の鹿

一

籠城方も攻城方も、初秋の風にへんぽんと翻《ひるがえ》る旌旗《せいき》の紋は、五つ木瓜《もっこう》。同族の争いであることは、一目瞭然であった。

城下のあちこちから黒煙が立ち昇っているのは、寄せ手の放火によるものであろう。

寄せ手の中に一頭、燦然《さんぜん》と輝く黄金の馬がいる。と見えたのは、面・平頸《ひらくび》・胴に金の板を縫い付けた馬鎧のためであった。

その鞍上にあって、紅《くれない》筋《すじ》の頭巾《ずきん》に馬乗り羽織姿の人は、金で箔をつけずとも、おのずから名状し難い輝きを放つ若武者であった。

見る者に息を呑ませるほど冴え冴えとした双眸《そうぼう》が、この男の表情の特徴であろう。そこから、清々しさをおぼえて魅了されるか、あるいは冷酷さを感じて戦慄するか、それはこの男との関わり方による。この男に謀叛《むほん》した城方の人々は、戦慄し、絶望しているに違いない。

「鬨《とき》をつくれい」

男の甲高い下知《げち》の声は、寄せ手の端々まで達した。

「えい、えい、おう」

左の陣が声を揃える。

「えい、えい、おう」

右の陣もすかさず応じた。

織田上総介《かずさのすけ》信長は、黄金の馬の手綱を、ぐいっと引き寄せた。

寄せ手の鬨の声は、城内の女たちにとって、矢雨を降らされたようで生きた心地がせぬ。すわ城攻めかと恐怖し、主殿の奥の部屋にかたまっていた女たちは、悲鳴をあげて右往左往しはじめた。そこに、

「お鎮《しず》まりなされませい」

凛々《りんりん》と響きわたる叱声がとばされた。女たちの身の慄《ふる》えを止めてしまうに充分な力

強さがあった。

声の主も、また女である。艶やかな垂れ髪に白鉢巻をつけ、白小袖の上に真紅の腰を巻いて、帯へは白柄の脇差、右の腕《かいな》の下には薙刀《なぎなた》を掻《か》い込むという、健気《けなげ》な出で立ち。

城暮らしの上流婦人といえば、色白、細眼、豊頬《ほうきよう》が、容貌の典型ともいえるが、このいくさ支度をととのえた乙女ばかりは違う。やや浅黒い膚《はだ》に、栗の実のような眸子と、下膨れでないすっきりした頬をもっており、さながら山野を駈ける牝鹿を想わせる。

「あの鬨は、城攻めの合図にあらず。清洲《きよす》殿の威嚇にすぎませぬ」

牝鹿は、断言した。清洲殿とは、信長のことをさす。

ほかの女たちは、押し黙って、耳をすませた。たしかに、鬨がどっと上がったあとに、鳴物も鳴らず、矢叫びも起こらず、城外は粛《しゆく》として音を発せぬ。

女たちは、ひとまず安堵の吐息をついた。

この尾張愛智郡の末盛《すえもり》城に籠もるのは、織田勘十郎信行《のぶゆき》。信長の同腹の弟である。

先君信秀《のぶひで》以来の重臣たちから、うつけ者と陰口を叩かれる信長と違い、勘十郎は、幼少時より利発で穏やか、折り目正しく、織田家の行く末を託すのはこの若者であるとみられていた。生母土田御前《どたごぜん》の鍾愛《しょうあい》もひとかたではない。

勘十郎が、那古野《なごや》城主の林通勝《みちかつ》と、織田家きっての猛将柴田勝家に担がれて、信長に叛旗を翻し、その居城の清洲城攻略へ向かったのは、一昨日のことであった。通勝は、平手政秀《ひらてまさひで》とともに信長の傅役《もりやく》までつとめた宿老である。ところが、大雨が降ったために、この末盛勢は、増水した於多井《おだい》川の手前で立ち往生した。

対する信長は果敢であった。昨日、清洲より疾風のように打って出て、濁流を押し渡り、自軍に倍する末盛勢を散々に斬り崩したのである。このとき、信長みずから、末盛城下通勝の舎弟林美作守《みまさかのかみ》を討ち取っている。

末盛勢は潰走《かいそう》し、勘十郎は城へ遁《に》げ戻った。そして本日、勝ちに乗じて、末盛城下を焼き払った清洲勢に包囲された。

もはや林通勝も柴田勝家も恃《たの》むことはできぬ。勘十郎以下、末盛城の人々は、信長の攻撃がいつ始められるか、と猛禽に狙われた小動物のごとく怯《おび》えているのであった。

「これは皆さま、お揃いにござるな」

そう言いながら、小具足《こぐそく》姿の男がひとり、女たちの部屋へ入ってきた。

「おお、津田どの」

「八弥《はちや》さま」

女たちのおもてに、一様に生気が戻る。中には、この危急のさいに、乱れた髪を手で撫でつける者もいた。女たちをそうさせずにはおかぬほど、津田八弥は白皙《はくせき》の美男であった。

「やあ、勝子どのの勇ましきこと」

八弥は、牝鹿を想わせるいくさ支度の乙女へ、微笑を向ける。城の女たちは、この笑顔に陶然となってしまうのである。

だが、勝子は違う。

(柔弱者《にゆうじやくもの》)

それが八弥に対する印象であった。

聞くところによると、八弥は、もとは百姓の子だったのを、その女と見紛《みまご》う美しさが勘十郎の眼にとまって近習となったそうで、そのため武芸はからきしで、もっぱら口先だけで仕えているといわれている。

こういう男が国を傾けるのだ、と勝子には苦々しいばかりであった。

「武芸達者の勝子どのがおられるからには、皆さまもさぞお心強いことであろう」

女たちは、いちど頼もしげに勝子を見やってから、その笑みを八弥へ向ける。勝子が頼もしいというより、八弥の口から発せられた言葉を愛おしむ風情であった。

勝子は、しかし、にべもない。

「津田どの。ご用向きは」

きつい口調と、挑むような視線を送った。

「か、勝子どの。何もそのような怖いお顔をなさらずとも……。それがしは、敵ではない」

「非常のときにござりまする。何事も迅《はや》きを旨《むね》となされませ」

「いや、その……。あるいは、和睦の運びとなるやもしれぬので、それを伝えにまいった」

たちまち、女たちの歓声があがる。

「まことに」

「いくさをせずともよいので……」

「信じてよろしいのでござりまするな」

口々に言う女たちへ、八弥は、れいの微笑を返す。

「ご安堵なされよ、皆さま」

両腕をひろげて、幾度も頷いてみせた八弥だが、

「津田どの」

勝子の叱咤に、びくっとする。

「なるやもしれぬ。津田どのはいま、そう仰《おお》せられた」

「そ、そう申したかの」

「仰せられた。なるやもしれぬと、なったとでは、あまりに隔《へだ》たりがありましょう。女子《おなご》衆を糠《ぬか》よろこびさせるようなお言葉は、お慎みなされませ」

「勝子」

と老女が眉をひそめて意見する。

「殿のお側近くにお仕えする津田どのが、和睦と申されたのじゃ。お城の奥を守るわれらが、これを信ぜずして、何といたす」

「お言葉にてはござりまするが……」

勝子は、一歩も退《ひ》かぬ。

「清洲殿は先君のご葬儀において、ご仏前へ抹香をお投げあそばしたような、粗暴の御方。とてものこと、殿をお赦《ゆる》しにはなられますまい」

「いや、勝子どの……」

八弥が、おそるおそる口を挟む。

「和議は、土田御前の強き思《おぼ》し召《め》しにござれば、まさかに信長さまも無下《むげ》にはなされまいよ」

三郎信長・勘十郎信行兄弟の生母の土田御前みずから、和睦の使者に立ち、城外の信長の陣へ向かったという。

これを聞いて女たちは、心からほっとしたようであった。いかに粗暴の信長でも、母の懇望を突っぱねるのは難しかろう。

「勝子どの。しばし、あちらへ」

八弥が、勝子の両肩へ手をおき、ぺこぺこしながら、廊下へ押し出す。

「何をなされまする。お手をお放しなされませ」

「もそっと、もそっと」

八弥は、意外に強引であった。そのまま勝子を、別の部屋へ伴《つ》れこみ、いきなり床へ両掌をついた。

「津田八弥、勝子どのに願いの儀がござる。ぜひとも、お聞き届け下されたい」

それまでのへらへらした表情とはうってかわり、真剣な面持ちであったが、

「おことわり申し上げまする」

勝子は、ぴしゃりとはねつけた。

「まだ何も申しておらぬ」

「何事であれ、あなたさまとは関わりとうはございませぬ」

「勝子どのの武芸を見込んでお頼み申す」

その一言に、勝子は一瞬、興味を湧かせた。

「わたくしの武芸を……」

勝子の武芸は、文字通り、男勝《まさ》りである。

この春、勘十郎夫人が寺参りへ出掛け、参道をすすんでいたとき、槍を振り回す牢人者が供先に立ちはだかった。狂人であった。

狂人というのは、思わぬ力を発揮するもので、供侍が二人、たちまち突き殺され、皆は恐慌をきたした。

勝子は、供侍の腰から脇差を抜きとるや、鋭い突きを躱《かわ》して、牢人者の手許《てもと》へ跳び込み、その右の手首から先を斬って落としたのである。あまりの鮮やかな手ぎわに、一同、しばし声もなかった。

「左様。万一のとき、それがしの首を刎《は》ねていただきたいのでござる」

勝子は、瞠目した。柔弱者の口から、おのが首を刎ねてもらいたいなどと、まったく予想だにせぬ言葉が出てきたからであった。

だが、万一とは、どういうことか。和睦が成立せず、信長の城攻めが始まったときのことであろう。それしかない。

つまり、八弥は、敵と刀槍を交えるほどの勇気はないので、どうせ死ぬのなら少しでも恐怖の時を短くしたい。そう考えたのだ、と勝子は思った。

(なんと女々《めめ》しい……)

武士ならば、敗《ま》けいくさと分かったとき、華々しく一戦交えたあとに、従容として死に臨むものであろう。

勝子は、むかむかしてきた。

そうとも知らず、八弥はつづける。

「それがし、不肖の身で、もったいなくも殿のご寵愛をうけており申す。ために、万一の場に至ろうとも、お歴々には、刀の穢《けが》れと、わが首を刎ねてはいただけぬ。となれば、末盛城中において、この儀を頼みまいらせるは、勝子どののほかにはおらぬ」

「わたくしならば、女ゆえ、あなたさまの首を刎ねても、刀の穢れにならぬ。そうご思案なされましたのか」

勝子の声が、憤怒で微《かす》かに震えた。

「そうではござらぬ。それがし、勝子どのに首刎ねていただければ、本望と思うた」

「本望……」

勝子は、苛立ったように、眉間《みけん》にしわを寄せる。この男は何を言っているのか。

「好いた女子《おなご》の手にかかりたい」

ほとんど叫ぶようにして、八弥は告白した。

勝子は、八弥が言ったことの意味を、すぐには理解できず、しばし、茫然とする。

好いた女子とは誰のことか、と他人事《ひとごと》のように思った。

そのとき、おもてからの使者であろう、廊下に慌ただしい足音がして、女たちの籠もる部屋の前で止まった。

「和睦がととのい申したぞ」

その弾んだ声が、勝子と八弥のいる一室まで聞こえてきた。

女たちの歓声が迸《ほとばし》る。次いで、安堵のあまりであろう、泣き声も混じった。

「ようござりましたな、津田どの」

侮蔑も露《あら》わに、勝子は言った。

「よかったあ……」

八弥は、勝子の蔑《さげす》みも気にならぬげに、ほうっと肩の力を抜いた。

が、裾《すそ》を払って立ち上がろうとした勝子を、しばらく、と八弥は押し止める。

「まだ何ぞ用がござりまするのか」

それでも八弥は、しばらく、しばらく、しばらくと繰り返した。

（まあ……）

勝子は、あきれた。しばらくの一言を繰り返しながら、八弥が小具足を解き始めたからである。いくさが回避されたと知るや、なんという変わり身の早さであろうか。

ところが、上を膚着姿にしたところで、何を思ったか、八弥は、胡座《あぐら》から正座へと直り、脇差を抜いた。

「では、勝子どの……」

「何の真似にござりまするか」

「介錯《かいしゃく》をお願い申したはず」

穏やかに言って、八弥は膚着の衿《えり》を帯の下までくつろげた。覚悟しきった風情《ふぜい》である。

「何を仰せられまする。お使者のお言葉を、あなたさまもお聞きになられたはず。和睦がととのうたのでござりまするぞ」

「なればこその切腹」

と八弥は、宣言するごとく吐いた。

「わけをお聞かせ下さりませ」

「わけは、ほどなくお分かりになる」

刀身に懐紙を巻きつけた八弥は、これを逆《さか》しまに、切っ先を腹へ向けた。

「死に臨んで、勝子どのと二人きりのひとときを持てたは、津田八弥、しあわせ者にござる」

八弥は、破顔する。このうえなく、美しい微笑であった。

「まいる」

八弥の刀身を握る両手に力が籠められた瞬間、

「早まるな、八弥」

叫んで、跳び込んできた者がいた。

「殿……」

驚いた勝子は、その場に両掌をつく。主君勘十郎信行だったのである。

「そちの忠義の心、母上より聞いたぞ。わしは、何とよき家臣をもったことか……」

勘十郎は、八弥を抱き寄せたなり絶句し、嗚咽《おえつ》を洩らしはじめた。

「もったいなき仰せ」

八弥も、そうこたえただけで、あとは主君のぬくもりに身を委《ゆだ》ねるばかりである。

その君臣相和す姿に、勝子は胸を熱くした。事の次第は呑み込めぬが、津田八弥という若者の本性を、垣間見たような気がした。

二

簀《す》の子《こ》から立ち昇る湯気で、浴室は薄靄《うすもや》を流したようである。その温かい靄が、端座している白い曲線にまとわりつく。肉置《ししおき》は、豊かというより、伸びやかと形容すべきであろう。

勝子は、蒸されて噴き出す汗を、顔から腕、腕から胸へと、掌でゆっくり拭っていく。こんなときも、男の笑顔が心のうちから離れなかった。

（八弥さま……）

信長と勘十郎の和睦成立から、三ケ月経つ。

和睦の直後、勘十郎と柴田勝家は、土田御前に伴われて、清洲城へ詫びを入れにいった。両人とも墨衣姿であった。林通勝は、清洲には赴《おもむ》かず、那古野城で自決の支度を調《ととの》えていたが、信長より宥免《ゆうめん》の使者があって、これも事なきを得た。

実は、土田御前に仲裁を頼んだのは、八弥であった。

「殿のご謀叛は、それがし津田八弥がご寵愛をよいことに唆《そそのか》したものと、信長さまに言上あそばしまするように」

それを信長が信ずる信ぜぬは、問題ではない。勝者が和議を結ぶ気持ちをまったく持ち合わせぬのなら、敗者がどんな作り話をしたところで無駄だ。また、信長にその気があっても、敗者の勘十郎側から、それなりのきっかけを持ち出さねば、信長は和議の席に着かぬ。君側《くんそく》の奸《かん》の存在は、こういう場合のきっかけになりやすい。

和睦成立の条件として、敗者が君側の奸の首を差し出さねばならぬのを承知で、八弥は土田御前に願い出たのである。和睦が成ったと知ったとき、急ぎ勝子に介錯を迫ったのは、その忠義を完結せんとしたからであろう。

八弥は、土田御前に仲裁を頼んだ時点で、わが身を全《まった》き死者とみなしたといってよい。なぜなら、もし和議決裂となって城攻めが行われた場合でも、討死は眼に見えており、和戦いずれにても、八弥は死なねばならなかったからである。

これが柔弱者であろうか。

（わたくしは、何とあさはかな……）

のちに経緯を知らされた勝子は、おのが不明を慚《は》じ、同時に八弥の忠義の勁烈《けいれつ》さにうたれた。

土田御前は、しかし、城外の信長の陣へ出向いたさい、君側の奸の作り話を口にしなかったという。

「城攻めは、母をこの場にて討ち果たしてからになさるべし」

法体《ほったい》の土田御前は、信長の前で合掌、瞑目したのである。

「殿のおんため家臣が若き命を抛《なげう》たんというに、母である身なれば、なおさらのこと」

のちに土田御前は、勝子にそう語った。

八弥の忠義の申し出を知る者は、幾人もいない。

「切腹いたしてこその忠義」

と八弥自身が、勘十郎と土田御前の前で恥じたからであった。

家中には、八弥を口先ばかりの追従者と蔑む者が少なくない。そうした者がこの一件を知れば、八弥が結局は切腹しなかったことを嘲《あざけ》って、すべては見せかけにすぎなかったと言いだすに相違なかった。

これは、八弥もわきまえるところである。その気持ちを、土田御前と勘十郎も察して、口外を憚《はばか》ったのであった。

土田御前が勝子にのみ打ち明けたのは、八弥が介錯を頼んだという、それだけが理由ではない。

「勝子。八弥は、そなたを恋うておる」

そのときにはすでに、あの八弥の真っ直ぐな告白を、幾度も心の中で反芻《はんすう》していた勝子である。土田御前の言葉に、総身を火照《ほて》らせた。

だが、八弥からは、介錯を頼まれたあの日以来、何の音沙汰もなかった。以前には、よく奥へ出入りしては女たちをからかっていたのに、そういうこともなくなった。さりとて、勝子に書状《ふみ》一通寄越《よこ》すでもない。

たまに庭ですれ違うことがあるが、その場合も、八弥は目礼を送るのみで、声をかけてはくれなかった。

勝子は、もどかしく、切なかった。そして、哀しかった。

（八弥さまは、わたくしをおきらいになられた……）

無理もない、と自分でも合点がいく。あの日、和睦を口にした八弥を軽々しいと罵《ののし》り、あなたさまとは関わりたくないと突っぱね、剰《あまつさ》え、愛の言葉をそれと理解できなかったのである。そんな女を、八弥がいつまでも好いてくれるはずがないではないか。

まして八弥は、家中きっての美男。契りを交わしたいと恋い焦がれている女は、幾人もいる。もはや、取り返しがつかぬ。

（わたくしは、またしても……）

勝子のあごから、汗が滴《したた》り落ちる。すっかり逆上《のぼ》せた顔つきだが、哀しい物思いに耽《ふけ》る勝子は、浴室にいることを忘れているかのようであった。

またしても恋は成就せぬのか、と勝子は絶望したのである。

勝子は、尾張へ落ちつく以前、京の近衛家の奥向きに仕えていた。近衛家は足利将軍家との関係が深く、関白をつとめた近衛稙家《たねいえ》の妹は、前将軍義晴《よしはる》の正室として現将軍義輝《よしてる》を産んだ。また、稙家の女《むすめ》が義輝に嫁いでいる。そのため近衛家は、将軍家が管領以下の争いに御輿《みこし》として担がれ、敗れて都落ちをするたびに、これと行を共にしてきた。

義輝が近江の朽木稙綱《くつきたねつな》のもとへ逃れたのは、三年前の秋のことで、やはり近衛家は同道した。

勝子は、朽木氏の館において、義輝の武芸師範に思慕を抱いた。師範は、無名の剣士だったが、長年の諸国武者修行の後、義輝に請《こ》われて指南役となった男だけに、その実戦剣法も人物も群を抜いていた。

勝子は、師範の息遣いを感じたくて、小太刀《こだち》の教授を願い、快《こころよ》く応じてもらった。

もとは山城の地侍の家の出身だけに、勝子にはいささかのたしなみがあった。しかし、上達が早かったのはそのせいばかりではない。師範に褒められたい一心で、不断の努力を惜しまなかったことが、いちばんの要因であったろう。

だが、やがて苦痛をおぼえるようになった。弟子に対する感情を超えるものを、師範が抱いてくれない、と分かったからである。師範の頭の中には、義輝を守《も》り立てて将軍家の威信を回復せしめることのほか、何もなかった。

流浪先で内情の苦しい近衛家が、家来に暇をださねばならなくなったとき、勝子がみずから名乗りを挙げたのは、成就することのない恋を断ち切りたかったからである。ただ、いま思えば、師範に抱いた想いは、憧れにすぎなかったような気がする。

昨年末に尾張へ下った勝子は、当初、近衛家の斡旋で、清洲城内の斯波義銀《しばよしかね》の館に仕えた。斯波氏は、細川・畠山と並ぶ三管領家のひとつとして家格が高く、将軍家はもとより近衛家ともつながりがある。

尾張守護の斯波義銀は、いまや信長に寄食して細々と命脈を保っているにすぎず、人物もつまらぬ若者であった。

斯波家にはひと月も仕えなかった。清洲を訪れた土田御前の眼にとまって、勝子は末盛城へと移ったからである。

それから一年、信長の末盛城包囲がなければ、勝子はいまでも八弥のことを、柔弱者として軽蔑したままであったろう。

だが、奥ゆかしくも、美男の下にひた隠しに隠した士魂に、一瞬でも触れてしまってからは、八弥への想いは募《つの》る一方である。こんどばかりは、ただの憧れではない。

勝子は、まさしく八弥を恋うていた。

勝子は、おのが胸から下腹へと、右手を滑らせていく。

「八弥さま……」

汗でぬらぬらと艶《なまめ》いた喉首が反《そ》り返った。

三

年があらたまった。

春の野に、末盛城の女たちが華やいだ嬌声《きようせい》をあげ、若菜を摘《つ》んでいる。

春といっても、現今《いま》の陽暦ならば二月初めのことで、外気は冷たい。それでも、女たちに笑顔が絶えぬのは、何かと気ぶっせいな城の生活から、束《つか》の間《ま》の解放を得られた嬉しさゆえであろう。土居や堀に仕切られず、明るい陽光の下で、広々とした野に遊ぶのは、何と心の晴々することか。ただひとりを除いては……。

勝子は、小川のそばで、草をいちど摘むごとに、溜め息をつく。槍を揮《ふる》う狂人の手首を斬り落とした女丈夫とは、別人の風情であった。心なしか痩せたようにもみえる。

「よき眺めよのう……」

その声に振り返った勝子のおもてが、たちまち険《けん》を含んだ。

三角眼《まなこ》で、鼻も口も大きく、もみあげの濃い、みるだに獣じみた匂いを発散させそうな巨軀《きょく》の武士である。勝子を眺める眼色が、欲望を隠そうともしていない。

「来年の春には、わしがために七種粥《ななくさ》を作ってもらおうかの」

勝子は、返辞をせず、若菜摘みの作業に戻った。

恥をかかされたと思ったか、男は眼の下の肉を顫《ふる》わせながら、

「勝子どの。この七郎左は、信長さまの、おんおぼえめでたき男である」

ことさらに胸を反らせて言った。

これは、うそではない。

信長は、勘十郎の罪を赦したあと、その監視役として、股肱《ここう》の者を何人か末盛城へ送り込んだが、佐久間七郎左衛門もそのひとりであった。

尾張の佐久間氏は、安房国の佐久間郷を領した家村の養子朝盛が、承久の乱で宮方について敗北し、逃れて愛智郡御器所《ごきそ》に土着して以来の古豪で、七郎左衛門もその族葉である。合戦で幾度も功名手柄を立て、信長から正宗《まさむね》の短刀を拝領していた。いまも七郎左衛門は、その正宗を腰に帯びている。金の丸竜の飾り目貫《めぬき》が、きらりと光って誇らしげであった。

「そなたを妻に迎えたいと、信長さまに一言、言上いたせばよいものを、そうせずにおるおれの思い遣《や》りが分からぬか」

七郎左衛門は、しゃがんで草を摘んでいる勝子の背中へなおも言い募る。

「あまり男に恥をかかせるものではない」

ふいに、勝子が立ち上がって振り向き、七郎左衛門を睨みつけた。

「わたくしは、武蔵守さまの奥向きに仕える身。たとえ清洲殿がおん仲立ちあそばしたとしても、これに服《したが》わねばならぬ謂《いわ》れはござりませぬ」

勝子の語調は、烈《はげ》しい。武蔵守とは末盛城主の勘十郎信行をさす。

「末盛の殿は、信長さまの家臣。であるからには、そなたも信長さまのおん家《いえ》の侍女のひとりよ」

度しがたい男だ、と勝子は苛立った。

最初に言い寄られたときに、きっぱりとことわり、その後も、爪の先ほどの期待すら与えたことはないのに、それでも七郎左衛門は執拗《しつよう》に迫ってくる。

城内の庭で、とつぜん抱きすくめられたことさえあった。そのときは、総身に虫酸《むしず》が走り、平手を食らわせて逃れた。

「幾度申し上げたら、お分かりなされまするのか。わたくしは、あなたさまをきらいにござりまする」

「それは、肌を合わせてみぬからよ」

言うや、七郎左衛門はずいっと一歩、勝子のほうへ踏み出した。

「無礼はゆるしませぬぞ」

勝子の手が、懐剣へかかる。

遠巻きに、息を詰めて成り行きを見戍《みまも》っていたほかの女たちは、にわかに険悪なようすになったので、小さく悲鳴をあげたり、慄えたりしはじめた。

「ちょうどよいわ。妻とする女の武芸の業前《わざまえ》を、いまここで見てやる」

にやりと笑って、七郎左衛門は、わざと両腕を大きく広げてみせる。

勝子は、膚が粟立《あわだ》つのをおぼえた。

七郎左衛門は、ほんとうに隙《すき》だらけとみえる。だが、それは、みずからがいささか傷つけられても、かまわずに、対手《あいて》を叩き伏せることができるという、満腔の自信に裏打ちされた隙とみるべきであった。そこには、七郎左衛門の圧倒的な力が感じられる。

きっと鋼《はがね》のような肉体の持ち主に違いない。懐剣を腹へ突き立てたとしても、

（はじき返されるやも……）

勝子はわずかにたじろいだ。

「どうした。きらいな男をひと思いに討ってみよ」

そうして、また一歩近寄った七郎左衛門が、何か気配を感じたのか、ふいに頭上を振り仰いだとき、その顔面で弾んだものがある。

「ぐっ……」

かすかに呻いて、七郎左衛門は、鼻を押さえ、ひどく顔を顰《しか》めた。

弾んだものを、勝子が両掌に受け止めている。蹴鞠《けまり》用の革製の鞠であった。

「いや、これは不調法をいたした。まことにどうも、申し訳ござらぬ」

などと言いながら、足早にやってきた者に、勝子はうろたえる。津田八弥ではないか。

「大事ござらぬか。血は出ておられぬか。お鼻は曲がりませなんだか」

八弥は、七郎左衛門の右に左にちょこまかと動いて、その顔をのぞきこむ。

「殿より鞠足《まりあし》を命ぜられたはよいが、蹴鞠はいまだ非足《ひそく》にて、野にひとり稽古をしておったのでござる。なれど、やはり才なき身がやるものではござらぬなあ。あはは……」

他人事みたいに言って、八弥は笑っている。蹴鞠の演技者を鞠足とよび、その名手を上足《じょうそく》、優秀なるを明足《めいそく》、未熟を非足と称す。

八弥が笑顔を振りまくものだから、女たちまで、くっくっと笑いだしてしまった。

「お……おのれは」

ようやく鼻の痛みがおさまったのか、七郎左衛門が八弥を突き飛ばした。

「武士の顔へ公家《くげ》ずれの慰《なぐさ》み物の鞠を投げつけるとは、そのままにはおかぬ」

「いや、それは違う。投げつけたのではない。それがし、蹴ったのでござる」

八弥は、両手を振りながら、あとずさる。

憤怒の形相の七郎左衛門が、腰の大刀の鯉口《こいぐち》を切ろうとした刹那、

「おやめなされませい」

勝子は、七郎左衛門と八弥の間に身を入れた。

「佐久間どの。女にうつつを抜かして、降ってまいった鞠をよけきれなんだは、あな

たさまの不覚にござりましょう」

「なに」

「あれが鞠でのうて、矢でありましたなら、あなたさまはとうに、この野に屍《しかばね》をさらしておられるはず」

「くっ……」

七郎左衛門は、返答に窮《きゅう》した。勝子の言ったことには理がある。もしここで八弥を斬れば、おのが不覚をみずから認めたことになろう。笑って水に流せば、長閑《のどか》な一情景として終わる。

七郎左衛門は、大刀の栗形《くりかた》から、左手を離して、唐突に嘲笑を浮かべた。

「勝子どの、礼を申しておく」

「…………」

「そやつ、諛《へつら》い者の津田八弥であろう。斬れば、刀の穢れになるところであったわ」

「八弥さまは諛い者などではありませぬ」

「八弥さまだと……」

七郎左衛門の眼に、驚きの色が走る。

勝子は、はっとして、わずかにおもてを伏せた。眼許といい、耳のあたりといい、たちまち赤みがさしてくる。

そこから匂い立つ色香を、はっきりと感じて、七郎左衛門は、嫉妬に両拳を顫わせた。

　七郎左衛門は、勝子にではなく、八弥に一瞥《いちべつ》をくれてから、踵《きびす》を返して去った。

　残された男と女の眼が合う。すぐに女は視線を逸《そ》らせた。

　必死の覚悟を抱いて愛を告白した男へ、柔弱者と決めつけて、やさしい言葉のひとつもかけなかった女が、いまさらまともに視線を合わせられるものではない。

　八弥が寂しげに微笑んだが、眼を伏せてしまった勝子は、その表情に気づかぬ。

　八弥は、小川の流れへ歩み寄り、水辺の草を摘むと、それを持って戻ってくる。

「芹《せり》摘みは、それがしのほうが似合うてござるな」

「え……」

　その手から鞠をそっと取り上げた八弥は、代わりに芹を渡すと、いちど物問いたげな風情をみせたが、ついに何もいわずに背をむけた。

　鞠を蹴上げながら遠ざかる八弥の背へ、勝子は眼で訴える。

（往かないで、八弥さま。わたくしは、あなたさまを慕《しと》うております。この身が張り裂けんばかりに恋い慕うておりまする）

鼻に抜けるような芹の香気に刺激されたのか、怺《こら》えていた涙が溢れ出た。

四

その夜、城中の八弥の部屋へ、忍びやかに迫る者がいた。

音をほとんどたてぬその足運びは、武芸で鍛えた者特有のものである。

八弥は、武辺《ぶへん》ではない。勘十郎に召されて後に、弓馬の道を習いはじめた。が、自分は非才と思っているせいか、とんと上達せぬ。それゆえ、寝込みを襲わんとする者の気配を察するなど、とうていなしえぬことであった。

戸が引かれて、部屋の板床へ、黒影の足が滑り入ってくる。

仄《ほの》かな月明かりが射し込み、規則的な寝息をたてる八弥の顔を、ぼうっと浮かびあがらせた。その寝姿は、無防備そのものとみえた。

黒影が戸をたてると、部屋には再び闇が落ちる。

黒影の手が、ゆっくり伸ばされ、八弥の掛け具の端を摑む。そのまま、そろそろと掛け具を剝《は》いでいく。

八弥の寝衣の胸から腹のあたりまで、黒影の眼にさらされた。この若者を暗殺するのは、たやすいことといわねばならぬ。

黒影は、おのが身を、八弥のそれへ重ねた。

ここまでくれば、八弥も気づく。びくっとして、はねのけようとしたが、

「勝子にござりまする」

その押し殺した声に、動きをとめた。

甘い芳香が鼻をつく。胸の上に流れる髪から匂い立つものだ。

(ほんとうに勝子どのか……)

八弥は、闖入者《ちんにゅうしゃ》の両肩にそっと手をあて、おのが胸に顔を埋《うず》めているその人の上体を、ゆっくり起こさせた。

闇の中とて、息のかかるほどの近さである。まして、愛しい女人。八弥の双眸は、勝子の顔容《かんばせ》を、隅々まで認めた。

「恥ずかしゅうござりまする」

蚊の鳴くような声であった。勝子は、八弥の視線からおもてを逸らせる。そうして頭を振ったので、首と胸もとの白さが際立った。

勝子は抱き寄せられた。

「あ……」

その喘ぎは、すべてを男に委ねたいとの意思表示ととれる。

「介錯を願うたあのときから、以前にもまして愛想をつかされたと……」

八弥は、そう告白した。

「わたくしのほうこそ、八弥さまにきらわれて辛《つろ》うござりました」

「それがしが勝子どのをきらうはずがない」

「いいえ。きらわれるのが当然にござりますもの。八弥さまにひどいことを申し上げました。それが、さきほど、芹を摘んで下されて……」

あとの言葉は、嗚咽にかわる。勝子は、八弥の胸で泣きはじめた。

あのときには気づかなかった勝子だが、城へ戻って、芹摘みはそれがしのほうが似合うという八弥の言葉を、あらためて心の中で反芻してみて、はっとした。

献芹《けんきん》の故事を思い出したのである。

王朝時代、内裏《だいり》の掃除夫が、風でめくれあがった御簾《みす》の内の后《きさき》の姿を垣間見て、恋をした。后は芹を召し上がっていた。翌日から掃除夫は、毎日、芹を摘んでは御殿の縁側に置いた。そうしておけば、いずれ后が姿を現すと期待したのである。が、ついに叶えられることはなかった。死後、掃除夫の墓前に、芹が供えられたという。

このことから、叶わぬ恋を、

「芹摘む」

という。

八弥は、みずから摘んだ芹を勝子に捧げて、叶わぬ恋であると言いたかったのではないか。そうだとすれば、勝子への恋情がいまだ消えていないということにほかならぬ。

そう勝子は思い至り、陶然としたのである。

八弥の本心が分かりさえすれば、勝子のなすべきことは、ひとつしかない。心はすでに八弥のもの。あとは、女の身をゆだねるばかり。

「勝子どの。それがしのような柔弱者でよろしいのか。殿のおかげにて、学問には精励させていただいており、これはなかなか愉しいが、弓矢の道はどうもいかぬ。人に矢だの槍だのを向けると思うただけで、慄えがくる。さりとて、戦国の世、武士がそれでは出世は望めぬ。夫といたすには、はなはだ、うっ……」

八弥の言葉が途切れた。勝子のように嗚咽にかわったからではない。唇を塞《ふさ》がれたのである。

勝子は、慎みをかなぐり捨てていた。

風が出て、恋人たちの喜悦の声を、掻き消してくれた。

五

「想い合《お》うた者同士が夫婦《めおと》になるは、まことに清々しきこと」

「心より祝福いたすぞ」

八弥と勝子が夫婦の約束をしたことを言上すると、土田御前と勘十郎は、手放しで喜んでくれた。

勘十郎は、媒酌の役までかってでて、城下の空き屋敷を繕《つくろ》うて新居とするがよい、とすすめた。

その屋敷を、八弥と勝子は、さっそく見にいった。隠居した重臣が住んでいたのだが、一年ほど前に亡くなってから、そのまま放置されてあったのである。

百坪余りの敷地に、部屋は四間で、台所と物置の付いた家屋が建てられ、小さな庭も設《もう》けられていた。二人暮らしには充分すぎるといってよい。

「傷《いた》んでおるなあ……」

ひとわたり見てまわってから、庭に面した縁側に腰を下ろして、八弥が溜め息をつくと、

「そのほうがようござりまする」

勝子は晴れやかに笑った。

「これから、いろいろなところを繕ったり、作りなおしたりするのは、愉しゅうござりまする」

「それもそうよな。よし、今日から、この八弥が普請《ふしん》奉行である」

「いけませぬ」

「なにゆえ」

「あなたさまはお勤めが大事。家のことは、わたくしにおまかせ下さりませ」

そう言って、両手を自分の胸へあててみせた仕種《しぐさ》に、早くも若妻の初々しさが溢れている。

「お勝」

八弥は、勝子の腰を抱いた。

「あ、八弥さま。人に見られまする」

「かまうものか」

「はい……」

勝子は、八弥の肩に、うっとりと頭を凭《もた》れさせた。

きょうは陽射しが暖かい。庭の梅の木に、白い花が咲いている。髪に八弥の指の動きを感じる。なんという幸福感であろうか。

(蕩《とろ》けてしまいそう……)

勝子は、ほんとうにそう思った。

いかに武芸達者の勝子でも、これでは、自分たちを凝《じ》っと瞶《みつ》めている視線に気づくはずもなかった。殺気すら孕《はら》んだ嫉妬の視線に。

稍《やや》あって、佐久間七郎左衛門は、その屋敷地から出ていった。

翌日から、勝子は、奥向きの奉公を解かれ、屋敷の修繕に専念することを許された。

住まいのお色直しが済んだら、勘十郎夫妻の媒酌で祝言を挙げることも決まった。それまでは、まだ正式の夫婦ではないため、八弥は城中の部屋に住みつづける。しかし、屋敷の修繕に、勝子ひとりでは手間もかかるし、また物騒でもあるので、小者《こもの》と下女が土田御前の計《はか》らいで付けられた。また、明るいうちは、町の大工もやってくる。

城の奥女中たちの中には、家中きっての美男を射止めた勝子のことを、妬《ねた》むあまりに悪《あ》しざまに言う者もいたが、勝子は少しも気にならなかった。そうしたことは、近

衛家に仕えていたころ、随分と見ていたので、

「いまは、わたくしに番がまわってきただけのこと」

心配する八弥に向かって、勝子はそう言って笑ったものである。こういうからりとしたところが、勝子の美点であった。

修繕は、ひと月で了《お》わった。

ところが、祝言を数日後に控えた日、勘十郎夫人が病床に就いた。もともと蒲柳《ほりゅう》の質なのだが、勝子の婚儀のために何かと気を配ったことで、疲れが出たらしい。

勝子は、看病につとめるべく、ひと晩、城へあがることになった。

折悪しく、その日は、小者も下女も実家へ帰していたので、きれいに直したばかりの屋敷を空けることになってしまう。

乱世のことで、盗人が少なくない。修繕と同時に、いささかの調度類も揃えたので、それらを盗まれてはたまらぬ。八弥は、今夜は自分が家を守ると胸を張った。

「もっとも、盗人も、お勝のほうが怖ろしいに相違ないが」

「もし手強い押し込みでありましたら、欲しがるものは何でもくれておやりなされませ」

「それではは留守居にならぬではないか」

軽口をたたき合った二人は、城の表門のところで、手を振って別れた。勝子は城内へ、八弥は城下の新居へ。

ふと勝子は立ち止まって、振り向いた。もういちど八弥に手を振ろうとしたのである。

八弥の姿は、すでに見えなかった。薄暮の中に溶け込んでしまったらしい。

勝子は、ひとり羞《は》じらうように頬を赧《あか》らめてから、また歩きだす。

その夜、風が吹き荒れ、城下に火の手が上がった。

六

明けゆく空へ幾筋か、薄く、黒煙が立ち昇っている。

すっかり繕い直したばかりの家屋は、黒焦げの残骸に変わり果ててしまい、消火にあたった者たちであろう、鳶口《とびぐち》をもった数人の男が、残り火の有無を検《あらた》めていた。

庭の地面に、ぺたりと膝をつく女の後ろ姿が見える。女は、だらりと横たわった人間の上半身を、ひしと抱き寄せているようであった。

その傍らに佇む若い武士は、痛ましい眼色で、女を見下ろしていたが、やがて、躊躇《ためら》いがちに声をかけた。

「勝子どの……。ここでは八弥も寒かろう。お城へ伴《つ》れていってやろうではないか」

勝子は、すでに半刻《とき》余り、そうしていた。少し煤《すす》けた顔の双頬に涙の筋がくっきり浮かび、真っ赤な双眼が、あるいは血涙を流しつづけたのではないかと疑わせる。

いまや八弥の亡骸《なきがら》を発見したときの狂乱は去り、その死に顔を眺める勝子の表情は、虚《うつ》ろなものになっていた。

美しかった八弥のおもては、左の側頭から右のあごの下へかけて、斜めに斬り割られている。無惨であった。まるで、その美男ぶりを憎悪されたかのようではないか。

「さあ、勝子どの」

若い武士が、勝子の肩へそっと手をおく。

この男は、津々木蔵人《くらんど》という勘十郎の側近である。やはり八弥と同じ新参者で、君寵厚く、譜代《ふだい》の臣たちの評判は悪い。そのことが、両人を友にしたといえよう。

ただ蔵人は、勘十郎のおん為に死ぬことだけをおのが本分とした八弥と違い、野心を抱いている。是が非でも勘十郎を織田の総領にせんと、去年の清洲城攻略でも先駆けをつとめたほどであった。そのため、勘十郎が信長に詫びを入れにいったさい、自身も墨衣をまとってこれに随《したが》った経緯がある。

「なにゆえにございます……」

ようやく勝子は口をひらいた。声が顫えている。

「なにゆえに、八弥さまがこのような無惨な目に……。津々木どの、なにゆえにございまするか」

勝子の双眸が潤む。半刻のあいだ泣きつづけても、涙は涸《か》れなかった。

「辛いであろうが、不運とあきらめられよ」

「いや……。いや、いや、いや」

勝子は、またしても激しはじめる。

「勝子どの」

その両肩を、蔵人は強く摑んだ。

「八弥を酷《むご》たらしい目にあわせた火付け盗賊を、それがしが見逃すとお思いか。殿に言上申し上げて人数を繰り出し、必ずや召し捕って、勝子どのの前に引き据えて進ぜる」

蔵人は、すでに、あたりの足跡から賊は三人と見当をつけている。

(ゆるさない……。決してゆるさない)

勝子の心中に、凄まじい復讐の炎が燃え熾《さか》ってきた。八弥を凶刃にかけた極悪人を、必ず斬り刻んでやる。泣いて命乞いをしても、ゆるさない。滅多斬りに斬り刻んでやる。

「ともあれ、勝子どの。殿も御方《おかた》さまもご案じあそばしておられようほどに、城へまいろう」

そうして蔵人は、供の者たちに言いつけ、八弥の遺体を戸板へ載せた。

だが、かれらが蓆《むしろ》をかけようとしたとき、蔵人は、待てと言い、遺体の傍《かたわ》らに膝をついた。

八弥の右手が、拳をつくったままである。それを、蔵人は指を一本ずつ起こして、開いてやった。

何か握りしめていた。掌にあったものが、朝日を浴びて、きらっと光った。

勝子の双眼が、くわっと瞠《みひら》かれる。

「いかがなされた、勝子どの」

蔵人の声は、聞こえていない。

「佐久間七郎左衛門……」

絞り出すように、勝子は言った。

八弥が握りしめていたものは、金の丸竜の飾り目貫。信長が七郎左衛門に与えた正宗の短刀に付けられていたそれであった。

七

佐久間七郎左衛門は、郎党共々、末盛城から消えていた。八弥を殺したと白状したようなものであろう。

かねて勝子をわがものにしようと、七郎左衛門がしつこくつきまとっていたことは、多くの者が知っている。

さらには、七郎左衛門が城中で八弥を嘲罵《ちょうば》しているところを、目撃した人間も少なくない。

「津田八弥。いくさ場では、おれに近づくなよ。恐怖のあまり、おぬしが垂れ流す大小便を浴びとうはないからのう」

そうした悪口に怒って八弥が刀を抜くことを、七郎左衛門は期待したようだが、

「ご案じなさるな。それがし、戦陣へは襁褓《むつき》をつけてまいろうほどに」

などと、八弥に軽く受け流されて、かえって苛立ちを募らせるのが常だったという。

勘十郎も、屋敷に火をかけて八弥を殺害した犯人は、七郎左衛門に相違なしと断定した。余人が何と陰口を叩こうと、八弥は無二の忠臣であった。

勘十郎は、憤怒のあまり、

「清洲へ兵を出せ」

と怒鳴るようにして命じた。七郎左衛門は清洲へ逃れたに違いないのである。

しかし、これはさすがに、重臣たちに押し止められた。

勘十郎が謀叛に失敗して、信長より赦されてから、半年余りしか経っていない。いかなる理由であれ、末盛城が兵を動かした途端に、信長はその事実のみをとらえて、一挙に勘十郎一派を潰しにかかるやもしれぬ。ことさらに疑えば、八弥殺害は、勘十郎を挑発するために、信長が七郎左衛門に命じたことと考えられなくもないのである。

いずれにせよ、勘十郎みずからこの一件に関わるのは、得策とはいえなかった。

「わたくし、これより清洲へまいりまする」

勝子は、勘十郎より和泉守兼定《かねさだ》の脇差を拝領し、翌朝、清洲へ向かった。津々木蔵人が同道する。

殺された夫の敵討ちをしようとする妻に、その友であった者が助太刀をかって出た、そういう形をとったのである。これならば、信長と勘十郎との争いにまで及ぶことはない。

同じ愛智郡のうちの清洲へは、明るいうちに到着した。

清洲城の大手門の前で、蔵人が名乗って、佐久間七郎左衛門に面会したい、と番士へ申し出た。

すると、意外にも、その訪れを待っていたかのように、蔵人と勝子は城内へ通された。しかも、本丸へと導かれた。

「勝子どの。これは、あるいは……」

低声で囁いた蔵人の顔つきが、緊張を漲《みなぎ》らせている。

「はい」

蔵人の不安を察して、勝子もうなずいた。

七郎左衛門がすでに待機しており、勝子らを返り討ちにする計略ではないか。そう疑ったのである。

それならそれでよい、と勝子は思った。

（八弥さま……。勝子は必ず七郎左衛門を討ち果たしまする）

ところが、案に相違した。

本丸の中庭まで案内された二人の前に、御殿から信長が姿を現したのである。勝子と蔵人は、地へ平伏した。

「蔵人」

「はっ」

「勘十郎は討手《うって》を差し向けたか」

「……………」

信長の言葉の意味を察せられず、蔵人は不審の表情を返す。

「たわけが。わしを猜疑いたしおったな」

信長は、ふんと鼻で嗤《わら》った。

勝子が、顔をあげた。信長の言いたいことが分かったのである。

(清洲殿は、こたびのことにお関わりあそばされぬ……)

直観的にそう信じた。

末盛城の者たちは、七郎左衛門の八弥殺害を、信長の挑発行為と勝手に思い込み、それに乗らぬよう、七郎左衛門へ討手を差し向けなかった。そのことを、信長はいま、蔵人の表情から読み取ったのに違いなかった。

となれば、七郎左衛門はこの清洲城にはいない。少し考えれば分かることであったろう。

信長が風紀について殊《こと》のほか厳しい人であることを、勝子は知っていた。嫉妬に狂うあまり火付け盗賊の仕業に見せかけて恋敵を殺《あや》めたような卑怯者を、たとえ股肱であったとしても、かばい立てするはずはなかった。

「わずか一日の後《おく》れで、取り返しのつかぬことになるのが、いまの世じゃ。七郎左は、もはや尾張を出奔したであろう」

信長がそう言うからには間違いない。勝子は、臍《ほぞ》を噛《か》まねばならなかった。

「おそれながら……」

勝子は、階段《きざはし》の上の信長へ、臆することなく訊ねる。

「上総介さまは、こたびのこと、いかようにしてお知りあそばされたのであられましようや」

「勝子とは、そちか」

以前、勝子は清洲城内の斯波館に仕えてはいたが、たったひと月のことで、信長とまみえるのは、今日が初めてであった。

「はい。佐久間七郎左衛門に殺められし津田八弥が妻、勝子にござりまする」

「小太刀の名手ときいた」

「女の手すさび。たかが知れておりまする」

「見せい」

そう命じた信長は、勝子の困惑にかまわず、扈従《こじゅう》の者へ何やら言いつけた。まだ質問に答えてくれてもいない。

ほどなく、男がひとり、中庭へ引っ立てられてきた。不逞《ふてい》の顔つきである。

「七郎左の郎党じゃ」

信長はそう言っただけで、あとを傍らに座す側近の池田恒興《つねおき》が引き取った。

「野木治郎助《のぎじろすけ》。一昨夜、佐久間が津田八弥を襲うた折り、これに随っておった……」

ほかに、もうひとり、やはり七郎左衛門の郎党で、大塚又三なる者が一緒だったという。八弥の屋敷に火をかけたのは、この治郎助と又三であった。

七郎左衛門は、八弥を惨殺するや直《ただ》ちに馬をとばして、夜道を西へ向かった。清洲へお逃げなされますのかと治郎助が訊いたところ、

「もはや織田には見切りをつけたわ」

そう七郎左衛門はうそぶいたという。信長の性格を知るこの男にすれば、清洲へ逃げ込めば、かえって危ないと考えたのであろう。

七郎左衛門が清洲を駆け抜けて、さらに西へ向かったとき、又三は付き随ったが、

治郎助はとどまった。治郎助もまた主人に見切りをつけたのである。

治郎助の愚かさは、すべてを正直に告げて、自分だけは信長に赦してもらおうと考えたことであろう。結果、捕縛された。

「そやつに刀をとらせよ」

と信長が扈従者へ命じ、治郎助の手に大刀が渡された。

「これなる津田八弥が妻を、見事、返り討ちにできれば、そちを解き放ってつかわす」

「まことでござりまするな」

不貞腐《ふてくさ》れていた治郎助は、にわかに眼に希望の光を灯らせたが、信長に鋭い一瞥を返され、怖れて顔を伏せる。信長は、自分の口から発せられた言葉に、対手が念押しすることをゆるさぬ。

「勝子。この下郎を討てぬようでは、七郎左には、とうてい敵すべくもないと思え」

「はい」

勝子は決然として起《た》つと、用意の紐で両袖をたすき掛けに括《くく》り止め、小袖の裾を下着もろとも高々と端折《はしよ》って帯へ差し込んだ。

膝まで露わになった勝子の若竹のような双脚へ、男たちの眼が吸い寄せられる。眉ひとつ動かさぬのは、信長だけであった。

勝子は、白鉢巻で髪をとめ、最後に、勘十郎拝領の脇差を腰に差して、

「いざ」

と治郎助に対《むか》い立った。

すかさず蔵人が、勝子の斜め後ろへついて、刀の栗形へ手を添える。

「津々木どの。助太刀、ご無用」

凜然たる声で、勝子は言い放った。

「小癪《こしやく》な」

治郎助は、刀をすっぱ抜き、鞘《さや》を放り捨てた。刃渡り二尺五、六寸であろう。

対する勝子が、静かに鞘を払った和泉守兼定の刀身は、一尺八寸余。勝ちを制するには、治郎助の懐《ふところ》へ跳び込まねばならぬ。

「うおおおっ」

治郎助が、刀を右肩へ担ぎ上げ、猛然と間合いを詰めてくる。

力まかせに上から叩きつけるつもりであろう。戦場剣法というべきであった。

青眼《せいがん》につけていた勝子は、治郎助の勢いを怖れたように、おのが右へ小走りに身を移していく。合わせて、治郎助も動いた。

その刹那、治郎助は、勝子の拍子《ひようし》にひきずりこまれたといってよい。轟然《ごうぜん》と唸りをあげて、治郎助の剣が、勝子の左方から、からだごとのめらせるようにして打ち下ろされた。勝子は、しかし、その一瞬前に、左へ変化《へんげ》している。地を蹴った勝子は、鼻先で対手の刃に空を切らせておいて、治郎助の伸びきった上体を、おのが五体が宙空に在るうち、眼前に捉えた。裾を端折られた小袖が、膝よりさらに捲《まく》れあがり、白き双肢の奥の翳りがのぞく。

「ぎゃっ」

勝子が地へ降り立ったとき、和泉守兼定の切っ先から五寸まで、治郎助の頸根《くびね》へ打ち込まれていた。

前のめりに崩れ落ち、倒れ伏した治郎助の頸を、そのまま勝子は押し斬って、首級を挙げた。

さすがに勝子の息は荒い。だが、信長の御前である。裾を直して地に端座し、血まみれの刀を後ろへ隠して、深々と辞儀をした。

「戦国の世とは申せ……勝子、そちほどの勇婦烈女は二人とはおるまい。天晴《あつぱ》れであった」

「勿体《もつたい》なきご褒詞《ほうし》」

勝子は嗚咽しそうになるのを怺《こら》えた。ようやってくれた、と八弥にも褒められたような気がしたからである。

「蔵人」

「はっ」

「末盛では、強いのは女ばかりよな」

これは勘十郎への皮肉であった。土田御前の次は、勝子。

蔵人は、くっと唇を噛む。

信長は、七郎左衛門の行方に関して手掛かりになりそうなことを、すべて勝子に教えてやるよう、池田恒興に命じてから、奥へ入った。

信長の姿が見えなくなると、勝子の怺えていた嗚咽が洩れはじめた。

八

勝子は、京へ向かった。

七郎左衛門の他国の縁者は、美濃、三河、遠江《とおとうみ》、さらには相模あたりにいるが、

「いずれは、それらを寄辺《よるべ》とするにせよ、あの男のことだ、まずは京へ上るであろ

う」

と池田恒興が言ったからである。

七郎左衛門は常々、京女を抱いてみたいと広言していたそうな。縁者のいる美濃以東の大小名家に再び仕えたあとでは、その機会を逸するゆえ、この出奔を幸い、しばらくは京で色を漁《あさ》るのではないか、というのが恒興の推測であった。

勝子にも、もっともなことと思われた。もとは勝子が京の近衛家の侍女だったことが、七郎左衛門の欲望を刺激し、凶行に及ばせた一因であったのやもしれぬ。

尾張を出るとなると、さすがに勘十郎の側近の津々木蔵人が同行することはできないので、勝子の供には、嘉助《かすけ》という老爺と、壮吉という若い小者がつけられた。両人とも蔵人が選んだ心利いた者で、嘉助のほうは、七郎左衛門と一緒に逃げた大塚又三の顔を見知っているという。

勝子は、近衛家に仕えていたこともあるが、もともと山城国生まれなので、京には知り人もいる。ただ、親はすでに亡く、二人いた兄がいずれも将軍方について三好《みよし》一党との戦いで討死したので、帰る家はない。

勝子は、桜の満開のころ、四年ぶりに都の土を踏んだ。

応仁の乱以来、数えきれぬほど興廃を繰り返し、寺社も屋敷も町家も、復旧されても一年ともたず戦火に焼亡するという有り様は、いまもつづいているが、それでも京の庶人は日々を逞《たくま》しく生きている。

さいわい、去年から今年にかけて、京はまずは平穏といえた。京を支配下におく三好長慶《ながよし》一党の宿敵の細川晴元《はるもと》が、近江朽木に逼塞《ひっそく》中の将軍義輝に随って、このところ鳴りをひそめているためである。長慶も一兵も動かしておらぬ。

勝子は、鴨川を渡って、洛中へ入った。

（なつかしい……）

そこは喧騒の巷だ。武士、公家、僧侶、物売りに遊女に浮牢人、ありとあらゆる人々が往来し、京には車の譬《たと》え通り、牛に曳かれた荷車や乗物が、雑踏に一層の拍車をかけている。これが都であった。

嘉助と壮吉などは、あまりの騒々しさに、不安げなようすである。

勝子は、三条東洞院《ひがしのとういん》の尼寺曇華院《どんげいん》に旅装を解いた。

二代将軍義詮《よしあきら》夫人の母であった智泉尼《ちせんに》の創建による曇華院は、京都尼五山に列せられているが、応仁の乱で灰燼《かいじん》に帰《き》してのち、寺運衰退し、以後、幾度か再建されたものの、そのたびに兵火に遇ってきた。四年前の正月の皇女聖秀尼《せいしゅうに》の入寺に先立って、仏殿が再興されたが、堂塔伽藍《がらん》の数も寺域も、往昔とは比べものにならぬ小さなものとなっている。

勝子は、近衛家の侍女時代に、曇華院で茶会や歌会が催《もよお》されるとき主人に随行したり、あるいは使いで訪れたりして、曇華院との関わりが浅からぬ。勝子が上洛のわけを話すと、尼僧たちは快く一坊の部屋をあけてくれたのである。

翌日から、勝子の七郎左衛門探しが始まった。

しかし、七郎左衛門の京女への固執が奈辺にあるのか、測りがたい。遊女を求めるのか、あるいは公家の息女を欲するのか、それとも町家の娘たちなのか。

そのあたりのことは、女の身である勝子には想像がつきかねた。

「われらにおまかせくだされ」

嘉助と壮吉が請け合って奔走したが、なにぶん両名は、京は初めてで勝手が分からず、しばらくは、ただただ右往左往するばかりであった。

(七郎左衛門は名を偽《いつわ》っているやもしれぬ……)

そのことを、勝子は危惧していた。偽名を用いられては、ますます見つけるのが難しい。

勝子たちにとって不運だったのは、このころから、洛中洛外へ、いつにもまして浮牢人の流入が夥《おびただ》しくなりはじめたことであったろう。春から夏にかけ、諸国に百日余の旱魃《かんばつ》がつづき、不作で税も納められず食い物もなく窮した者たちが、都ならばなんとかなると根拠のない期待を抱いて、京をめざしたせいであった。

主家を退転した七郎左衛門とて、浮牢人のひとり。その同類の溢れかえるところで、名を変えているやもしれぬ男を見つけ出すのは、広大な砂浜に針を探すような心細さというほかなかった。

勝子は、じりじりした。

（もしやして、七郎左衛門はすでに、縁者をたよって東国へ下ってしもうたのではないか……）

そんな不安も、頭をもたげてくる。

やがて、野分《のわき》の季節になると、畿内に猛烈な台風が襲来し、尼崎から明石までの浦という浦に高潮が押し寄せ、淀川は氾濫し、米価が鰻登りとなった。消費地である京には殺伐たる空気が充ちて、飢えた人々は眼に凶暴な光を宿らせた。

もはや敵探しどころではない。京の町は、日中ですら出歩くのが危険な場所と化してしまった。

ところが、木枯らしの吹くころになって、意外なところから、七郎左衛門発見の手掛かりが得られた。

「ごきそのまたぞう……」

嘉助の告げた名を、勝子はおうむ返しに言った。

「尾張の御器所ではないかと思いましてござりまする」

ちかごろ夜盗・追剝《おいはぎ》が流行《はや》っているが、その中に、洛西内野《うちの》を根城にする、〝ごきそのまたぞう〟と名乗る者がいるというのである。

佐久間七郎左衛門に随って尾張を出奔した郎党は、大塚又三という。そして、尾張における佐久間氏発祥の地が、愛智郡御器所である。偶然とは思われぬ。その盗賊を、〝御器所の又三〟とみることに無理はなかろう。

御器所の又三は、夜陰、徒党をなして洛中を徘徊し、ここと眼をつけた酒屋、土倉、公家屋敷などへ忍び込むそうな。家人が抵抗すれば、容赦なく殺すという。

内野は近い。まだ午前《ひるまえ》なので、出かけて、又三のねぐらを探す時は充分にある。

勝子の決断は早かった。

「これより、内野へまいりまする」

勝子と二人の従者は、着籠《きごみ》を着けて、出掛けた。勝子は、闘いやすいように、女ながら大口袴と脛当《すねあ》ても着けた。嘉助は半弓を、壮吉は槍を携えている。

「何やら物の怪《け》でも出そうなところでござりまするな……」

内野へ足を踏み入れるや、壮吉が、ぶるっと身を顫わせた。

たしかに、市街地まで指呼《しこ》の間《かん》というのが信じられぬほど、ここは日中でもうら寂しい場所であった。平安の昔ならば、大内裏があって雅《みや》びたところだったが、いまは荒れ野とよぶほかない。ここが賑わうのは、洛中へ乱入する土一揆が集まるときぐらいであろう。

鈍色《にびいろ》の空の下、伸び放題の薄《すすき》の原は、何かが潜んでいるかのごとき不気味さで、冬枯れの木々は、飢えて痩せ細った浮牢人の群れに見える。風に舞い上がり舞い落ちる木の葉が、おいでおいでをする地獄からの魔手のように思われた。

だが、そうした人気のないところだけに、盗賊どものねぐらがあれば、かえって目立つはずであった。

小さな畑で蕪《かぶ》を採っていた老農夫を見つけ、質《ただ》したところ、北のはずれの森の中に破《や》れ寺があって、そこに足軽崩れのような連中が出入りしており、時には遊女でも伴れ込むのか、酒盛りに興じる野卑な声に混じって、女たちの嬌声も洩れてくるという。

きっと盗人・追剥どもの巣窟《そうくつ》なのであろう。御器所の又三がいるや否やは分からぬが、たしかめてみるべきであった。

勝子たちは、ただちにその森をめざし、ほどなく辿り着いた。奥へすすむと、たしかに破れ寺が建っている。伽藍は一宇しか見えぬが、本堂ででもあったのか、まずまずの大きさとみえた。

外に人は見えず、声もしない。

「出かけているようでござりまするな」

嘉助が、どこかほっとしたように言ったが、勝子はかぶりを振る。

「中に人の気配が……」

そう言って、するすると堂へ近寄った。すると、鼾《いびき》が聞こえてきた。

勝子は、階段に足をかけようとして、やめる。木材がほとんど腐っているので、ひどい音がするであろう。

嘉助と壮吉の肩をかりて、堂の廻廊の上へ静かに身を移した勝子は、壁へぴたりと背を寄せ、朽ちかけた桟唐戸《さんからど》の破れ目から中をのぞいた。

饐《す》えたような臭いが、鼻をつく。

徳利や盃の散乱する中で、男たちが、いぎたなく眠りこけている。いずれも半裸で、数は十四、五人。乳房や太股を剝《む》き出しにした女たちも数人、やはり寝入っている。

この男たちは、おそらく、夜中に洛中で盗みを働いてからここへ戻って、明るくなるまで酒盛りをし、日中に眠るのを、日々のこととしているのであろう。世の常の人々とは、夜と昼が逆なのに違いない。

しかし、この中に大塚又三はいるのか。嘉助が又三の顔を知っているが、ここから薄暗い堂内をのぞいただけでは、人相を見分けがたいであろう。

勝子は、廻廊から地へ下り、そのことを嘉助と壮吉に相談した。

「それがしに一計がござりまする」

若い壮吉が言い、計略を手短に告げた。

「それでは、壮吉。おぬしが危うい」

案ずる嘉助に、なあに、と壮吉は笑顔をみせる。

「寝起きは、人はだれでも頭の働かぬものにござる。まして、盗賊なぞの手合いは酒毒におかされておるのが常ゆえ、すぐにはそれと気づき申さぬ」

うまくいくやもしれぬ、と勝子も思った。

「では、壮吉。お願いいたしまするぞ」

勝子と嘉助が、堂の縁《えん》の下へ隠れる。

壮吉は、気を落ちつけるように、いちど息を大きく吐いてから、堂の階段を一気に駆け上がった。ぎしぎしと大きな音がした。

壮吉は、力まかせに桟唐戸を引きあけて、堂内へ向かって叫んだ。

「一大事や、一大事。三好の兵が来よる。盗賊召し捕りや。捕まったら、首が飛ぶでえ。早う逃げ、逃げ」

それだけ一息にわめき散らすと、自身は廻廊から地へ跳び下り、

「三好の兵は、おっそろしい阿波侍や。皆殺しにされるわ」

そうわめき散らしながら、堂から走り去って行く。

「み、三好だと……」

「いかん」

「おい、おれの褌《ふんどし》はどこだ」

などと、堂内の者たちは、あわてふためき、誰のものやらたしかめもせず、手近にあった衣類やら胴巻やら刀槍やらを引っ摑み、我先にと外へ跳び出た。女たちも、悲鳴をあげて、乱れた小袖の裾を翻し、こけつまろびつ走り出る。

逃げる方向も、ばらばらだ。とにかく、おのれのみが大事の徒輩であった。

陣刀をひっさげて階段を下りてきて、その脇で、どちらへ逃げようかと、きょろきょろする者がいた。その横顔を、縁の下から嘉助の眼が捉えた。

「勝子さま。あやつが大塚又三にございまするぞ」

又三は、ひとりで右方へ逃げていく。縁の下を跳び出した勝子が、これを追った。

「心得ました」

老いた嘉助は、後れて、つづく。

三町ばかり走ると、又三は、早くも息があがったか、ぜえぜえと喘ぎ、よろよろして、立ち止まった。

ちょうど森を出はずれたところで、小川が流れている。又三は、ちょっと後ろを気にして、追手のいないことをたしかめてから、腹這いになり、流れへ顔を突っ込んだ。つい今し方までの大酒に、喉が渇いているのであろう。

顔をあげた瞬間、又三のひげの濃い悪相がぎょっとした。

わずか半間幅の小川の向かいの岸辺に、若い女が立っていた。腰を低く沈め、脇差の柄へ右手をかけ、いつでも抜きうてるかまえをとって。

又三があわてて起き上がろうとするところへ、

「そのまま」

と勝子は腹へ響く叱声をとばした。

又三は、金縛りにあったように、腹這いから起き上がれぬ。

「御器所の又三……いえ、佐久間七郎左衛門が郎党、大塚又三でありまするな」

一瞬の間があってから、又三は激しくかぶりを振ったが、眼に動揺を隠しきれぬ。

「わたくしは津田八弥が妻、勝子」

名乗りをあげると、又三はなおさらにうろたえた。

「ひ、人違いじゃ。大塚又三など知らぬ」

「斬る」

勝子は宣言した。

「ゆるしてちょう」

又三は、腹這いのまま、頭を抱える。

「尾張ことばのうまいこと」

そう勝子に皮肉を浴びせられ、あっと又三は口をおさえる。

「七郎左衛門は」

「美濃、美濃に往かれてござる」

「いつ」

「は、半年余り前」

ということは、七郎左衛門は、京にはごく短期間しかいなかったことになる。探し出せなかったはずである。

「なにゆえ、従いませなんだ」

「旦那さまは、公家のご息女をかねで買おうと、身共に盗みをさせ申した。それがいやで、身共から見限ったのでござる」

「それで結句は盗賊に堕《だ》したとは、恥を知りなされ」

「食うため……食うためにござる……」

又三は、とつぜん、顔を伏せて、しゃくりあげはじめた。

かような卑劣漢にも、この男なりの必死の生き方があるのやもしれぬ、と勝子は思った。あるいは、八弥と勝子の屋敷へ、野木治郎助とともに火を放ったのも、凶暴な主人の下命では、逆らうのが怖ろしかったとも考えられる。

勝子は、脇差の柄から手を離し、落としていた腰を立てた。斬るまでもない、と思い直したのである。

又三は、この瞬間を待っていた。両手で地を押すように、意外な素早さで立ち上がり、陣刀を鞘走らせた。

（卑怯）

と心中で叫びながら、勝子も和泉守兼定の柄へふたたび手をやる。が、咄嗟《とっさ》の後れを意識しないわけにはいかなかった。

「大塚又三」

又三の背後から呼びかけたその声と、ほとんど同時に飛来した矢が、勝子を死地から救った。

又三は、振り返ろうかと躊躇ったその一瞬、左の太股の裏へ衝撃を受け、がくりと膝を折る。その脳天へ、小川を躍り越えた勝子が、容赦のない一颯を浴びせた。

「ぐあっ」

勝子の胸元からあごのあたりまで、返り血が、ぱっと飛沫《しぶ》く。

森の中から、半弓を手にした嘉助が息も荒く駆け出てくるのに、勝子は感謝の眼差しを送った。

九

勝子は、美濃へ入ると、不破《ふわ》郡垂井《たるい》に住む七郎左衛門の縁者を訪ねあてた。かねて池田恒興から聞いていたので容易なことであった。

訪ねるといっても、敵討ちのことを悟られてはならぬので、慎重を期した。嘉助に行商人を扮《よそお》わせ、それとなく七郎左衛門の話題を持ち出させたのである。

尾張の織田信長は、家中きっての勇士佐久間七郎左衛門に見限られて、落胆しているらしい。嘉助は、そういう言い方をして、対手に身内を誇りたいという衝動を起こさせた。

「実はな、ご当家のあるじは、佐久間さまが縁者よ」

応対に出た老僕が声をひそめたので、嘉助は、しめたと内心思いながら、へえ左様でと大仰に驚いてみせた。

「わけは申せぬが、佐久間さまはいまは変名を用いて、斎藤義竜《よしたつ》さまに仕えておられる」

斎藤義竜とは、美濃国主である。昨年の四月に、父の道三を滅ぼして、その座を奪った。

「烏久七兵衛《おくしちべえ》と名乗っておられる」

そこまで分かれば、あとは井ノ口をめざすのみ。厚見郡の井ノ口は、長良川畔に聳《そび》える義竜の居城稲葉山城の城下町である。

ところが、勝子たちは、井ノ口へ着くと、驚くべきことを耳にした。数日前、尾張で凶変が起こったという。

勘十郎信行が、岩倉城の守護代織田信安《のぶやす》と謀って、信長の直轄領押領を企み、再び叛旗を翻さんと計画したところ、宿老の柴田勝家がそれを事前に信長へ密告した。すると信長は、重病と偽って清洲城の奥に引きこもり、見舞いにやってきた勘十郎を、池田恒興に殺させてしまったのである。

（末盛の殿が……）

勝子は、愕然とした。

信長の舅の道三亡きあと、美濃と尾張は烈しく敵対しているせいか、井ノ口の町の人々は、尾張の情勢に敏感である。嘉助と壮吉が、両国間を往来する商人や、旅の者をつかまえて、さらに詳しい事情を質した。

それによれば、信長が勘十郎を清洲に誘殺したのは、合戦に至って、またぞろ土田御前の仲裁にあってはかなわぬためであったという。

また、前回の謀叛では勘十郎に与《くみ》した柴田勝家の裏切りの理由は、勘十郎が側近の津々木蔵人ばかりを重用して、勝家を蔑《ないがし》ろにしたからであったそうな。

「して、津々木どのが安否は……」

勝子が情報を仕入れてきた嘉助らに訊くと、沈痛な声が返された。

「武蔵守さまと倶《とも》に……」

蔵人もまた清洲城で謀殺されたのであった。

勘十郎も蔵人も、本懐を遂げたあかつきには、いつでも末盛へ帰ってくるよう、懇《ねん》ごろに言ってくれたが、これでもう勝子の帰還する場所は失《う》せた。

だが、勝子は、信長を恨む気持ちにはなれぬ。親兄弟の相剋は、戦国の武家のならいである。信長の力が、勘十郎のそれを、わずかに上回ったということであろう。

ただ、敗れた側に仕える人々の不安は、筆舌に尽くしがたい。勝子は、嘉助と壮吉の青ざめた顔を見やった。両名とも、末盛に親兄弟も縁者もいる。その安否が気遣われるに相違ない。

「嘉助。壮吉。これまでよくわたくしに尽くして下された。礼を申しまするぞ。もはや敵の行方も知れ申した。あとは、わたくしひとりにて、必ず討ち取ってみせまする」

嘉助も壮吉も、七郎左衛門を討ち果たすまで手助けをしたいと申し出たが、勝子は強く拒んだ。

七郎左衛門は、野木治郎助や大塚又三のようにはいかぬ。三人揃って返り討ちにあうことも充分ありえよう。勝子は、自分や八弥とは何の関わりもないのに、ここまで付き従ってきてくれた嘉助と壮吉を、死なせるわけにはいかなかった。

両名は、勝子の意を察し、涙ながらに別れて、尾張へ帰っていった。

ひとりになると、さすがにいささかの心細さをおぼえた勝子だったが、みずからを叱咤して、七郎左衛門を討つ方策を練った。

できれば、正々堂々と斬り結びたい気持ちもあったが、それではとても勝ち目はあるまい。若菜摘みの野で射竦《いすく》めてきた眼光の鋭さ、圧倒的な力を感じさせる巨軀を、勝子は忘れてはいなかった。

だからといって、闇討ちも難しい。七郎左衛門ほどの武辺ならば、そういうことに対して、普段から備えの心をもっている。

となれば、襲われるなどとは七郎左衛門が夢想だにせぬ時と所で、一瞬の隙を衝《つ》く。それ以外の手だてはない。

そのためには、七郎左衛門に気づかれぬようにしながら、近くで観察をつづける必要がある。これを可能にするには、勝子も七郎左衛門に倣って、偽名を用いて斎藤家の奥向きに仕えることであろう。

勝子は、町の者に土岐《とき》家ゆかりの尼寺がないか訊ねだして、それが在ると分かると、ただちに向かった。

尼寺へ着いた勝子は、京の戦乱を逃れて遠縁をたよって美濃へきたのだが、その遠縁も死に絶えたと知れたので途方にくれていると偽り、下女として使ってほしいと懇願した。願いは聞き容《い》れられた。

ほどなく十二月となり、稲葉山城はうっすらと雪化粧をほどこされた。

年があらたまると、寒気は厳しいが、好天がつづき、正月のある日、尼寺を斎藤義竜夫人の一行が訪れた。

勝子が待ちに待った機会である。

義竜というのは、実は、道三の胤《たね》ではなく、道三に追放された最後の美濃守護土岐頼芸《よりなり》が、愛妾の深芳野《みよしの》に産ませた子であった。そのため義竜は、道三を滅ぼすとき、斎藤氏の家紋の二頭立波を用いず、土岐氏の桔梗《ききょう》紋を旗印とした。いまでは義竜は、自身が名門土岐氏の裔《すえ》たるを矜持《きょうじ》とし、土岐氏ゆかりの寺社を大切に扱っているのである。その尼寺となれば、義竜夫人の訪問があると考えるのが自然であろう。勝子は、その眼にとまって、城に召されることを、もくろんでいたのであった。

方丈において、義竜夫人と随行の奥女中たちが、尼僧に茶を振る舞われているとき、勝子は、忍びやかに廊下を伝った。そして、わずかに開けた戸口から、かねてより捕らえておいた鼠を、中へ放った。

女たちが、気死せぬばかりに恐怖し、逃げ惑ったのは言うまでもない。

勝子は、中へ躍り込むなり、

「えいっ」

用意の小柄を投げて、鼠を仕留めた。

江戸時代になると、武家の奥仕えの女は、見た目の美しさが第一とされるが、常にいくさに備えねばならなかった戦国の世では、そうではない。武芸のできる女ほど重宝がられた。

「名は何と申す」

義竜夫人直々《じきじき》の問いかけであった。

「奈美にござりまする」

翌日、義竜夫人の使者が再び尼寺を訪れ、勝子は城へ召されたのである。策は図にあたった。

(八弥さま。勝子をお守りくださりませ)

義竜夫人の用意してくれた長持に、勝子は和泉守兼定をしのばせた。

城仕えといっても、稲葉山城はいくさの折りに城主の籠もるところで、義竜一家の普段の住まいは麓の第館であるため、勝子もそこに義竜夫人の侍女として、奥御殿の一室を与えられた。

十

勝子にとって一得一失であったのは、斎藤家では、名門を誇る義竜がそうさせたのやもしれぬが、おもてと奥の往来が、なかなかに格式張っていたことである。双方の出入りにそれなりの手続きが必要なため、勝子が七郎左衛門に見つかる惧《おそ》れは、ほとんどなかった。逆に言うと、勝子もまた七郎左衛門を観察できぬことになるのである。

それでも勝子は、仕えはじめてひと月も経ったころ、いちどだけ、七郎左衛門の姿を垣間見た。奥庭の木陰で、隠れるようにして、侍女のひとりと何やら語り合っていたのである。

後ろ姿の女のほうは誰であるか見分けられなかったが、七郎左衛門の顔は、遠目ながら、ほぼ正面から捉えることができた。

七郎左衛門は、にやにや笑っていた。勝子に言い寄ったのと同様、またしても女にしつこくつきまとっている。そうに違いないと勝子は断じた。

建物の角に寄って、七郎左衛門の胸の悪くなるような顔を凝視する間、勝子は、身内に渦巻くあまりの憎悪に、あやうく気を失いかけた。

（いますぐ突き殺してやりたい……）

その衝動を抑えるのに必死であった。

勝子の強烈な復讐心に天がこたえたか、その機会は、万朶《ばんだ》に桜花爛漫のころ、とうとう訪れた。

義竜の第邸内の馬場で、笠懸《かさがけ》が催されることになり、その射芸を上覧にいれる十五名の中に、烏久七兵衛も名を列ねた。そして、義竜夫人をはじめ、奥女中たちにも、簾中《れんちゆう》にての観芸の許可が下りたのである。

そのとき勝子は、はじめて、七郎左衛門に接近することができよう。しかし、機会はいちどきり、すなわち、射手が矢道へ乗馬《じようめ》をすすめる前に、御前へ罷《まか》り出て名乗りを挙げるときである。このとき、簾中より跳び出して、一瞬のうちに斬りつけねばなるまい。

笠懸は、流鏑馬《やぶさめ》と違って、風流芸の趣が強く、装束は略儀で、帯刀もせぬ。そこが勝子にとっては付け目といえよう。

得物とする脇差は、打掛《うちかけ》の下に隠すことができようが、問題は勝子自身がいかに軽捷に動けるかに尽きた。もたもたしていれば、七郎左衛門のところへ達する前に、気づかれて取り押さえられてしまうやもしれぬ。両脚を素早く送る工夫が必要であった。

勝子は、笠懸の当日まで毎日、七郎左衛門を討つまでのおのが行動を、頭の中で幾度も繰り返した。

そして、その日がやってきた。

家中の射芸自慢にとっては、主君上覧の晴れの日にふさわしく、空に雲ひとつない絶好の日和である。

義竜の座は、馬場横の長書院の中央の間に設《しつら》えられ、義竜夫人以下の女たちは、その左右の部屋に居流れ、前に御簾《みす》を下ろされた。

新参の勝子は、左側の部屋で末席を占めた。

すでに夜中ひそかに下見をしておいたが、勝子は、あらためて距離を目測してみる。

（御簾まで四間足らず……）

御簾の向こうに廊下があり、そこへ出て、射手名乗りの場所となる義竜の部屋前の階段《きざはし》下まで、およそ六間。つまり、十間を一息で走らねばならぬ。

とつぜん、太鼓が打ち鳴らされ、勝子はぎくりとして、総毛立った。

笠懸開始の合図にすぎなかった。

ひたいに汗が滲《にじ》んだ。勝子は、ほうっと小さく息を吐く。落ち着かねばならぬ。

「お奈美どの。お気色がすぐれませぬのか」

横に並んでいた女が、心配そうに顔をのぞきこんできた。杉という名で、勝子よりも年下の侍女である。

「いいえ。それにつけても、いささか暑うござりまするな」

「ほんに」

杉は、穏やかにうなずき返した。

早々に一番目の射手が、右手のほうから馬上のまま参上する。侍烏帽子《えぼし》に、直垂《ひたたれ》の袖も括らず、袴に行縢《むかばき》を着けただけという、まさしく遊戯の騎射芸らしい出で立ちであった。

義竜は、おのが大兵肥満を、戸を取り払った敷居際に据え、早くも酒盃を傾けている。一番手は、御前の階段下で馬をとめると、やはり鞍上のまま、名乗りを挙げた。

「励め」

義竜のその一言に、はっと一礼してから、一番手は、左方へ馬を走らせていく。

そうして馬場の外れまで達すると反転し、両側に埒《らち》と称する黒木の籬《ませ》を結った、直線一町の矢道の入口へと進む。

馬場には、諸役の他、家中の士が大勢いて、一様に固唾を呑んで見戍《みまも》る。

「はいーっ」

射手の懸け声もろとも、蒼穹《そら》へ高い鞭音が吸い込まれた。

一体となった人馬は、馬蹄を轟かせ、矢道の砂を蹴立てて、ぐんぐん速くなる。

手綱を放した射手は、雁股《かりまた》の鏃《やじり》を抜いた三立羽《みたては》の矢を、弓につがえた。弓手《ゆんで》前方の的が迫る。的は綾藺笠《あやいがさ》だ。

矢が放たれた。鏑《かぶら》の孔が風を孕んで、ひゅるひゅると鳴る。矢道の中央から弓《きゅう》杖《じょう》八杖の距離に吊るされた綾藺笠が、音たてて勢いよく撥《は》ねた。

どっと歓声があがる。

「やるわ」

義竜も満足そうに侍臣たちへ笑顔を向けた。

その後も、よどみなく笠懸の行事はつづき、斎藤家中の者たちは、満喫している。

勝子ひとりをのぞいては。

烏久七兵衛こと佐久間七郎左衛門は、やはり勝子同様に新参者ゆえか、騎射の順番は最後の十五番目となっている。七郎左衛門が御前へ姿を見せるのを、ひたすら待ちつづける勝子に、笠懸を娯《たの》しむ余裕などあろうはずはなかった。

順番がすすむにつれ、勝子のおもてはひきつっていく。横に並ぶ杉が、何やら話しかけているが、まるで頭に入ってこず、生返事ばかりした。

勝子は、打掛の左側を気にする。裏に袋をつくり、その中へ、抜き身の和泉守兼定をおさめてあるのであった。打掛の下の間着《あいぎ》の袖も、すでに括り止めてある。

やがて、太陽が中天へ達するころ、緊張のあまり、勝子は朦朧としてきた。射手の順番を数えていたのだが、それも分からなくなってしまった。

ふいに、勝子の膝元へ、何かが転がってきた。

鞠である。

その瞬間、勝子の頭が冴えた。

(八弥さま……)

若菜摘みの野で、蹴鞠の鞠を七郎左衛門の顔へ当てて、その魔手から勝子を救ってくれたときの光景が、まざまざと蘇ったのである。

そこに女の子が、ちょこちょことやってきた。

「姫さま。おいたをしてはなりませぬぞ」

小さなからだを、乳母が後ろから抱きとめる。義竜の幼い姫は、どうやら笠懸見物に飽きてしまったらしい。

姫の鞠を、杉が拾いあげて恭《うやうや》しく返した、そのときであった。

「鳥久七兵衛。披露仕る」

勝子は、はっとする。七郎左衛門が義竜の御前まで馬をすすめていた。

怖れと苛立ちの時は過ぎた。勝子は、素早く立ち上がりざま、間着の帯から下を、強く下方へ引っ張る。それは、前掛のように、垂らしてあっただけであった。両脚の膝上から爪先まで剝き出しにされた。

次いで、駆け出しざまに、打掛の裏から兼定を抜き、打掛を後ろへ脱ぎすてた。

それを浴びせられた女たちが悲鳴をあげたときには、勝子は早くも、御簾をはねあげ、廊下へ走り出ている。

七郎左衛門が、ちらっとこちらを見た。瞬間、勝子は、左手に握っていたものを投げつけた。

鞍上の七郎左衛門は、反射的に、それを手でうけとめる。このときにはまだ、女が勝子とは気づいていない。

うけとめたものを見て、七郎左衛門は、眼を剝いた。金の丸竜の目貫が、陽をきらりとはじいた。

「烏久七兵衛とは真っ赤な偽り。それなる佐久間七郎左衛門、汝《うぬ》の卑劣なる刃に斃《たお》れし津田八弥が妻勝子、怨みのひと太刀、いまこそ見参」

ほとんど大喝とも聞こえる名乗りを挙げて、勝子は廊下の床板を蹴る。白日を背に、牝鹿が舞った。

七郎左衛門は、習性というものであろう、左腰へ右手を遣《や》った。大小ともに無い。

「不覚」

それが、この世に遺した最後の一言であった。階段を大きく跳び越えて舞い降りてきた勝子の一閃に、七郎左衛門は左肩から袈裟《けさ》に、右の脇腹まで斬り下げられた。

巨体が、仰のけに落馬する。

(八弥さま。勝子は本懐を遂げましてござりまする)

勝子は胸をうち顫わせた。

が、その歓喜は、次の瞬間、消しとばされてしまう。

「七兵衛さまあっ」

こけつまろびつ駆けよってきて、七郎左衛門の血まみれの亡骸へとりついた女がいた。杉であった。

杉は、勝子を振り仰いだ。濡れた双眸の中に、瞋恚《しんい》の炎《ほむら》が燃え熾《さか》っている。

(お杉どの……)

その炎は、この一年余り、勝子が燃やしつづけてきたそれと、まったく異ならぬ烈々たるものであった。

茫然と佇む勝子は、義竜の侍臣たちに腕をとられたのにも気づかなかった。

十一

勝子仇討行は、これで終わりである。

だが、その後を述べておかねばなるまい。

仇討のあと調べがついて、勝子の言葉は真実だと分かったが、義竜は、女ひとりのために良士を失ったのを恥として、勝子を稲葉山城の牢舎に押し込めた。一方、義竜夫人は、勝子を女の鑑《かがみ》と称賛して、夫に一歩も譲らず、これを解き放つのが武門の正しき道と説いた。そのために夫妻の仲は険悪になった。

見かねて、勝子をひそかに逃がしたのは、誰あろう、杉であった。

「憎いゆえに逃がしまする」

眼の届くところにいると、自分がいつ暴発して、勝子に刃を向けるか分からぬ。それでは、主人である義竜夫人への不忠になる。なればこそ、遠くへ去ってほしいというのが、杉の気持ちであった。勝子はおそらく、このときから、おのが死に場所を求めるようになったと思われる。

勝子の噂を伝え聞いて、その保護を申し出たのは、三河松平家の大須賀勝高《おおすがかつたか》であった。

二年後、桶狭間の合戦が起こり、勝高の主君の徳川家康（当時は松平元康）は、今川氏の人質たる身から解放されて、岡崎へ帰還した。家康は、勝子を一目見て、ことのほか気に入ったようである。

折りしも、東海の覇王今川義元を倒して意気あがる織田家から、勝子の身柄を引き渡すよう、池田恒興が使者として派遣されてきた。尾張の佐久間一族の怒りがおさまらぬというのが、表向きの理由だったが、そうでないことを勝子は察した。信長ほどの男が、家臣の機嫌とりをするはずがない。信長は、勝子のことに託《かこ》つけて、家康の人物を見きわめようとしたのに違いなかった。

「われは小身なれど、武人《もののふ》の魂は信長どのに負け申さぬ。世に稀なる貞女を見捨てるくらいなれば、敵《かな》わずとも、織田家と一戦交える所存。さよう信長どのにお伝え願いたい」

この後、二年足らずのうちに、信長が家康へ同盟の話をもちかけたのは、このときの家康のこたえを多《た》としたからであろう。

しかし、家康が突っぱねた時点では、両家に一触即発のただならぬ空気が漂った。勝子の愛した津田八弥は、みずから人を傷つけることを厭《いと》い、主君のためにおのが命を捨てることのみ願いつづけた男であった。だが、七郎左衛門の凶刃に斃れて、その志を達成できなかった。

亡夫の志を継ぐときがきた、と勝子は感じた。

勝子は、松平家の厚恩を感謝し、また大事を引き起こしかねなかったことを詫びる書状《ふみ》を、家康宛てにしたためてから、ひとり神色自若として死に臨んだ。

（八弥さま。ようやく、あなたさまの御許《みもと》へまいることができまする……）

喉をひと突きに、勝子は見事な最期を遂げた。

憐れんだ家康は、その遺骸を手厚く、大樹寺に葬った。あるいは側妾にしたかったのでは、と家臣一同が疑うほど、家康の落胆は甚《はなは》だしかったらしい。

家康は晩年、三十六歳も離れた梶《かじ》という側妾を、最も寵愛している。まことに凜々《りり》しく、聡明な女性で、関ケ原にも大坂両陣にも、馬上で従軍させたほどであった。関ケ原のあと、家康が梶に改めさせたその名を記して、結びとしたい。

「お勝の方」

紅蓮《ぐれん》の狼

鬼子

武蔵国忍《おし》の地は、荒川（現在の元荒川）と利根川に南北より挟まれ、両川の幾度とない氾濫によって生み出された沖積地である。そこに、荒川扇状地の地下を伏流して湧き出た水が集まって、広大な沼沢を形成した。

その低湿地に、微高という程度に盛り上がった孤島群を曲輪《くるわ》として、土塁や橋で繫いで築かれた忍城の景観を、戦国期の訪問者である連歌師宗長《そうちょう》が日記にこう著《あらわ》す。

〈水郷也、館の廻り四方沼水幾重ともなく蘆の霜枯れ、廿餘町四方へかけて、水鳥おほく見えわたりたるさまなるべし〉

風雅にして要害堅固な水城を彷彿とさせる。

宗長は冬景色を記したが、夏には、水面より長い茎を伸ばし、楯に似た緑色の広葉をひろげた蓮《はす》が、塁外の深沼を覆い隠してしまうほどになり、そこに清々しき芳香を放つ純白の花の咲き乱れるさまは、壮観と形容するほかなかった。

天正四年の夏のある朝、その蓮沼は、眩しいばかりに輝いている。蓮の葉の上で無数の露《つゆ》が転がるたびに、それらが光の玉と化してきらめきを放つのであった。

城中より、赤子の泣き声が洩れている。

産所では、お産を終えたばかりというのに、母親は早くも立ち上がって、白絹の産衣袱紗《ふくさ》にくるんだ嬰児を抱き、満面に笑みを湛《たた》えていた。疲れたようすもみせぬその快活な風情は、これが初産とは、とても見えぬ。

「子を産むは、女の悦楽。何の苦しきことがあろうかや」

父親譲りの剛毅の気象というほかない。忍城主成田下総守氏長《なりたしもうさのかみうじなが》の北の方は、太田三楽斎資正《さんらくさいすけまさ》の女《むすめ》であった。

かの太田道灌《どうかん》の曾孫にあたる三楽斎資正は、はじめは父祖以来の武州岩槻《いわつき》城に拠り、上杉謙信の関東における随一の与力として、永禄四年の謙信の小田原攻めには先陣をつとめた。やがて北条氏康に唆《そそのか》されたわが子氏資《うじすけ》に逐《お》われると、その将才を惜しんだ常陸の佐竹義重《さたけよししげ》に招かれ、小田氏治《おだうじはる》を破るなどして、片野《かたの》城に居を移す。以後、「片野の三楽」と称《よ》ばれ、武蔵奪回をめざして戦いつづけるその武名は、遠く近江安土の織田信長の耳にまで達しているという。

北の方は、わが子を抱いたまま、庭へ下りた。侍女たちもつづく。

「美しき眺めであろう」

群生する蓮の白と緑を浮かべる大湖のごとき沼沢。その向こうに広がる青田面では、農民たちが田草取りに精を出す。さらに遠く望めば、鬱蒼《うっそう》たる森林。それら渺々《びょうびょう》として色彩鮮やかな自然の中で、この子は生を享《う》けたのである。だが、赤子は、景色になぞ興味はないのか、まだ母胎の中で夢でも見ているように、双眼を閉じたままで小さな欠伸《あくび》を洩らした。

その可愛らしさに、侍女たちから赤子を褒めそやす感嘆詞が浴びせられる。が、どこか遠慮がちで、華やいだ響きがないのは、何故であろうか。

「どっちじゃ」

突如として投げつけられた甲高い声に驚いたか、水鳥たちがけたたましい羽音をあげて一斉に飛び立った。

北の方も侍女たちも振り返る。

裾短の帷子《かたびら》一枚を着けただけの四、五歳と見える前髪垂らした童女が、廊下に仁王立っていた。膚は浅黒く、見るだに小憎らしい顔つきである。

眼の光が尋常ではなかった。斬りつけるような視線を、北の方の腕に抱かれた小さな命へ、しかと向けているではないか。そして、抜き身の短刀を胸へ引き寄せている。

「か……甲斐姫《かいひめ》さま」

「短刀など、危のうござりまする」

「お捨てあそばしますよう……」

侍女たちは、口だけは動かすが、童女のほうへ足を踏み出す者はいない。その異様な佇《たたず》まいに怖れをなしているのは、明らかであった。

「どっちじゃ」

姫君らしからぬ風体の甲斐姫は、同じ質問を繰り返す。

北の方が、侍女たちの制止の声を、よい、と振り払って、甲斐姫へ歩み寄った。

「甲斐。そなたに妹ができましたぞ」

微笑みかけて、北の方は、赤子の顔を甲斐姫に見せた。童女と赤子の間で、短刀がきらりと陽光をはじく。もし若君であったら、甲斐姫が傷つけるつもりでいたことを、北の方は察している。

甲斐姫が小首を傾《かし》げて赤子の顔をのぞき込むと、この世に出てきたばかりの小さな顔の中で、ゆっくりと瞼《まぶた》が押し上げられた。赤子はおのれと最も近しい生き物の気配を感じたのやもしれぬ。

嬰児がまだ視力をもたないことを知らぬ甲斐姫は、自分を瞶《みつ》め返してくる無垢の双眸にびっくりしたのか、こちらは瞼をぱちぱちさせた。

（なんと愛らしい……）

北の方は、切なくなってしまう。

いま五歳の甲斐姫は、氏長と由良成繁《ゆらなりしげ》の女との間に生まれた子である。

由良氏は、成田氏と同じく武蔵七党より出ており、新田金山《にったかなやま》城に拠って、東上野《こうずけ》の雄として強盛を誇る。両氏の実力に上下はなく、いわば対等の婚姻であった。にもかかわらず、氏長が成繁の女を離別したのは、ともにあまりにも強い性格の持ち主で言い争いが絶えなかったから、と嫁ぐ前に北の方は聞いていた。

氏長の継室として太田氏から成田氏へ嫁いできた北の方は、甲斐姫が暗い眼をして貝のように黙りこくったまま、いっかな自分に懐《なつ》こうとしないのを不審に思った。

多少の分別をもった十余歳の少女ではなく、まだ獣に近い幼女である。毎日そばにいて、心からやさしく接してくれる北の方を、実の母親と思い込んで甘えるのが、まずは自然な反応というべきではあるまいか。

（何かある）

と察した北の方は、城に長く仕える老女に質した。

老女の告白するところによれば、氏長夫妻は、別れるとき、当時二歳だった甲斐姫を間に挟んで罵り合った。謀略をもって父長泰《ながやす》を当主の座から引きずり下ろした氏長と、下剋上によって主君岩松氏の城地を簒奪《さんだつ》した由良氏の女が、まともに衝突したのである。侍臣らが止めに入らなければ殺し合いを始めていたのは間違いなかったという。

「ご両人とも、甲斐姫さまを要らぬと仰せられて……」

氏長も妻も、互いを思い出させる女児の顔を見ると苛立つのであった。

甲斐姫こそあわれというべきであろう。両親の夜叉《やしゃ》のようになった顔を、交互に眺めやっていた汚れなき眸子が、しだいに恐怖の色を湛えていき、ついに甲斐姫はひきつけを起こして、息ができなくなり、死にかけたのである。

呼吸が戻ったあとも、甲斐姫は、三日三晩、高熱を発して昏睡しつづけた。その間に、母は実家へ帰ってしまい、父も幼子の病床を一度も訪れなかった。

「そのときから姫さまは、滅多におことばを発せられぬばかりか、何人《なんぴと》にも懐くことなきお子になられたのでござりまする」

甲斐姫は魘《うな》される夜が少なくないそうな。

さもあろう、と北の方は不憫《ふびん》に思った。智慧も分別も持たぬ幼女だけに、心にうけた傷を癒す術《すべ》を知らぬ。その傷が悪夢となって、甲斐姫の中に居座りつづけているのに違いない。

北の方は、どうかして甲斐姫の心の闇に光をあてたいと、あれこれ手を尽くしたが、なかなか思うにまかせなかった。最たる悪因は、実の父親の氏長が甲斐姫を遠ざけていることかもしれぬが、もともと一城の主《あるじ》ともなれば、女子の教育など奥向きに任せるのが当たり前である。それについて北の方は、氏長を諌《いさ》めるつもりはなかった。また、過去の経緯からして、諌言は逆効果でもあろう。

いちど北の方は、家中の若侍たちの刀術稽古を、木陰から食い入るように凝視する甲斐姫の姿を見たことがあった。

「習《なろ》うてみるかえ」

声をかけると、睨み返された。自分だけの愉しい一時を邪魔されたという憤《いきどお》りが、眼色にありありと見てとれた。

北の方は、父三楽斎より貰い受けた短刀を幼い甲斐姫に与えて、こう告げた。

「その短刀で斬りつけたり刺したりすれば、人も鳥も獣も傷つき血を流す。死ぬこともある。どうしても何かに斬りつけたいと思うたときは、この母のもとへまいりなされ。母の五体なれば、斬るなり突くなり存分にいたしてかまわぬ」

尋常の接し方では、甲斐姫の悪夢を消し去ることはできぬ。北の方は、継母として命を懸けたといってよい。

それから数日して、

「ひめはいらん、わかがほしい。ひめはいらん、わかがほしい」

と狂ったように喚《わめ》く甲斐姫に、ほんとうに斬りつけられた。

姫は要らん、若が欲しい。氏長のことばに相違なかった。前妻との間にもうけた子は甲斐姫ひとりしかおらず、また側室たちはいまだ胤《たね》を宿すことがない。世嗣を望む武家の当主として、ふとした拍子に、それくらいのことは口走るであろう。

だが、その暴言を耳にする女子はたまったものではない。別して、わが身に非はないのに両親から疎《うと》んじられ、心を閉ざしてしまった幼女には、なおさらのことである。

北の方は、胸に浅手を負わされた。驚いたことに、それは初太刀で、しかも重ね着の衣を切り裂いて膚へ届いたものである。ふつうなら、短刀の柄に指もまわらず、これを持ち上げるのさえ容易でない非力の幼女が、とてもなしえる斬撃ではなかった。甲斐姫の心の闇の底知れぬ深さが、異常の力を発揮させたものであろう。

切っ先についた真っ赤なぬめりにびっくりし、凶器を放り出して逃げた甲斐姫が、どこへ隠れてしまったか、北の方には見当がついた。そこへ小舟を着けると、案の定、甲斐姫は小さなからだを蹲《うずくま》らせていた。

本丸の東側の濠《ほり》の中に、島がふたつ浮かんでいて、そのひとつは南北に細長く木立の密生する小丘である。その畔にも蓮を見ることができるのだが、小丘の北寄りの数本だけがなぜか紅い花を咲かせる。そのため城の者は、ここを、

「べにはす島」

と称《よ》んでいた。

べにはす島の紅い蓮花は、高い樹木の陰に生えて陽あたりが悪いせいか、ひっそりと寂しげに映る。そのため、この紅い蓮花を、群生する白蓮の中でふと見つけた一瞬、人はどきりとしてしまう。鮮血の迸《ほとばし》りと見誤るからであった。

甲斐姫は、ひとり、棹《さお》さして小舟をべにはす島へ着け、終日、紅い蓮を眺めていることがめずらしくなかった。花の咲いておらぬ時季でも眺めている。

北の方は、そっと甲斐姫の背後へ近づくと、血を拭い取った短刀を置いて、小舟を

戻した。

甲斐姫が、おずおずとした風情ながらも、しだいに北の方へ近づくようになっていくのは、このときからであった。

ところが、しばらくして、北の方が子を宿したと分かるや、甲斐姫は再び、おのが殻の中へ戻ってしまったのである。後戻りの理由は、少し打ち解けはじめた母親らしき人を、新たに誕生する者に奪われるという本能的な恐怖と疎外感だけではなかった。誕生者が男子であった場合、自分はこの世に無用の存在となる。そう思い込んだことによる。

なればこそ甲斐姫は、北の方が赤子を産むやいなや、男か女かいずれであるかを問い質しにやってきたのであった。

「この子も……いらない」

甲斐姫の語尾が微かにあがった。赤子も姫ゆえ無用の存在なのか、と訊ねたのである。無表情なだけに、北の方は一層のあわれを催した。

「要らないなどということがあるものか。甲斐とこの子は、母のいちばん大切な宝。何があっても放しはせぬ」

さあ甲斐、と北の方は微笑みかける。

「妹に名を付けてあげなされ」

氏長はいま城内の馬場で馬責めを行っているが、姫誕生のことはすでに耳に入ったはず。なのに、こちらへ近づく足音すら聞こえてこない。それは、姫は要らん、若が欲しい、という意思表示にほかならぬ。姫の名をこちらで付けてしまったところで、怒りもしまい。

甲斐姫は、ちらっと北の方を見やってから、躊躇いがちに腕を伸ばし、腹違いの妹の頭を撫ではじめた。くるくると巻きあがったやわらかい頭髪が不思議なのであろう、その感触を愉しんでいるのが、北の方にはみてとれる。

「ま、き……」

と甲斐姫が、舌足らずに言った。赤子のくせ毛を表現したのは明らかだったが、北の方はそれでよいと思った。

「まき。よい名じゃ」

北の方は、左腕だけで赤子を抱え、右腕に甲斐姫を抱き寄せる。

甲斐姫の小さな唇許《くちもと》に、ほんの微かな綻びができた。闇に、淡いながらも一筋の光が射し込んだ一瞬というべきであったろう。

女たちの絆

当時、北条、武田、上杉三つ巴《どもえ》の関東争覇には、ほぼ結着がついていた。武田は、信玄が没し、その子の勝頼も三河長篠で織田・徳川連合軍に潰滅的打撃を被《こうむ》ったことで、甲斐一国を支えるのに汲々《きゅうきゅう》とする没落ぶり。越後の上杉謙信は、いったんは和を結んだ織田と断交して、北陸方面での戦いに忙殺されており、とても関東管領の任を果たす余裕はない。

そうした虚を衝く恰好で、ひとり北条だけが、名将氏康《うじやす》亡き後も、一門が氏政《うじまさ》・氏直《うじなお》父子を翼《たす》けて驥足《きそく》を展《の》ばし、佐竹・小山・結城・宇都宮など主に北関東の武将を除けば、関東平野をほぼ手中に収めたといってよかった。

忍城の成田氏は代々、上杉氏に属してきたが、氏長の父長泰が当主だったころ、謙信との間に格式・儀礼について諍《いさか》いを生じ、この事件が関東諸将の上杉離れのきっかけをつくったといわれる。

永禄四年、謙信が小田原攻めの帰途、古式に則《のっと》り鶴岡八幡宮社前で関東管領職就任式を執り行ったさい、総門に待っていた長泰は、騎乗のまま出迎えた。御堂《みどう》関白藤原道長につながる名族の出自を誇る成田氏は、源頼義《よりよし》・義家《よしいえ》父子のとき以来、大将とは同時に下馬して挨拶を交わすのを古例としていたからである。これが謙信を激怒せしめた。

「成田助高《すけたか》は、頼義公の外戚の叔父であったはず。下馬を同じゅうしたは、一門たる身同士の長幼の礼儀。関東管領職拝命のこの謙信と、武州の一城主にすぎぬ汝《うぬ》とは主従じゃ。馬上の出迎え、不埒千万《ふらちせんばん》」

謙信は、衆人環視のもと、長泰を鞍上より引きずりおろし、そのひたいを扇子で烈しく打った。烏帽子が吹っ飛んだという。恨みを含んだ長泰は、その夜のうちに麾下《きか》千騎を率いて鎌倉を引き払い、忍へ帰るや、北条氏康に寝返ってしまった。小田原攻めに参陣していた関東の諸将のほとんどが、長泰に追随する。

氏康がこの機会を逃さず小田原城から大軍を差し向けたため、謙信は上州の拠点の厩橋《うまやばし》まで総退却を強いられた。この折り、厩橋城に人質となっていた長泰の末子の若王丸は、上杉方より刎首《ふんしゅ》される前に、みずから川へ身を投げて溺死している。

「長泰、憎し」

と謙信は二年後、忍城へ攻め寄せ、城を落とすまでには至らなかったが、城外へ打って出ていた長泰を散々に打ち破る。その勝利は、最後まで上杉方にとどまった太田三楽斎資正の力に与《あずか》るところが大きかった。三楽斎は、上杉管領家に服《したが》うことこそ、関東武士の本分と信じる義の人であった。

戦後、謙信は、浜田将監《しょうげん》・十左衛門《じゅうざえもん》兄弟を目付として、忍城へ入らせる。甘んじてこれを承けた長泰だったが、鶴岡八幡宮で受けた恥辱を忘れられるものではない。ひそかに北条方とも款を通じたままであった。

鶴岡八幡宮以来の長泰の進退やいくさぶりに、不安をおぼえた家老手島美作守《みまさかのかみ》ら成田家重臣が、長泰を強制的に隠居させて、氏長に家督を嗣《つ》がしめたのは、それからほどなくのことである。氏長も同心の上であった。

その後、謙信に恃《たの》みとされる岩槻城で太田父子の対立が起こり、父三楽斎は常陸へ逐われ、子の氏資が北条方たることの旗幟《きし》を鮮明にすると、忍城の氏長もこれに倣った。謙信より派遣された目付の浜田兄弟も、関東における北条優位は動かぬとみたか、氏長に忠誠を誓う。

忍城では、まき姫誕生からほどなくして、稲花時の秋、氏長の側室嶋根局《しまねのつぼね》も出産した。こちらも女児であった。

「わが妻妾は女腹ばかりよ」

氏長は、そう吐き捨てたばかりで、このときも産所へ出向かなかった。

難産で疲労困憊の嶋根局は、御台所《みだいどころ》たる北の方の見舞いをうけると、

「不甲斐ないことにござりました」

と嘆いた。男児を産めなかったことの謝罪である。

「なんの、嶋根どの。美しき姫をお産みくだされた。心より礼を申しまする。このとおりじゃ」

北の方は、嶋根局の窶《やつ》れた右手を、拝むようにしておのが両掌で包み込んで、頭をさげた。

「勿体ない……。勿体ないことにござりまする」

いつまでたっても男児の誕生せぬことで苛立つ氏長の怒りを一身にうけて、側室たちへ災いの及ばぬよう配慮する北の方。その苦労を察しているだけに、嶋根局も、局付きの女たちも、声を放って泣き崩れた。

北の方がまき姫を産んだとき、御台所付きの女たちに華やぎが薄かったのも、そうした事情による。

そこへ甲斐姫が、小走りに入ってきて、嬰児を抱く乳母の前に、ちょこんと座った。

「まき」

と甲斐姫は言って、嬰児の髪を撫で、にこにこ笑った。

「甲斐姫さま。まき姫さまではあられませぬよ」

乳母が、諭《さと》すように、かぶりを振る。

すると甲斐姫は、双頬をぷうっと膨らませ、大いなる不満を表した。

「まきじゃ。まきひめじゃ」

「聞き分けのないことを……」

口調のきつくなりかけた乳母だったが、

「これ。無礼ぞ」

とまだ産褥に就いたままの嶋根局からたしなめられる。

「まきじゃ」

もういちど言ってから、甲斐姫が嶋根局を見た。ようやく悪夢から解き放たれつつあるこの童女にしてみれば、北の方の産んだ女児をまきと名付け、それを褒められたことが輝かしく、誇らしい出来事だったのである。

図らずも、同時に甲斐姫に視線をあてた嶋根局と北の方との心中で、まったく同じ感情がわき起こった。この城で最も不幸な女は、この幼い甲斐姫なのだ。

「御台さま。この子の名も、まきではいけませぬか」

「嶋根どの。妾《わらわ》も同じことを思いついた。なれど、よろしいのか。呼ぶときに、いささか難儀をいたしまするぞ」

「まきと呼んで、二人もの姫がわが胸へとびこんでまいる。これほどの幸せがまたとござりましょうか」

「うれしきことを申される。では、わがまき姫と、嶋根どのがまき姫、ともに別け隔てなく慈しみ育てましょうぞ」

「嶋根こそ、うれしゅう存じまする」

そうした二人のやりとりを小首を傾げて眺めていた甲斐姫へ、北の方は真摯な表情を向ける。

「甲斐。そなたは、二人のまき姫の名付け親ぞ。われら母たちを助けてくだされや」

お願い申しまする、と嶋根局も口に出してから、侍女たちへ眼配せした。

「お願い申し上げ奉ります る」

一同、声を揃えて言い、甲斐姫に向かって平伏する。

甲斐姫が、乳母の手から、赤子を抱きとった。小さな妹は双眼を開き、わずかに顔の筋肉を動かした。笑ったように見える。

甲斐姫も破顔する。

（菩薩《ぼさつ》のような……）

と北の方は、この世のものならぬ微笑を見た思いがした。

この日以来、忍城では、二人のまき姫が育つことになるが、さすがに何かと不都合もあろうかと、文へ記すさいは、北の方の子には巻、嶋根局の子には牧の字をあてることにした。

呼び方も、

「おおまき姫」

「こまき姫」

としたが、むろん氏長から文句は出ない。はなから女児には関心がないのである。

それでも、一言だけ、北の方は申し渡された。

「いずれも美しゅう育てよ」

将来の政略結婚のことを考えた発言であろう。美姫は、大いに使い道がある。

明けて天正五年の正月、三人の姫へ、思わぬ贈り物が届けられた。北の方の父、常陸片野城主太田三楽斎資正からである。

生まれたばかりの三匹の仔犬であった。

成田父子

幼きころの三楽斎は、犬を愛し、これに芸を仕込ませることに悦びを見いだす子であった。長じてからは、いくさに役立てられぬものかと、多数の犬を飼育して、さまざまな訓練を施《ほどこ》した。

実際、犬たちを伝令に使ったことが一再ならずあった。

まだ三楽斎が武州岩槻城に在ったころ、支城の松山城と両方で、犬を五十匹ずつ飼って、北条とのいくさが迫ったころ、これを交換しておいた。

某日、北条軍によって、蟻の這い出る隙間もない松山城包囲網が打たれたとき、籠城方は、犬の首に密書を入れた竹筒を結びつけ、これを城外へ放った。当時、戦場では、血の匂いを嗅ぎつけた野犬がうろつくのはめずらしいことではなかったから、北条軍は気にもとめなかった。犬は、まっすぐに岩槻城へ駈け戻った。犬の帰巣本能を利用した訓練の賜物《たまもの》だったというべきであろう。

ただちに三楽斎は松山城へ援軍を送り、北条軍を背後から叩いた。北条軍が自軍の動きが事前に洩れていたに違いないと疑ったぐらい、その援軍到着は速かった。

三楽斎は、日本において、軍用犬を実際に使った最初の人といえるやもしれぬ。

その三楽斎の使者が運んできた三匹の仔犬を、庭で見た途端、北の方は瞠目した。

(これは……)

犬ではない。狼の仔たちであった。

たいていの人間には見分けがつかぬが、北の方は、三楽斎の教授よろしく犬やそれ以外の動物とも少女時代まで親しんでいたので、確実に判別できる。

(父上らしいこと……)

意外なようだが、仔のときから飼っていれば、犬よりも狼のほうが人間によく馴れる。荒々しい野性を秘め、強大な牙をもつ狼は、主人の身を守るにうってつけの警固者といえよう。主人がか弱い姫君たちともなれば、なおさらのこと。

北の方は、素知らぬふりで、

「なんと可愛らしき仔犬たちよ」

と手をうって悦んだ。狼の仔だと知れたら、気の弱い女たちが騒ぎ立てるであろう。

氏長は、しかし、舅どのにも呆れたものよと吐き捨てた。

おおまき姫たちは、下々の子ではない。名門成田の息女ではないか。祖父ならば、美しき衣類や装飾品や玩具などを贈るのが当然であろうに、まさか仔犬とは。

「捨ててしまえ」

「殿。わが父が、仔犬を三匹寄越したは、実の孫のおおまきだけでなく、甲斐もこまきも別け隔てなく育てるようにとの心尽くしの贈り物。捨てよとは慮外《りょがい》の仰せられようではござりませぬか」

「何が心尽くしか。仔犬なんぞ、城下のどこにでも、ごろごろしておるわ」

「生き物を慈しむ心をお持ちなされませぬのか」

「犬を慈しむ暇があるのなら、世嗣を産めい」

「…………」

北の方は唇を噛んだ。

男児を身籠もらぬのは、女たちのせいばかりとはいえまい。妻妾うち揃って女腹ということはなかろう。むしろ氏長が責めを負うべきではないか。

しかし、武門の妻として、それだけは口に上せてはならぬ。なればこそ、北の方は唇を噛んで、喉元まで迫《せ》り上がってきた罵声を呑み込んだ。

（由良の姫は、何もかも吐き出してしまわれたのであろう……）

ふと氏長に離別された先妻のことを思いながら、北の方は羨ましく感じた。

「そなたが捨てられぬとあらば、わしが捨ててくれる」

眼を血走らせた氏長は、狼の仔たちを入れた籐編みの籠を、乱暴に抱えあげた。

「よくよく生き物を捨てるのが好きとみえるのう……」

その呟きを洩らしながら庭へ入ってきた入道姿の老人に、氏長は動きをとめてしまう。

「こ、これは、父上……」

俗名を長泰。いまは隠居剃髪、蘆伯《ろはく》と号し、城内に閑居の身である。

十二年前、蘆伯は、氏長と重臣らの陰謀によって家督譲渡を無理強いされた。そのとき、いったんは城下西方の龍淵寺《りゆうえんじ》に拠って一戦交える覚悟を決めた蘆伯だったが、北条や近隣諸侯が内紛に乗じることを憂えて、みずから矛《ほこ》をおさめ、城主の座を降りた。

いってみれば子に捨てられたわけで、蘆伯の呟きは氏長への皮肉といえよう。氏長もそれと分かるだけに、露骨にいやな顔をした。

「片野の舅どのは、できれば、この忍城を訪ねて、むすめと孫の顔を見たかろう。なれど、それをいたしては、成田に迷惑が及ぶ」

ゆっくり氏長夫妻のほうへ歩いてきながら、蘆伯は言った。

三楽斎は、大半が北条方へ奔《はし》った関東諸将の中にあって、いまだ関東管領上杉家の下知に従う義の人である。だから、三楽斎がむすめと孫に会いたいといえば、それは純粋に肉親の情愛の発露によるもので、謀《はかりごと》などない。

とはいっても、左様なればと忍城へ招くわけにはいかぬのが、戦国の世。上杉方の関東における有力な与力の三楽斎と正月から会見をもったと小田原へ聞こえれば、氏長が痛くもない腹を北条氏政に探られることになるのは、必定《ひつじよう》というべきであった。

そのあたりを弁《わきま》える三楽斎なればこそ、情愛を殺し、忍城訪問をあきらめたのに相違ないのである。

「舅どのが情を察せよ、氏長」

と蘆伯は、七十歳の老顔の中で、一瞬、双眸を鋭く光らせた。厳父の眼差しである。

氏長は、不快げな表情を変えることはなかったが、もっていた籠を北の方の胸へ押しつけるや、物も言わずに背を向け、庭から出ていった。

「舅上《ちちうえ》。ありがとう存じまする」

北の方は、安堵の息を吐き、籠を下ろして、蘆伯に頭をさげる。

「ゆるせよ、御台。氏長は猛々《たけだけ》しいが、決して冷酷な男ではない」

「承知いたしておりまする」

いま氏長が蘆伯の言うことを容れたのは、家督相続時の経緯も含めて、何かと後ろめたさをおぼえているからであろう。つまり、いささかの情を、氏長も持ち合わせているのである。

実際、氏長には、連歌を深く嗜《たしな》み、その風流を能く解《よ》するという、穏やかな一面があった。連歌会における氏長の佇まいを、北の方は好もしく思っている。

蘆伯のほうにも、氏長に対して忸怩《じくじ》たる思いがある。当主だったころ、小筑《こちく》という名の京女を城外に住まわせて寵愛した蘆伯が、その腹より出た男子に家督を譲ろうと思っていなかったといえば、嘘になろう。その男子は夭折《ようせつ》し、小筑も蘆伯の隠居した直後に死んだが、いまとなっては、いつどのようにして、父子間の感情が行き違ってしまったのか、思い出すこともできぬ。

「わしは三楽斎どのが気持ちを分かるような気がしての……」

籠の中の仔狼を眺めて、眼を細めながら、蘆伯が独白するように言った。

「舅上……」

北の方は、心中で、深くうなずく。

かつてはともに上杉方として北条や武田と戦い、いちどは忍城攻防で干戈《かんか》を交え、その後、奇《く》しくも子に逐われた老雄同士、蘆伯と三楽斎とは似通ったところがある。三楽斎の愛情が、自分を裏切った嫡子氏資よりも、他家で健気に生きるむすめのほうに集注することを、蘆伯は無理もないと思っているのであろう。

「御台よ。世嗣のことは気に病むでない。なまじ男など産めば、親は苦労が絶えぬ。氏長には弟もおれば、叔父もおる。いずれが家督を嗣いだところで、さしたる違いはない。それに、いざとなれば、おおまき姫に婿を取らせてもよいではないか」

「女城主という道もござりまする」

「これはまた、頼もしきことを」

蘆伯は、愉快そうに笑った。

「三楽斎どのが血をひくそなたならば、北条も一目置くであろうて」

いいえと否定したい気持ちを抑えて、北の方も微笑する。

（城主にふさわしき女は、甲斐）

その思いに反応したかのように、廊下を走ってきた甲斐姫が、素足のまま庭へ跳びおりて、蘆伯と北の方には眼もくれず、仔狼たちの籠の前でとまった。

「どれでも気に入った一匹を……」

と北の方が促すより早く、甲斐姫は一匹を抱きあげていた。

見るからに、いちばん器量の悪い仔狼ではないか。いずれも生後十日の兄弟であると北の方は聞いているが、その一匹だけが、他の二匹よりも明らかに大きくて、ふてぶてしい感じを与える。

あるいは甲斐姫は、その仔狼を自分に重ねたのであろうか。だとすれば、憐れを催さずにはいられぬ北の方だったが、甲斐姫の顔をのぞきこんで、はっとした。

満面、輝くばかりの笑みを浮かべて、仔狼に頬ずりしているではないか。

(もしや甲斐は……)

狼の仔であると分かったのやもしれぬ。そして、その一匹が最も獰猛《どうもう》な巨狼に育つであろうと感じ取り、おのれの守護獣として、外見の美醜よりも実をとったと想像できはしまいか。継母に斬りつけ、赤子をも殺そうとしたほどの甲斐姫の凄まじき性情を思えば、それは埒外《らちがい》のことといえぬであろう。

(甲斐が城主となれば、なみいる剛の者たちもひれふすに相違ない……)

そこへ、ようやく、乳母たちに抱かれたおまき姫とこまき姫もやってきた。

甲斐姫は、わがものとした仔狼を懐へ入れると、残りの二匹を抱き上げ、それぞれを妹姫たちのところへ運んでいく。

「おおまきに、劉邦《りゅうほう》。こまきに、張良《ちょうりょう》」

そう言って、仔狼を乳母たちに抱かせる甲斐姫に、北の方も蘆伯も二重に驚いた。早くも仔狼の名をつけてしまったことと、その名が唐土の名将たちのものだったことにである。

「ふうむ。御台の姫には漢の高祖《こうそ》、嶋根局の姫にはその軍師か。六歳の女童《めわらべ》とも思えぬたいした命名よな」

蘆伯は、感心のあまり唸ってしまった。

忍城には小沼近江という軍学者が食客として滞在しているが、その講義を氏長や重臣子弟らが受けているとき、決まって甲斐姫は戸外に息をひそめて耳を欹《そばだ》てる。そのことを知るのは、北の方だけであろう。

甲斐姫がどこかへ駈け去っていこうとしたので、北の方はたまらず呼びとめる。

「甲斐」

くるっと甲斐姫は振り向く。

「そなたの仔犬の名も教えてたもれ」

面《おもて》に精一杯の微笑を繕った北の方だが、実は不安でたまらぬ。

ちかごろの甲斐姫は、悪夢を見ることも稀になり、べにはす島へ渡る回数も減らしているとはいえ、それでもまだ北の方は楽観視していない。甲斐姫の心の闇が完全に晴れるには、いましばらくの時を要するであろう。

それだけに北の方は、自分の仔狼にだけは、甲斐姫がとんでもない名を付けるのではないかと疑ったのである。同じ唐土の歴史上の人物でも、血に飢えた狼にも似た紂王《ちゅうおう》や、反逆者安禄山《あんろくざん》のような。

甲斐姫は、懐中に大事そうに抱えた仔狼をいちど見てから、面をあげるや、

「周公《しゅうこう》」

と高らかに命名した。

北の方の微笑が本物にかわる。

周公といえば、周の武王《ぶおう》の右腕として、それこそ北の方の危惧した殷《いん》の暴君紂王を滅ぼし、後には武王の子成王《せいおう》をよく輔佐して善政を布《し》き、孔子をして夢にまで見る理想の宰相と言わしめた第一等の人物ではないか。唐土では聖人と尊崇されている。

「甲斐。そなたは、ほんに命名の達人じゃ」

北の方は胸を熱くした。

主人の懐の中で、周公がせっせとからだを伸びあがらせ、ふっくらした頤《おとがい》をちろちろと嘗《な》める。甲斐姫は、くすぐったそうに身をよじらせたが、笑い声は弾けていた。

三姫三狼

「備えよ」

命ぜられた周公は、主人の艶やかな頤を嘗めるのをやめ、その場に後肢を折り敷いて待機の姿勢をとった。

周公の灰茶色の毛に覆われたからだは、大黒柱に用いるような太い丸木を彷彿とさせる。当時の日本馬が体高四尺を基準としたが、周公のそれは三尺余りとみえ、やや小さな馬ぐらいの巨大さではないか。

仔狼のころの不器量が完全に失せ、ふっくらと太い尾や、凛々しく直立する耳や、大きな牙や、琥珀《こはく》色の眸子をもつその風姿は、見るだに気高いばかりか、すでに壮年期を過ぎたにもかかわらず、若き成獣の猛々しさを秘めていると分かる。野に放てば、獣たちより狼の王と崇《あが》められるに相違なかろう。

それほどの周公を意のままに操るのは、垂れ髪を牛若丸のように唐輪《からわ》にあげ、狩装束に身を包んだ男装の麗人であった。

なんという美しき姿容か。北の方へ斬りつけたころの膚の浅黒い小面憎げな童女の俤《おもかげ》を、どこに見いだせばよいのであろう。

甲斐姫、十六歳。絶世の美姫と形容するほかない。

その傍らで、さきほどから興奮気味の華やいだ声が唱和し、数をかぞえている。

「……四十七、四十八、四十九」

五十と発せられた瞬間、甲斐姫が周公の背を軽くぽんと叩いた。

周公は、力強く地を蹴って、さながら種子島《たねがしま》銃《じゅう》の弾丸のように飛び出していく。

「わあ、やっぱり周公は速《はよ》うございまするな、姉上」

やさしげな面立ちのおおまき姫が、眼を瞠《みは》って、素直な感嘆詞を放ったのに対し、

「五十も先に出たのだもの、張良が勝ちまする」

少し膨らませた小鼻のあたりに利かぬ気を滲ませて、かぶりを振ったのはこまき姫である。

二人のまき姫は、ともに十二歳になった。いずれも姉姫の影響だろうか、やはり狩装束姿である。

「おおまき。こまき。敗れし者は、城まで徒歩《かち》にて帰城ぞ」

「もとより承知にござりまする」

むっとした表情で、こまき姫が言い返したので、甲斐姫は愉快そうに声を立てて笑

った。妹のそういう強気を、愛しているのであった。

「わたくしは、負けたら、劉邦の背に乗って帰りましょう」

のんびりと、おおまき姫が洩らす。

「おおまきが乗れば、劉邦はくたばる」

品のない言葉を使って、こまき姫が茶化した。たしかに、ぽっちゃりしたおおまき姫では、馬ならぬ狼の劉邦には荷が重かろう。

「まあ、こまき。わたくしが肥えていると申すのか」

「おのれの口から申しおる。おかしなおおまき」

こまき姫は、ぷっと噴き出す。

「女はね、こまき。肥えていたほうが、殿方の好みに適《かの》うているのですよ」

怒りもせずに切り返すおおまき姫も、たいしたものである。

「叔父御が、こまき姫の細《ほそ》やかなる事、若竹のように清々しいと仰せられた」

こまき姫は退かぬ。叔父御とは、氏長の弟の左衛門尉泰親《さえもんのじようやすちか》のことだ。

「おおまき。こまき」

と甲斐姫が、たしなめる。

「男も女も、外面《そとづら》などどうでもよい。人の美醜は、心のもちようで決まるもの。母上たちがお美しいのも、お心が気高いからじゃ。分かるであろう」

母上たちと言われて、妹姫たちは、互いの顔を見合わせた。

実は二人は、姉の甲斐姫があまりに美しいので、それぞれの母に、それは何故かと訊ねたことがある。北の方は笑ってこたえなかったが、嶋根局は二人を前にして話してくれた。

「そなたたちの姉上は、姿形だけを申すのなら、幼きころは、それは憎体《にくてい》な子であった。仔細は申さぬが、酷《むご》いほどに心を病んでいたのじゃ。心の病《やまい》は、容貌にあらわれるものゆえな。なれど、御台さまが、ご自分のお命を懸けて、甲斐姫がみずから病に立ち向かい、これを克服いたすよう、お導きあそばした。その効あって、甲斐姫は清く健やかな心を取り戻し、あのように世にも稀なる美しき姫となったのじゃ。そなたたちも、甲斐姫に学ぶがよい。必ず美しゅうなりまするぞ」

おおまき姫とこまき姫は、甲斐姫へ視線を戻し、恥ずかしそうにこくりと頷く。それから互いに、ゆるしてたもれ、と謝った。

そんな妹姫たちを見て、甲斐姫こそ母親のように微笑んだ。

その花も羞じらう艶麗な笑顔が、周囲の供侍たちを陶然たる思いにさせているのを、甲斐姫自身は気づいているのであろうか。

一行は、忍城の東方に盛り上がる丸墓山《まるはかやま》の山上にいる。

この山は、高さ六丈余、直径約一町、わが国最大級の円墳といわれ、調子麿《ちょうしまろ》という者が聖徳太子の遺骨をこの地に納めたので、麿墓山《まろはかやま》の別名があるという伝承を残す。穏やかな姿の小山ながら、拓《ひら》けた田野の中に屹立するため、眺望すこぶるよろしく、昔から忍城攻めの陣地にされやすい。上杉謙信もここに本陣を布いた。

三姫も、自分たちの愛狼を伴れて、丸墓山へよく登る。

きょうは、周公、劉邦、張良の三匹の速さを競わせていた。丸墓山より四町ほど南の二子山の頂に、三姫それぞれが編んだ早咲きの梅花の首飾りが予《あらかじ》め置かれており、狼たちはそれを首にかけて戻ってこなければならぬ。ただ同時の駈け出しでは勝負にならぬからと、劉邦と張良の発走後、周公のみ五十を数えて放たれたという次第であった。

といって、劉邦と張良に衰えがみられるわけではなく、二匹ともむしろ、まだまだ壮《さか》んで、そのへんの野犬よりも遥かに強いし走力もめざましい。ひとり周公の速さが抜群なのであった。氏長が乗馬《じょうめ》とする奥州産の悍馬《かんば》ですら、人も鞍も載せぬ状態で競っても、周公に敗れ去ってしまう。

山頂には冷たい風が舞っているが、南の二子山のほうを凝視するおおまき姫とこまき姫は、頰を上気させ、かえって暑いのではないかと見える。

ひとり甲斐姫だけが西へ眼を向け、晩冬の忍城の姿を眺めて、何か別のことを考える風情をみせはじめた。

「姫。何を思うてござらっしゃる」

侍臣の藤野吉十郎《きちじゅうろう》が声をかける。

吉十郎は、どうしても武芸を習いたいという甲斐姫のために、北の方が伝手《つて》を辿って召し抱えた下総出身の兵法者である。若き日、かの塚原卜伝《つかはらぼくでん》より新当流《しんとうりゅう》を学んだという。

吉十郎の教え方は穏やかなので、おおまき姫とこまき姫も、小太刀をわれから習っていた。だが、肝心の甲斐姫が物足らなく思っていることを、吉十郎はちかごろ感じる。

（甲斐姫さまの並々ならぬご天稟《てんぴん》は、この吉十郎ごときでは花開かせることはできぬ）

そう思い始めてもいた。

「この身が熱い」

忍城のほうへ視線をあてたまま、甲斐姫は言い放った。どこか挑戦的な口調である。

（なんと、血を沸かせておらるる……）

吉十郎は、すぐに察した。もはや避けがたい豊臣秀吉とのいくさを思い、十六歳の乙女が逸《はや》る気持ちを抑えかねているとは。

（やはり、いまのうちに名ある兵法者にお預け申して、いくさと武芸の要諦《ようてい》を学んでいただくがよいようだ。甲斐姫さまは必ずや、おそろしき姫武者におなりあそばす）

ある人物が、吉十郎の心には浮かんでいる。ただし、いまだ存生するや否やも定かでない人だ。

「あっ、戻ってまいった」

こまき姫が叫んだ。

春の訪れは直ぐそこだが、あたりの樹林はまだ枯れている。樹間を縫って疾駆してくる三匹の姿は、丸墓山の頂から、はっきりと眼に捉えることができた。

「劉邦が先頭じゃ」

おおまき姫が歓声を放つ。

わずかに後れて張良がつづき、周公は先行する二匹から一町近く離されていようか。

甲斐姫も、妹姫たちの横へ並んで、駈け戻ってくる狼たちを眺め下ろす。

「徒歩のご帰城は、姉上と決まりましてござりまする」

と無邪気な笑顔を、おおまき姫が向けてくる。

「おおまき、要らざることを申しましたな。あるじが油断いたせば、臣下もこれに倣うもの」

甲斐姫がそう諭した矢先、

「そうじゃ、張良。励め」

こまき姫が叱咤をとばし、それに鼓舞されたように張良が劉邦を追い抜いた。

おっとり者のおおまき姫も、さすがにあわてて、わめき立てる。

「逆臣じゃ、逆臣じゃ」

唐土の歴史では、たしかに張良は劉邦の臣下であった。

「下剋上である」

とこまき姫がやり返す。

一瞬、屹《き》っと互いを睨んだ両人だったが、たまりかねて、同時に笑いだした。その明朗の空気は、供廻りへも伝染する。

「皆、声を振り立てよ」

間髪を容れず下知したのは、甲斐姫だ。

競い合う三匹への声援が、一斉に山頂で噴きあがった。まるでお祭り騒ぎである。

ほどなく、劉邦と張良が並走のまま、丸墓山の麓へ達した。あとは、斜面を削って作られた段々を、真っ直ぐ駈け登ってくるばかり。

「劉邦、あと少しじゃ」

「負けるでない、張良」

両狼が段々の半ばまで登り、大半の者がいずれかの勝利を確信したとき、周公がだしぬけに麓へ姿をみせた。さながら、稲妻が地を這ってきたかのごとき迅さであった。

劉邦も張良も、一瞬、背後を気にする素振りをみせた。巨大な兄狼が肉薄してくる。あわてたのであろう、弟狼たちは段々に足を滑らせた。

たちまち周公は迫る。だが、段々は並走する二匹に塞がれている。後ろから吹っ飛ばさぬ限り、追い抜くのは無理とみえた。

劉邦と張良の前肢が、山頂まであと五段。

「跳べ、周公」

下知する甲斐姫。跳躍する巨狼。あっと仰天する人々。

周公は、劉邦と張良を軽々と跳び越え、山頂へ一番乗りを果たした。

下りの道ではない。急な上りの道で先行者の頭上を躍り越えるなど、いかに獣とはいえ、目撃者の声を失わしめる凄まじき運動能力というほかなかった。

「天晴れであったぞ」

甲斐姫に褒められた周公は、白き頤をちろっと嘗めた。その太い首にひっかけている梅花の首飾りが、清々しき芳香を漂わせる。

落胆の溜め息が洩れた。おおまき姫だ。

こまき姫は、張良を睨みつけている。狼は、尻尾をまるめて、後肢の間に挟みこみ、ひどくすまなさそうな顔つきであった。

ただ、誰もが周公の逆転の跳躍に呆気にとられたので、劉邦と張良のいずれが二着だったか、たしかに判定できる者がいない。

「おおまき、こまき。いかがいたす」

甲斐姫は、妹姫たちに判定を委ねた。

「こまきが徒歩にて帰城いたしまする」

「おおまきも同道してよいかえ」

消沈気味に言葉を交わし合った二人だったが、

「それでは、三人でゆるりと帰城いたしましょうぞ」

と甲斐姫に手をとられると、たちまち満面を笑み崩した。

甲斐姫のまわりに、二人の妹姫と三匹の狼がまとわりつく。何人《なんぴと》も断ち切ることのできぬ強い絆が、そこに見えるようであった。

凡将に嫁がじ

ケキョケキョケキョ……。

清涼で滑らかな囀《さえず》りは、鶯のものだ。忍城に春が訪れた。

「甲斐。そなたは、関東随一の美女じゃ。父は果報者ぞ」

小田原から帰城するなり、氏長は出迎えた甲斐姫へ満面の笑みを向けた。

ちかごろの氏長は、諸方からさかんに甲斐姫の美しさを讃えられるので、そのことではすこぶる機嫌がよいのだが、しかし、きょうのようすは、いささか度を越えているようにみえる。

いまだに父を好きになれぬ甲斐姫は、不安の眼差しを北の方へ送った。

北の方は、氏長の上機嫌から何かを察したのか、微かに面を強張らせながらも、甲斐姫を安心させるように、唇許へ微笑を浮かべてみせる。

「皆、集まっておろうな」

氏長が、留守を預かっていた家老の正木《まさき》丹波守へ念を押すと、

「御主殿の広間に」

と丹波守が応じた。

「うむ。では、御台、甲斐。そなたらも、まいれ」

「畏れながら、殿」

北の方の面持ちが真摯なものとなる。

「奥向きにかかわることと推察いたしましたが、さようであれば、われら奥を預かる女子衆、打ち揃うて謹聴いたしとう存じまする」

「おお、よいぞ。めでたきことゆえな。座が華やかになるわ」

氏長は、笑顔を絶やさぬまま、主殿のほうへ足早に向かう。

氏長が小田原に赴いたのは、きたるべき関白豊臣秀吉との決戦に備えて、軍評《いくさひょう》定《じょう》に参加するためであった。

本能寺の変からわずか十一日後に明智光秀を討ち取ってしまった秀吉は、その翌年、柴田勝家を滅ぼして織田信長の後継者たる地位を完全なものとするや、旭日の勢

いで一挙に中央を掌握し、天下統一へ向けて、いまや日々邁進《まいしん》している。

成田氏が寄親《よりおや》と仰ぐ小田原北条氏は、本能寺の変報に接するや上野国へ兵をすすめて、信長より関東管領に任じられていた厩橋の滝川一益《かずます》を駆逐し、その勢いのまま甲斐・信濃へ乱入した。ところが、東海の勇者徳川家康が、両国に逼塞《ひっそく》していたあまたの武田旧臣をいち早く巧妙に手懐《てなず》けてしまい、これと対峙することになった北条氏は苦戦を強いられる。結局、徳川と北条は和睦するが、甲斐・信濃の領有は家康の手に帰した。

家康の強《したた》かさを存分に思い知らされた北条氏は、その次女督姫《とくひめ》を、当主氏直の正室に迎えて、両氏の同盟の絆とする。同時に、北関東の反北条方の諸侯を牽制するため、奥州の伊達政宗とも盟約を結んだ。

以後、秀吉にも屈せぬ家康の存在は、北条氏にとって、中央で巨大化する秀吉に対する頑強な防波堤となった。実際、尾張の小牧・長久手で秀吉軍と戦った家康は、局地戦に大勝して、その武名を満天下に轟かせた。

その後も、再三の上洛を促す秀吉に色好い返事をせぬ家康だったが、秀吉が調略をもって家康の属将たちを寝返らせ始めたので、とうとう肚《はら》を決めざるをえなくなる。

小牧・長久手合戦の和議成立からまる二年後の天正十四年十月、上洛した家康は大坂城へ登り、秀吉に臣従を誓った。

この家康上洛は、小田原を震撼せしめる痛恨事であった。三河・遠江・駿河・甲斐・信濃を領有する家康が秀吉麾下となったことで、秀吉は東への進撃路を確保した。つまり北条氏は突然、豊臣軍団との真っ向からの激突を避けられぬ危機に陥ったのである。

関白秀吉の動きは迅い。家康と会見の翌月には、関東惣無事令《そうぶじれい》を発して、ただちに北条氏をはじめ関東諸将へ通達した。惣無事令とは、詳述を省くが、要するに大名たちの私戦を禁じ、これに違背すれば勅命をもって征伐するぞという恫喝《どうかつ》である。

関東公方の政権継承者たるを自認し、上杉謙信が天正六年に没して以来、武田・上杉両雄の脅威から完全に解放されて、関東に独裁政権を樹立しつつあった北条氏にすれば、秀吉の命令は内政干渉と断ずべきものであった。だが、北条氏を悪《にく》む北関東の佐竹・結城・宇都宮らの諸侯は、惣無事令に喜んで従い、こぞって秀吉の調停を求めた。

この天正十五年に入るや、北条氏は、秀吉とはあくまで決戦する意志を固め、関東八ケ国の属将たちへ、その旨を知らしめた。

「大途《おおど》御弓矢立」

と文書は記す。大途とは、小田原北条氏の当主をさす。この場合は氏直である。

秀吉がまずは九州の島津攻めへ発向するというので、当面の危機は回避されたが、しかし、九州鎮定後のその矛先は間違いなく関東へ向けられる。

その猶予期間を幸いとして、北条氏は、きたるべき西国勢の来襲を箱根の天嶮《てんけん》で阻止すべく、山中城など徳川領との国境の城郭を強化し、また上杉景勝・前田利家ら北陸勢に備えて、上州と信越の国境を固めはじめた。

北条方の諸侯も、それぞれの居城を強固なものとするよう命ぜられ、一斉に城郭普請を開始した。大途の城たる小田原城に、城下町を取り込む大土居の建設も進捗している。

要するに、関東八ケ国に散在する北条方の百余の城を挙げて、一大籠城作戦を敢行しようというのであった。

昨年、父の蘆伯が七十九歳で没してから、ますます北条氏とのつながりを深める氏長も、小田原の下知に従い、忍城の城郭強化につとめ、また領内からあらたに兵の徴用も行っている。

その氏長の使者が、昨日のうちに忍城へ戻ってきて、氏長より一門・重臣に告げたい大事があるので、明日は全員登城するようにとの達しがあった。関白秀吉を対手の大合戦の前だけに、誰もが緊張した。ところが、その大事とは、小田原から帰城した氏長の言葉によれば、めでたいことであるそうな。

ふいに甲斐姫は、子宮のあたりに痛みをおぼえた。くうっと収縮したような、いやな知覚である。

女となった証を三年前に見た甲斐姫だが、いまは月のものの時期ではない。氏長の言う大事とは、甲斐姫の女にかかわると察知した肉体が、過敏な反応をしたのやもしれぬ。

「甲斐、案ずるでない」

北の方が、廊下をすすみながら、やさしい声音で言った。これまで命懸けで育ててきたのだ、守りとおす覚悟はできている。

「すべてはこの母にまかせなされ」

北の方を、顔も憶えておらぬ実の母親など比ぶべくもないほど愛し、信頼する甲斐姫は、その一言で落ち着きを取り戻す。

おおまき姫とこまき姫は、何か楽しいことが待っているとでも思うのか、小声で冗談を交わし、くすくす笑い合っていた。

「一同の者、慶事である」

一門・重臣らの居並ぶ広間の上座に就いた氏長は、つづいて女子衆が入来してくるやいなや、高らかに宣《せん》した。声が弾んでいる。

「甲斐を小田原へ遣る。左京大夫《さきょうだゆう》さまへ輿入《こしい》れじゃ」

おおっ、と歓声があがった。左京大夫とは、小田原北条氏の当主氏直をさす。

「それは祝着」

「おめでとう存じまする」

「いや、めでたい、めでたい」

次々と祝詞が発せられるが、しかし、すべて男たちの口からである。

氏長の左右に居流れる妻妾と姫たちは、無言だ。少女のまき姫たちだけが華やいだ声をあげかけたのだが、姉が面を蒼白にしているのを見て、二人ともびっくりして押し黙ってしまった。

「おお、姫が羞じろうてござらっしゃる」

「なんと美しきかな」

「左京大夫さまが羨ましいぞ」

男たちの反応は無神経というほかない。

「御台、何か申せ。そなたが手塩にかけし甲斐が、関東の太守の嫁になるのだ。それも、左京大夫さまたっての望みじゃ」

「殿……」

北の方は、氏長のほうへ膝を動かした。

「輿入れとは、むろんのこと、甲斐を北条どのがご正室に入れるということにござりましょうな」

そうではないと知りながら、北の方は質す。

北条氏直の好色より出た望みであることは疑いなかった。戦国の女として、自家の政略と納得のうえ嫁ぐのならよいが、男の性具のような扱いを受けるにすぎぬのは許しがたい。すでに北の方は、甲斐姫のために肚を据えている。

「何をたわけたことを。左京大夫さまがご正室は、徳川どのが姫ではないか。甲斐は側室に決まっておろう」

側室であろうと、甲斐姫ほどの美貌が最愛の寵妃とならぬはずはない。やがて男子誕生のあかつきには、関東の覇者北条氏の子の外祖父として、大きな力を得ることになる、というのが氏長の皮算用《かわざんよう》であった。

「さようにござりまするか。それでは、妾《わらわ》は甲斐の母として、承服いたしかねまする」

男たちの悦びに満ちていた座が、瞬時に静まり返った。

氏長も、信じられぬものを見るような眼で妻を凝視し、しばし声も出せぬ。が、妻のほうは、落ち着き払った佇まいで、良人《おっと》の次の言葉をまった。

「御台。戯《ざ》れ言《ごと》であろうな」

ようやく氏長は、声を出す。怒気が露わであった。

「むすめの生涯の大事。などか戯れ言など」

「大途へ嫁がせるに、何の不服がある」

ことさらに氏長は、大途という大仰な敬称を使った。嫁ぎ先が関東八ケ国の王であることを、北の方にあらためて認識させようと思ったのであろう。

「情けなや。北条がなにほどの者か」

「何い」

「ご当家は……」

北の方が声を荒らげた。めずらしいことなので、氏長はたじろぎ、列座の者たちも息を呑む。

「ご当家は、畏《かしこ》くも御堂関白太政大臣藤原道長公の御曾孫、武蔵国司式部大輔助隆《すけたか》さまより出《いで》し関東随一の名門。その尊き家格を誰よりも誇りとしておらるるは、殿ではございませなんだか。成田に比べれば、北条など地下人《じげびと》も同然にございましょう。その地下人へ甲斐を、正室ならばまだしも、側室として差し出すなど、母として承引できぬは道理とお思いあそばしませぬか」

たしかに成田氏は系図を藤原鎌足まで辿ることのできる名門である。素生《すじょう》定かでない伊勢新九郎（北条早雲《そううん》）を祖として、百年足らずの歴史しかもたぬ小田原北条氏より、家格においてはるか上をゆくのは事実であった。

とはいえ、地下人とは思い切った言いざまではないか。甲斐姫は、わがことながら、北の方の剣幕に呆気にとられてしまった。

「家格を蔑《ないがし》ろにされるや、越後の虎と怖れられた上杉謙信をすら見限り、これと干戈を交えし亡き御父上の心意気をば、よもや殿もお忘れではございますまい」

永禄四年の鶴岡八幡宮における長泰と謙信の争いのことを、北の方は言っている。これには氏長も返す言葉がないのか、握った両拳を顫わせるばかりであった。

ここで氏長が、北条と成田の実力の上下を口に出すことはできぬ。出してしまえば、成田はいかにも北条の下風《かふう》に立たされており、その言いなりであることを、みずから認めてしまうことになる。むろん現実はその通りなのだが、それこそ名門の血のゆるすところではない。

「畏れながら、御台さま……」

と口を挟んだ者がいた。浜田将監である。

弟の十左衛門も同席している。浜田兄弟は、もとは上杉謙信によって目付として忍城へ送り込まれた者たちだが、謙信が没して、成田が完全に北条方へつくや、氏長に忠誠を誓って何かと奮励し、いまでは末席ながら重臣の座を得ていた。

「上杉謙信との諍《いさか》いが、ご当家に悲運をもたらしたことをご存じあそばされましょう」

当時、厩橋に人質となっていた氏長の弟若王丸は、上杉勢の刃にかかるよりはと、みずから入水して果てた。

「もとより存じておる」

と北の方はこたえる。

「ご先代長泰公が家格にこだわりになられすぎた果ての悲運にござり申した」

「将監。わが父三楽斎より聞いておるぞ」

北の方の口調が冷やかになる。

「あの折り、そのほうら兄弟は、厩橋にいたそうではないか。当時は上杉方として」

「含みのあるご一言と聞き申した」

「そう聞こえたは、疚《やま》しきことのある証と受け取るが、よいか将監」

「いかに御台さまとて、聞き捨てならぬご雑言」

ひげ面を真っ赤にして、膝を立てた将監だったが、

「君寵を恃《たの》んで、差し出がましい。退がりゃ」

眦《まなじり》を決した北の方の凄まじき一喝に、びくっとしてよろめく。

「将監。退がっておれ」

列座の最上位の老顔から、穏やかな声が発せられた。氏長の叔父の肥前守《ひぜんのかみ》泰季《やすすえ》。成田一門の長老格である。

将監は、唇を嚙みながら、退室した。弟の十左衛門も、癇《かん》の強そうな顔に憤怒の色を隠さず、裾を払って出ていく。

「御台。成田の当主たるわしが一存で決めたこと。もはや口出しはゆるさぬ」

氏長は、突っ立ちあがって、北の方を睨み下ろした。ほとんど逆上の態である。

「されば、口出しはいたしませぬ。なれど、殿。殿が向後《きようこう》いかようになされましょうとも、甲斐を断じて小田原へは遣りませぬ」

北の方も氏長から視線を外さなかった。

「御台。汝《うぬ》は……」

氏長の拳が振り上げられた。

咄嗟に甲斐姫は、長い裾を翻して、夫婦の間へ割って入る。

「父上。わたくしは、小田原へはまいりませぬ」

甲斐姫も、一歩も退かぬ気概を、大きな双眸にめらめらと燃え立たせ、氏長を睨み返した。

「父に逆らうと申すか」

「お気を鎮めて下さりませ、父上。わたくしには、身代の多寡も家格の上下も、さしたることではござりませぬ。また、側室であろうと、かまいませぬ」

「甲斐」

こんどは、北の方が顔色をかえる。甲斐姫の口からそれを言い出されては、自分が氏長に抗ったことが無益になってしまう。

「母上もお聞き下さりませ。甲斐はただ、器量人に嫁ぎたいと願うばかりにてござります る」

「おお、よう申したぞ、甲斐。案ずるまでもない。北条のご当主たる左京大夫さまが器量人でないはずはなかろう」

氏長はたちまち喜悦の色を浮かべたが、

「いいえ、父上。非礼を承知で申し上げまする……」

と甲斐姫は、小さくかぶりを振って、いったん間をとってから、凛然たる声音を放って広間を圧した。

「関白東征近しを聞いて、北条はあわてふためいておりまする。額に箭《や》は立つとも、背に箭は立てじ。親も討たれよ、子も討たれよ、死ぬれば乗り越え乗り越え戦うが、坂東《ばんどう》武者の習いではござりませぬか。勝手知ったる雄大なる関東平野に出て、上方衆を迎え撃つが至当であるに、ご分国挙げての籠城策をお命じあそばすとは、左京大夫さまがご将才の凡庸、三歳の童子でも見抜けましょうぞ。甲斐の夫といたすに甚だ不足とおぼえまする」

実は、甲斐姫の指摘したこの出撃策は、のちに北条一門中の猛将氏照《うじてる》と氏邦《うじくに》によって進言される。三島まで出て黄瀬川を最前線とするか、もしくは駿河三枚橋《さんまいばし》城を奪取して富士川に西国勢を食い止めるという、士気を高めるに相違ない華々しい策戦である。だが、氏直は、天下一の堅城小田原城に拠っていれば安心であるとして、これを却《しりぞ》けた。

列座の者の多くが、狼狽し、あたりをきょろきょろしはじめる。甲斐姫のいまの暴言が小田原へ聞こえるようなことがあれば、成田はいかような咎めをうけるか分からぬ。

「控えよ、甲斐。女子がいくさを論ずるとは、僭越《せんえつ》にもほどがある」

「婦女子とて、籠城いたせば戦わねばなりませぬ。凡将に服《したご》うて命を落とすなど、甲斐はいやでござりまする」

「黙れ」

「黙りませぬ」

「お……おのれは、いささかの美しさを鼻にかけ、さまで高慢なる物言いを……。それへ直れ」

叫ぶなり、氏長は、小姓の手からおのが太刀をひったくり、鞘を払った。

夜叉の顔である。

甲斐姫の記憶の奥底から、同じ顔が鮮烈に浮き上がった。幼児を挟んで罵り合う男と女。甲斐姫の心を深き淵へ突き落とした顔である。北の方の慈愛に接することがなければ、生涯恐怖しつづけた顔であろう。

甲斐姫は、懐の短刀へ手をかけた。北の方より頂戴し、幼きころから肌身離さぬひとふりである。

決して氏長へ殺意を抱いたのではない。日頃の武芸鍛練が、肉体に反射的な動きをとらせただけのことだったが、甲斐姫は、手をかけたなり、はっとした。

「こやつ……」

さしもの氏長も、一瞬、どきりとしたようである。

「おのれは、父の刃から逃れようともせず、刃向かわんといたすか」

怒りは頂点へ達した。抜き身が振り上げられる。

「おやめくだされませ」

北の方が動くより先に、甲斐姫の身をかばった女がいる。嶋根局であった。

「退《の》けい、嶋根」

「退きませぬ。お怒りは、甲斐に代わりて、この母がうけとう存じまする」

「母、じゃと……」

たとえ、おのが腹より出た子ではなくとも、正室の北の方が母を名乗るのは当然だが、側室の嶋根局までそう宣言するなど、どうかしている。

「わたくしは甲斐の母にござりまする」

再度、嶋根局は断言して、氏長を睨みあげた。蒼ざめた相貌に決死の覚悟を漲《みなぎ》らせている。

すると、おおまき姫とこまき姫が、氏長の左右から、その足へしがみつき、父の身動きを封じてしまう。

嶋根局と妹姫たちの命懸けのやさしさに、甲斐姫は目頭を熱くする。同時に、北の方が女たちの同席を望んだのは、はじめから力を合わせて甲斐姫を守るつもりであった、といまにして気づいた。

（わたくしは、なんという幸せ者でありましょう……）

もはや父に斬り殺されてもかまわぬ。いまなら、幸福感に充《み》たされたまま死ねる。

だが逆に、氏長のほうが、怒りを急速に冷めさせていった。女たちをすべて敵にまわしたことを悟り、異様な恐怖をおぼえたのである。といって、振り上げた太刀を何とかしなければ、良人として父として、また当主として面目が立たぬ。

「氏長どの、もうよいではないか。ここは、この泰季に免じて、太刀をおさめてくださらぬか」

助け舟を出してくれたのは、長老の泰季であった。このとおり、と頭まで下げて。

「叔父御のお頼みとあらば……」

氏長は、内心ほっとしながら、しぶしぶの態で、白刃を小姓の手へ戻した。

女たちの身内に安堵感がひろがる。

「かようなわがまま者を、北条どのへ輿入れさせようとしたこの氏長が不覚であった。もし小田原へ遣っておれば、左京大夫さまの災いとなったに相違ないわ。それに、どのみち、嫁いだところで、男子を産めねば、下婢《かひ》も同然じゃからな」

これは北の方や嶋根局への皮肉であった。氏長はいまだ世嗣に恵まれぬ。

「甲斐」

冷然たる表情で、氏長は言った。

「そのほうを龍淵寺へ預ける」

「殿。甲斐を幽閉なされまするのか。それはあまりに……」

「控えよ、御台。そなたらの望み、ふたつは肯《き》かぬ。乱心者を幽閉いたすは当然であろう」

叔父御もそれでよろしゅうござるな、と氏長は泰季に諒解をとる。

泰季も、致し方あるまいと容れた。

氏長にすれば、いちどは小田原へ約束した甲斐姫の輿入れを破談にせねばならぬのである。のっぴきならぬ事態の出来《しゅったい》が必要であった。甲斐姫乱心のほかに、氏直に納得してもらえる理由はあるまい。

北の方も、さすがに、こんどは引き下がらざるをえなかった。

だが、北の方や嶋根局や妹姫たちの命懸けのやさしさを総身に浴びた甲斐姫にとって、幽閉に耐えるくらい、何ほどのことでもない。

甲斐姫は、神妙の面持ちで、氏長の前に両掌をついた。

「ただいまより龍淵寺へまいりまする」

脱出

境内の代掻《しろかき》を終えた田面が、夏の月に照らされて、白々と霜を置いたように涼しげに見える。

が、実際には、そよとも風が吹かず、人も虫も樹も草も暑さにぐったりとして、龍淵寺は森閑と静まり返っていた。

当時より百七十年以上前、成田氏中興の祖家時《いえとき》が、高僧和庵清順を招いて開山となしたこの寺は、以来、成田氏の菩提寺と定まって寺運盛んであり、永禄年間にいちど焼失するも、氏長の叔父の泰季が再建し、立派な堂塔伽藍を有するに至った。

その広い境内を、ひたひたと走る黒影がいる。その滑るような足運びは、兵法者か忍びの者のそれであろう。腕に何やら抱えていた。

黒影は、本堂の裏手へ回り込んだ。そこには小さな池がある。

昔、このあたりは大きな沼地で、巨大な龍が潜むと地元の民人に怖れられていたが、清順和尚が皆の迷妄を払拭し、この地に寺を創建したので、龍淵寺と号するそうな。本堂裏の池は、その名残であった。

池の畔に一庵が建つ。かつては、蘆伯が愛妾小筑を住まわせて通った愛の巣である。

いまは甲斐姫の幽閉所となっていた。

その庵の横に、こちらは木の香も新しい番小屋が一棟、寄り添う。甲斐姫監視の番兵たちの詰所だ。

幽閉の身とはいえ、甲斐姫は罪人ではなく、みずからこの境涯に甘んじた。だから、昼夜を分かたず見張りを怠らぬという厳重さはない。実際、灯火の消えた番小屋のうちからは、鼾《いびき》が洩れ聞こえる。

脇に犬小屋も見えるが、中で巨体を縮こまらせているのは、狼の周公であった。首に鉄輪を巻かれ、地中深く穿《うが》った太い杭に鎖で繋がれている。念入りにも、四本の肢《あし》まで相互に鎖で結ばれているのは、周公が暴れだしたら手がつけられぬということもあるが、こうして拘繋《こうけい》しておけば、この忠実な従者を残して、万一にも甲斐姫が逃げだすことはないという、監視側の考えであったろう。

月明かりが、つと首を起こして、あたりの気配を窺う周公の姿を、暗がりに浮かび上がらせた。周公は、小屋を出ると、首輪と杭を繋ぐ鎖が張り切るところまで歩をすすめ、低く唸った。

黒影が、音もたてずに、池の縁をまわって近づいてきた。

「周公、見忘れたか。藤野吉十郎じゃ。甲斐姫さまを救けにまいった」

四肢を撓《たわ》め攻撃体勢に入っていた周公は、ちょっと首を傾げてから、後肢を折り敷いて背を立てた。吉十郎を味方と認めたのである。

「賢いの」

吉十郎は、皓《しろ》い歯をみせると、周公の身動きを封じる鎖を摑んだ。

「待っておれ、周公。甲斐姫さまを救けてから、これを断ち切ってしんぜるゆえな」

諒解の合図であろう、周公は吉十郎の手をぺろりと嘗めた。

庵の床下から控えの間へ忍び入った吉十郎は、監視役を兼ねる侍女二人を、たちまち当て落とす。

仕切り戸を開けた瞬間、

「何者か」

甲斐姫の緊張した、それでいながら強さを秘めた誰何《すいか》の声に、吉十郎は咎められた。

（はや気配を察しておられたか……）

舌を巻きつつ、吉十郎は名乗った。

「藤野吉十郎めにござる」

「わたくしを逃がしにまいったのか」

「御意」

「逃げませぬぞ。母上や大叔父御に迷惑をかけられぬ」

「ご案じなきよう。これは、お二方《ふたかた》のお下知」

「まことか……」

甲斐姫は、闇の中で瞠目する。

「半月ばかり前、由良家より、姫を貰いうけたいとのお申し出がござった」

上州新田金山城主の由良国繁《くにしげ》は、甲斐姫の実母の兄である。いまだ存生の実母は、その国繁のもとにいると聞く。

しかし、甲斐姫のほうでは、これまで実母に会いたいと思ったことはない。だいいち、顔も憶えていないのである。

「なにゆえ、わたくしを」

捨てた子が乱心と聞いて、いまさら不憫に思ったわけでもあるまい。

「非礼を顧みず申し上げれば、姫の御生母さまは、東国随一の美しさと評判の姫をご当家に残して去りしことを、いまになって惜しく思うておられると拝察仕る」

つまり、甲斐姫を政略結婚の具に使いたくなったのである。となると、乱心が事実でないことも、由良家は知っている。

「吉十郎。わたくしの母上は、この世にただご一人《いちにん》。さような申し出は、慮外のこと」

「ごもっともにござる」

氏長も激怒して由良家の使者を追い返した。それはそうであろう、氏長と由良の姫とは憎み合って別れたのだから。

ところが、その後しばらくして、常陸片野の太田三楽斎から、氏長の叔父肥前守泰季のもとへ火急の密書が届いた。この二人は、ともに上杉方として北条・武田と戦っていたころから、肝胆相照らす仲なのである。

いまだ上杉に忠義立てをつづける三楽斎は、小田原へ忍びを放っているのだが、その忍びが探索中に思わぬ情報を得た。

北条氏直は、甲斐姫乱心ときいて、いったんは側室にするのを諦めたのだが、それは偽りだという噂を耳にしたらしく、甲斐姫の身柄を奪い取ってくるよう、風魔《ふうま》衆に命じたというのである。いちども会っていないだけに、甲斐姫の美貌への氏直の執着は、ますます募ってしまったのであろう。

「噂の出所は由良家に相違ないと肥前守さまは仰せにござった。されど、すべてをお屋形さまに言上いたせば、事が大事に至るは必定……」

「父上がわたくしを害すると……」

成田の家を守るためには、氏直に事実を知られる前に甲斐姫を殺してしまうのが、最善の策といえよう。

「お屋形さまは、そこまで酷《むご》き性情ではあられませぬ」

「それは、母上のお言葉か」

「ご賢察」

甲斐姫も、頷き返す。氏長がまことに酷薄の気象ならば、いかに女たちに押し止められようと、とうに甲斐姫を刃にかけているはずだ。

「なれど、姫を力ずくでも小田原へ嫁がせるぐらいのことは、こんどはお屋形さまもおやりあそばしましょう」

乱心は一時の病にすぎず、幽閉中の静かな暮らしによって治ったと言い張って、輿入れさせればよいのである。

「ここは、姫。一時、ご領外に身を隠すが得策にござる。北条とて、さほどにいやがる姫に、このうえの無理強いはいたしますまい。また、やがて上方勢が押し寄せれば、関東挙げての大いくさに、北条のみならずお屋形さまも、余事にかまけるゆとりは失せましょう。御台さまは、そうした頃合いを見計らい、姫のご帰城をお屋形さまにとりなさんとのお考え」

吉十郎は膝をすすめる。

「姫。この吉十郎に思うところがござれば、しばしの辛抱と覚悟されて、ともにお逃げ頂きとう存ずる。それがお母上と肥前守さまのお心に適うことにござりましょうぞ」

「相分かった」

ついに甲斐姫は決心した。

「されば、姫。お召し替えを」

吉十郎は、持参の風呂敷包みを差し出すと、仕切り戸を閉めて、控えの間で待つ。

包みの中身は、甲斐姫が外出時にいつも身に着けていた狩装束と、幽閉前に奪《と》り上げられた短刀である。

（母上……）

北の方が用意してくれたものに違いない。甲斐姫は、その温もりを感じた。

「支度が調うた」

と甲斐姫が言ったとき、戸外で獣の叫びが発せられた。周公だ。

つづいて、烈しい激突音がしたかと聞くまに、悲鳴が噴きあがった。

（はや風魔が……）

吉十郎は、総身の毛を逆立てたが、怯えはせぬ。

「姫。早う裏手へ」

仕切り戸をあけて言うと、甲斐姫はかぶりを振って、

「周公をおいてはゆけぬ」

早くも吉十郎の横を駈け抜けた。

「なりませぬ」

だが、甲斐姫がいかに闘争心の強い乙女であるか、兵法の師としてよく知る吉十郎である。一瞬のうちに肚を括り、甲斐姫を追い越して、表へ跳びだした。

だしぬけに、三人の忍び装束と相対した。

番小屋の戸は壊され、戸口に番兵の死体が折り重なっている。

周公はといえば、やはり忍び装束一人を対手に、威嚇の唸りを発していたが、四肢を縛されているだけに、みずから攻撃はできぬ。

「風魔か」

吉十郎は、言いつつ、差料の鯉口を切る。が、敵は無言で、血塗《ちまみ》れた白刃の切っ先を並べた。

「甲斐はここぞ」

とつぜん甲斐姫が名乗りをあげて、吉十郎の背後から、右横へ走りでる。

みずからおとりになったのだと察した吉十郎だが、さすがにどっと冷や汗が出た。

三人の敵の視線が、揃って甲斐姫のほうへ振られた一瞬を、吉十郎は見逃さぬ。左腰から噴出させた銀光を、撥ね上げ、打ち下ろし、そして突いた。

二人には断末魔の悲鳴をあげさせたが、突きを躱《かわ》されてしまう。

（不覚……）

三人目の敵の上段からの斬撃が、あわや吉十郎の脳天を叩き割ろうとした刹那、甲斐姫がその者へ体当たりを食らわせた。

臆せず、からだごとぶつけた短刀の突きであった。深々と敵の脇腹を抉《えぐ》っている。

（見事）

吉十郎は、いまさらながら甲斐姫の武芸の天稟を思い知った。

周公と対峙していた残りのひとりは、身を翻して遁走する。

あっ、と吉十郎はうろたえた。小田原へ生還させてはならぬ。が、忍びの脚に追いつくことは不可能であった。

「吉十郎、周公の鎖を」

甲斐姫のほうが冷静ではないか。

「おお、その手があった」

すでに周公は、首の鉄輪と杭とを繋ぐ鎖を張り切って、待っている。それを吉十郎は、気合一声、すっぱり断ち切った。あたりに火花が散る。

次いで周公は腹をみせて、四肢を上へ伸ばし、相互を繋ぐ鎖を張った。これらも、吉十郎の剣が斬り離す。

「周公、いくさじゃ」

四肢を解放された巨狼は、主人の下知に勇躍、地を蹴った。

月下に、夜気を切り裂く悲鳴が響き渡ったのは、それから数瞬後のことである。

赤城山の大猿

前方間近に、赤城山《あかぎやま》の雄大な姿が望まれる。吉十郎が甲斐姫を誘《いざな》ったのは、厩橋から東へ一里余りの地であった。

ここで老齢の身をみずから養う人物に、甲斐姫を引き合わせるつもりでいる。いちおう仔細をしたためた書状《ふみ》だけは、人伝《ひとづ》てに送り届けておいた。

「姫。幾度も申し上げたように、あの御方は隠遁なされておられますゆえ、弟子入りが叶うや否やは、会うていただいた上でのうては、分かり申さぬ」

「吉十郎。わたくしは正真の兵法、武芸を学びたい。叶わぬとはねのけられようとも、弟子入りいたす所存じゃ」

それほど甲斐姫は、以前から、その人の伝説的な武名を慕っていた。

上州は風が強い。二人の踏み入った村落にも、夏のことで生暖かい風が巻いていた。

何の前触れもなく、甲斐姫の横を歩く周公が、左の路傍へ跳んだかと見るや、そちらにひろがる桑畑を睨みつけて唸った。

「いかがした、周公」

キイッ……。

奇声を発して、桑の木の根元から跳び出し、道へ駈け上がってきた影に、甲斐姫らは呆気にとられる。おそろしいまでの迅さだったからである。

「まあ……」

対手の姿形をはっきり確認したところで、甲斐姫は破顔した。

可愛い小猿ではないか。

その小猿が、右腕を振った。いや、振ったと見えたときには、周公が小さく悲鳴を洩らしている。鼻に礫《つぶて》を浴びたのであった。

甲斐姫は眼を疑うほかなかった。周公が避けきれなかったとは。

キッキッキッ。小猿は真っ白な歯を剝いて、小馬鹿にしたように嗤《わら》った。

周公が、吠える。頭にきたようだ。

「ならぬ、周公」

小猿を噛み殺すところなど、甲斐姫は見たくない。

「いや、姫。けしかけても大事ござらぬ」

「何を申す、吉十郎。周公はいちどいくさを起こせば、獰猛無比ぞ」

「それは、あの小猿を捕らえることができればの話にござろう」

「人であれ獣であれ、周公に追われて逃げきれる者などおらぬ」

「されば、お試しなされ」

そこまで愛狼を侮られては、甲斐姫も引き下がれぬ。

「よし、周公。いくさじゃ」

待ちかねていた周公は、四肢を躍らせ、小猿めがけて疾駆した。

距離は五、六間しかない。恐怖のあまり小猿が竦《すく》みあがったように見えた。

ところが、予想だにせぬことが起こった。周公の前肢に叩き伏せられんとした、まさに直前、小猿は真上へふわっと跳びあがり、周公の背中へとんと乗っていた。さながら、風に煽られて舞う木の葉のような頼りなさだったが、それだけに周公には予測のつかぬ動きだったであろう。

小猿は、周公の頭をこつんと、ひとつ叩いてから着地し、甲斐姫たちへにっと笑いかけるや、その横をすり抜け、駈けだしていった。

向きをかえた周公が、怒り狂い、哮《たけ》りながら、小猿を追尾する。

甲斐姫と吉十郎も、あとを追う。

利根川へ流れ込む川に沿った道は、ほどなく村落を抜けて、樹林の中に上りとなったが、なおも小猿は逃げる。逃げるが、しかし、ときどき振り返っては歯を剝いたり、赤い尻をぺんぺん叩いてみせた。追手をからかっているとしか思われぬ。それで周公はますます猛った。

道が右に左に屈曲し、そのたびに、先をゆく小猿の姿が消えては現れ、現れては消える。さすがに、こうまで翻弄されると、甲斐姫もあきれるほかなかった。

（吉十郎の申したとおりじゃ……）

なんと敏捷で、賢い小猿であろうか。これは野生そのままなのか、それとも何者かに仕込まれたのか。

いつしか樹叢が濃くなり、川は道から二丈ばかり下で水音を高くしていた。

周公がふいに立ち止まると、あたりの気配をきょろきょろ窺ってから、やおら地へ鼻をつけて、くんくん嗅ぎまわりはじめた。

稍《やや》あって、周公へ追いついた甲斐姫と吉十郎は、前方を眺めやって理由が分かった。小猿が完全に姿を消してしまったのである。

周公は、落葉松《からまつ》の幹へ前肢をかけ、唸り声をたてながら、がりがりと引っ搔いた。
・この木を登ったのかしらん、と甲斐姫が頭上を見上げた瞬間、樹冠から洩れ入る光を遮って、高き宙空を何かが横切った。

その何かは、別の木の高処《たかみ》へ移るや、幹の向こう側へ姿を隠した。むささびかと思ったが、もっと大きかったような気がする。

ところが、その木から、また別の木へ飛び移った影は、こんどは小さかった。

「あっ、小猿……」

思わず甲斐姫は叫んだ。

周公が、烈しく吠え立てる。

「えっ……」

甲斐姫は、おのが眼をこすった。

たしかに小猿と見えたものが、みたび滑空したとき、そのからだは巨きく膨れていたのである。

いわば大猿である。小猿の親であろうか。

あとはもう、甲斐姫は、顔を仰向けたまま、茫然と見とれるばかりであった。めざましい跳躍力で、木から木へと移っていく生き物は、小猿かと見れば大猿、大猿かと見れば小猿、時には大小の猿が交錯するという、変幻自在の空飛ぶ舞踊と映った。

そして大猿、小猿は、またしても突然、姿を隠してしまう。

甲斐姫も周公も、その場でくるくる回りながら、頭上を眼で探るが、気配すら失せてしまった。

「姫。お足許を」

と吉十郎が言った。

「まあ……」

甲斐姫が足許の地へ眼を落とすと、そこに小猿がちょこんと座って、こちらを見上げているではないか。いつのまに下りてきたのか。

すかさず周公が跳びかかろうとした刹那、水音の絶えぬ崖下から道へ、躍りあがってきた者がいた。

(大猿)

いままでそう見えていた生き物だったが、間近に接して、人間であることが、甲斐姫にはようやく分かった。それも髪も長髯も銀色の、たいへんな老翁ではないか。

老翁は、周公めがけて、流れるように手刀を打ち下ろした。周公のからだに届いたわけではない。空を切ったのである。

あろうことか、周公の巨体が派手にひっくり返った。それなり、ぴくりとも動かぬ。

「案ずるでない。気死させたまで」

人間のからだというより、枯れ枝ばかりをつなぎ合わせたようにか細い老翁は、にっこり微笑んだ。

我知らず、甲斐姫は一歩踏み出す。老翁の微笑にひきずりこまれたというほかない。

小猿が、老翁の肩へ駈け上がった。

「藤野吉十郎。久しいのう」

吉十郎が面謁を求めにきた老翁は、懐かしげな微笑を向けてきた。

この老翁に吉十郎が初めて出会ったのは、伊勢の太《ふと》の御所においてである。伊勢国司北畠具教《きたばたけとものり》は、『神皇正統記《じんのうしょうとうき》』を著した南朝の忠臣北畠親房《ちかふさ》の後裔《こうえい》という尊貴の身でありながら、塚原卜伝より一《ひとつ》の太刀を伝授されるほど兵法に抜群の才を顕《あらわ》した人で、その邸宅の太の御所に、廻国修行中の兵法家・武芸者たちが逗留することを、快くゆるしていた。

吉十郎は、当時すでに武名の高かった老翁に一手の教授を乞い、木剣をもって立ち合ったが、対峙するなり、腰から崩れ落ちてしまった。老翁の気に呑まれたのである。吉十郎が弟子入りを願ったのはいうまでもない。

一年余り老翁から手ほどきをうけた吉十郎だったが、その庇護下でさしたる不自由もなく過ごすことを潔しとせず、再びみずから孤独な廻国修行の旅へ出た。再会はそれ以来のことになる。

「武蔵守さま。お人が悪い」

猿飛《えんび》ノ術で甲斐姫を驚かせた老翁へ、吉十郎はちょっと呆れたように言った。

この上泉の地に隠棲する老翁の名を、上泉信綱《かみいずみのぶつな》という。新陰流《しんかげりゅう》兵法弘流の功をもって、従四位下武蔵守に叙任された、超絶の達人である。

牝獣誕生

藤原秀郷《ひでさと》の後裔の太郎重俊《しげとし》は、赤城山南麓の要地大胡《おおご》に築城して大胡氏を称したが、その裔の勝俊が大胡の南西二里の地、桂萱郷《かいがやごう》上泉に砦を築いてその地名を姓としたのが、上泉氏の起こりという。

その後、大胡氏が武蔵国へ去ると、上泉氏が大胡へ入って城主となった。後世に塚原卜伝と並んで剣聖と敬称される上泉信綱も、大胡城で誕生する。

乱世の真っ只中に生を享けるや、当初は伊勢守を称し、秀綱と名乗って、常陸鹿島《かしま》の陰流の創始者愛洲移香斎《あいすいこうさい》について奥義を授かり、次いで信州深志《ふかし》の小笠原氏隆《おがさわらうじたか》に小笠原流兵法を学んで、これをも会得した。

その後、父秀継《ひでつぐ》より家督を嗣いで大胡城主となった信綱は、関東管領上杉憲政《のりまさ》の麾下として、寡兵を小笠原流軍配で自在に操り、北条軍五千余の猛攻から城を守りきったが、当時の情勢が北条優位に傾いていたことから、みずから城を明け渡した。ほどなく謙信の登場で上杉方が勢力を盛り返すと、信綱は、西上野箕輪《みのわ》城主で智勇兼備をうたわれた長野業政《なりまさ》に属し、幾度となく武勇をあらわした。別して、上州へ攻め入ってきた武田軍と戦ったさい、安中《あんなか》城主安中左近と一騎討ちをして槍先にかけたことで、その抜群の働きに対し、業政から、

「上野国一本槍」

の感状をうけた。上州随一の槍の遣い手という意味である。

業政が卒《しゅっ》したあとも、信綱はその遺児業盛《なりもり》をよく守り立てた。業盛のほうも、信綱を父と思って慕った。

しかし、厳秘されていた業政の死が甲州まで聞こえると、武田信玄は再び大兵を催して疾風迅雷、上州へ乱入し、次々と長野方の諸城を陥落せしめ、たちまち箕輪城へ迫った。

信綱は、搦手《からめて》の守将として奮戦したが、武田軍一万三千の火の出るような攻撃に、

落城間近しとなった。そのとき業盛が、にっこり笑って、信綱に礼を述べた。

「伊勢どの。これまで何かとようお導き下された。最期は、おことに習い覚えた兵法を存分に揮うて、死に花を咲かしとうござる」

城門を開いてうって出た業盛は、宣言どおり、敵二十余騎をなで斬りにし、みずからも白糸縅《おどし》の鎧を真っ赤に染め、深手を負って城中へ戻ると、腹十文字に掻き切って果てた。十八歳の若さであった。

信綱が声を放って泣いたのは、生涯でこのときいちど限りである。

〈春風に梅も桜も散り果てて名のみ残れる箕輪の里かな〉

怒りと悲しみの胸の内で、業盛の辞世の歌を反芻しながら、信綱はわずかばかりの兵を率いて、なおも戦った。

その鬼神のごときいくさぶりに、さしもの武田勢も怖れて近づくことができず、結局、信玄は使者を出して、生き残った城兵をすべて助命するという条件で、信綱に降伏を勧告した。

これを受諾した信綱だったが、武田家随身の勧めはことわった。信玄自身から再三にわたって懇望されたにもかかわらず、二度と主取りをするつもりはないと宣言する。

信綱の心には、業盛の死が重くのしかかっていた。悲しきことばかり多いいくさは、もはや懲り懲り。これからは、かねてより念願だった兵法弘流の旅に出て、気ままな余生を送ろうと決心したのである。

廻国中の信綱の日本武道史を彩る足跡や逸話については、これを記した書物が多いので、そちらに譲りたい。ただ晩年、京洛に長く滞在していたようだが、元亀二年に関東へ下向したと山科言継《やましなときつぐ》が記したのを最後に、信綱の消息は不明となる。

死没の地も年も、定かでない。生年すら伝承の域を出ない信綱のことゆえ、兵法弘流の大目的を達成したあとは、故郷に戻って、ひっそりと晴耕雨読の生活を送ったのであろう。実際、天正五年正月に、上泉荘の西林寺《さいりんじ》で子の常陸介秀胤《ひでたね》の十三回忌を行なったことが、信綱最晩年の唯一の確証として、その寺の書き付けに見える。

ほぼ同時代の兵法の達人塚原卜伝は八十三歳、柳生宗厳《やぎゅうむねよし》も七十八歳まで生きたことを思えば、甲斐姫の訪問をうけた天正十五年の夏に、推定年齢八十歳の信綱が老の身を永らえていたのは、いささかも不思議ではなかろう。

「されば、姫。武蔵守さま。お名残惜しゅうござるが、それがしは、これにてお別れ仕る」

藤野吉十郎は、甲斐姫を信綱へ預けると、信綱の草庵にひと晩泊まっただけで、翌日には別辞を告げた。武州忍へひそかに立ち戻って、甲斐姫の消息を北の方と肥前守泰季に報告するためである。ただ、主君の氏長を裏切った恰好なので、報告を了《お》えたその足で、故郷の下総へ帰るつもりだと言った。

「吉十郎。世話になりましたな。言葉に尽くせぬほどじゃ」

さすがに甲斐姫は、声を湿らせた。

「姫。それがしを必要となされしときは、いつでも書状をくだされ。何をおいても馳せ参じまするぞ」

そうして去った吉十郎だが、このとき大きな布袋に赤城山の土を入れ、それを微量ずつ街道に撒きながら、忍城へ向かった。万一、甲斐姫から北の方へ緊急に知らせたいことが生じたとき、周公を放って、その土の匂いを辿らせればよいと考えたのだ。土撒きは下総までつづけるつもりにござる、と吉十郎は笑ったものである。

吉十郎が辞してしまうと、信綱は早々に、甲斐姫に新陰流独特のひきはだ竹刀をもたせ、みずからは素手で立ち合った。

「まいれ」

と声をかけられた甲斐姫は、吉十郎に習い覚えた刀法をもって、素早い打突を次々と繰り出した。

ところが甲斐姫は、いかにしても信綱のからだはおろか、着衣をかすめることすらできず、すべての打突を易々と躱されたあげく、肩や腕や脚などを手刀でぽんぽんと打たれ、息を切らせて倒れてしまった。

「老齢と思うて侮ったか」

「決してさようなことはござりませぬ」

すでに凄まじき猿飛ノ術を見せつけられて、信綱の肉体を年齢で測ることの愚かしさを知った甲斐姫は、むしろ、かつてないほどの闘志を漲らせて打ち込んだのである。にもかかわらず、赤子同然の扱いをうけた。愕然とするほかなかった。

「甲斐。斬り合いでは、一瞬の遅速が死命を制する。そなたの打ち込みは女子にしては迅いが、そこまでのもの。対手がわしでのうても、少し遣う男と対峙いたせば、一合もせぬうちに斬り捨てられよう」

「お師匠さまの疾き動き、甲斐にもお教えくださりませ」

「女であることを……いや、人であることをすら捨てねばならぬぞ。城育ちの姫君にできることではあるまい」

「覚悟の上にござりまする」

甲斐姫は、双眸に決意の炎を燃やして、信綱の返辞をまつ。

信綱は、小さく頷くと、冷然と命じた。

「脱げ」

「………」

咄嗟には意味を理解しかねた甲斐姫だったが、

「脱げと申したのじゃ。身に着けているものすべて」

と具体的に言われるや、総身を怒りと羞恥とで火照らせた。

「なにゆえ肌身を曝《さら》さねばなりませぬ」

「やはり、できぬようだの、女を捨てることが」

「それは……」

甲斐姫は唇を嚙む。たしかに覚悟の上とは宣言したが、裸になれとは、あまりに慮外な命令であろう。

「甲斐。太夫《たゆう》が何か身につけておるか」

信綱は、肩にとまらせている小猿を、ちらと見やった。名を太夫というのである。獣が素裸なのは当たり前ではないか。

「これは、女でもなければ、人でもない」

信綱の言いたいことが、ようやく甲斐姫にも察せられた。

「獣になれと……」

「獣と化して、太夫をつかまえられるようになったとき、そなたは神速の動きを会得いたそう」

若年時の信綱も、愛洲移香斎より猿を師匠とするよう命じられ、その野生の俊敏きわまる動きに後れをとらぬよう、くる日もくる日も、裸形のまま、猿とともに山野を駈けめぐったものである。むろん、顔も手足も血だらけになった。

「いかがいたす、甲斐。無理強いはせぬ」

すると甲斐姫は、腰にたばさんでいた北の方より拝領の短刀を引き抜き、袴の紐へ手をかけた。

「上帯《うわおび》の代わりにござりまする」

物具《もののぐ》を着けるとき、鎧の上に締める帯を上帯という。この端を切って捨てるのを、出陣のならいとする。生還を期さぬ意である。

信綱の老顔の中で、皺にかこまれた小さな眼が、眩しげに瞬《また》いたようにみえた。

甲斐姫は、袴の帯を断ち切った。

この不屈の気概は、幼いころ、暗き淵から這い上がってきた甲斐姫ならではのものであったろう。

足許へ、袴がすとんと落ちる。絖《ぬめ》と見紛う肌をもつ、真白き双脚が現れた。

信綱の肩の上で、太夫が見猿《みざる》の真似をした。

師弟の肌

樹林の中を、小猿が走る。太夫だ。

幾度も後ろを振り返るその大きな双眼に、心なしか焦りの色が窺える。

背後に音がするようだが、まだ遠い。しかし、聴覚の鋭敏な小猿には、間近に聞こえているのやもしれぬ。

ふいに視界が大きく開けた。崖際へ達したのである。上方は高き秋空、下方は紅葉たけなわの木々の重なりだ。

太夫は、崖際の山毛欅《ぶな》の幹をするすると上りはじめた。瞬く間に木の頂近くまで達したかと見るまに、すぐに這い下りてくる。

再び崖際に立つと、太夫は宙へ跳び出し、そのまま五、六間も落下して、木の天辺の葉群の中へ突っ込んだ。枝葉が揺れる。

稍《やや》あって、太夫の潜んだ木の枝葉の揺れもおさまったころ、上方の崖際に人影が現れた。

　太夫は、葉群の隙間から、その追跡者の姿を仰ぎ見る。

　素足である。伸びやかな双肢は、陽に灼けて艶々と褐色に塗りこめられているが、よく見ると傷だらけだ。膝上十寸あたりに、ようやく着衣の裾が見られるが、それとて腰に無造作に巻きつけた熊皮の切れ端にすぎぬ。裾の奥に、淡き翳りがのぞく。やや縦長の臍、引き締まった胴。そして、やはり申し訳程度の熊皮で覆った胸の双丘のあわいに、うっすらと汗が滲む。その肉体のすべては、野生のしなやかさに盈《み》ちている。

　短く切った髪、らんらんと光る眼、無駄な肉を削《そ》ぎ落とした顔……。

　天正十六年の晩秋。

　関東随一の美姫は、一年数ケ月の過酷な修行を耐え抜き、猛き野獣の牝と化したのである。

　甲斐姫は、近くの山毛欅の木へ、鼻を近寄せて、おかしそうに、くすっと笑った。無垢と形容するほかない笑顔である。人間界から懸絶された異境の地に生きる者独特の心が、いまや乙女の健やかな肉体に宿っているのであった。あるいは、城育ちのころより、いまの甲斐姫のほうが美しいやもしれぬ。

甲斐姫は、山毛欅の木を上りはじめる。驚いたことに、先刻の太夫の動きよりも迅い。

崖下の樹林の一枝で息をひそめる太夫が、顔に安堵の色を浮かべた。これで怖い追手を欺くことができたようだ。

太夫は、その木から下りようと、そろりと動いた。瞬間、頭上で気配が動いた。

キイッ……。

悲鳴をあげたが、おそかった。枝葉の向こう、崖上の山毛欅の木の高処から降下してきた甲斐姫の姿は、太夫の眼に怪鳥《けちょう》と映った。

太夫の一時の隠れ場所へ飛び込んできた甲斐姫は、双手で枝を摑んで落下をそこで止めるや、長い双脚の股に小猿のからだを挟みこんだ。

「ほら。また、つかまえた」

甲斐姫は、からかうように、太夫の小軀をきゅっきゅっと挟みつける。太夫こそ、いい迷惑だ。

「太夫、年をとったのか。ちかごろ、動きがおそうて、甲斐はつまらぬ」

口がきければ、姫が迅すぎると太夫は文句を言いたいところだろうが、情けなさそうな呻き声を洩らすばかりであった。降参の意思表示である。

ふと甲斐姫も太夫も、耳を欹《そばだ》てた。狼の遠吠えを聞いたのである。

「周公……」

必死に助けを求めている響きがあった。

（お師匠さまの身に何か……）

今年に入って、信綱は二度、病に臥せった。鍛え上げられた体軀のことで、いずれのときも二、三日で床を払ったが、甲斐姫は気に懸かっていた。もともと、人知れず朽ち果てるつもりで故地の山中に隠遁した信綱が、甲斐姫という弟子を得たことで、どこか無理をしているのではないかと思えるのである。

「太夫、まいるぞ」

人と猿は、ほとんど同時に、木から崖へ跳び、そこを素早く伝い登っていく。

不安は的中した。

草庵へ戻り着いた甲斐姫は、囲炉裏端《いろり》にぐったりと横たわる信綱の姿を発見した。かたわらに周公が寄り添っている。

信綱の着衣や手足が土で汚れているのは、戸外か土間で倒れたからに相違ない。周公が、その襟首をくわえて、信綱のからだを引き上げたのであろう。小袖まで掛けてある。

「ようしてのけましたぞ、周公」

甲斐姫は、愛狼を褒めてから、信綱のひたいへ手をあてた。熱い。囲炉裏の火が消えかかっている。火を吹きおこした甲斐姫は、薪を足した。奥から掛け具ももってくる。

それから甲斐姫は、胸と腰のものを取り去って、完《まった》き裸形をさらすと、信綱の着衣も脱がせて、身を重ねた。すでに一年間以上、信綱の前で裸身をさらしつづけてきたのである。羞ずかしさなど微塵もおぼえなかった。

掛け具の下で甲斐姫は、枯れ枝の接ぎ木にも似た師匠のからだを、乙女の肌で擦りはじめる。

淫らな景色ではなかった。余人の眼に入ったとしても、まさしく獣の牝が、みずからの総身で愛しい家族を温めている図としか映らぬであろう。

陽は落ち、闇が訪れ、再び光が射し染めたころ、信綱は意識を取り戻した。熱はすっかりひいて、心地よき寝覚めであった。

「甲斐……」

さすがの信綱も驚く。おのが胸に顔を埋めて、裸形の甲斐姫が同衾しているではないか。乙女は軽い寝息をたてていた。

なかば陶然とそう思ったそばから、信綱はあわてた。男が疼《うず》いた。困ったことに、甲斐姫の膝に触れられている。

（なんと美しい……）

もともと信綱は、猿飛ノ術の修行が甲斐姫にとってどれほど屈辱的で過酷なものになるか、承知の上であった。それでも、敢えてやらせてみようと思い立ったのには、むろん理由がある。実は、初めて竹刀をもたせたさいの打ち込みは、かねて吉十郎の書状に、おそるべき、と記してあったとおり、信綱をはっとさせるほど鋭かった。それだけに、死期の近いおのれの最後の弟子として、甲斐姫を完成品にしたいという欲求に駆られた。なればこそ、甲斐姫の闘志に火をつけるため、男と仕合っては負けると偽りのことばを吐いたものである。

実際、信綱が甲斐姫の天稟にどれほど期待をかけたかは、過去のあまたの弟子の中でも猿飛ノ術を修行させた者が、二名しかいなかったことで察せられよう。神後伊豆《じんごいず》と疋田豊五郎《ひきたぶんごろう》という、いずれも柳生宗厳《むねよし》でさえ一目置いた名人である。つまり、尋常ならざる才能と強靭な精神の持ち主のみが耐えられる修行であった。

信綱の期待に応えて、甲斐姫は健気に耐え切った。その間、信綱は不覚にも、幾度となくやさしく接してしまいそうになった。

弟子に峻厳をもって対することは、壮年期の自分ならば、さして苦痛ではなかったはずだ。が、乙女が歯を食いしばりながら柔肌を傷つけるのを見ることは、老いの信綱には辛すぎた。

しかも、甲斐姫は、あまりに美しい。いつしか信綱は、おのれの心情に気づいて、色を失った。

（わしは、甲斐に恋をしたのか……）

なんということであろう。すべてに達観したと信じ、残り少ない生を人里離れた山中で穏やかに畢《お》えられることを悦びとしていたはずの自分が、最も世俗的な恋の虜になろうとは。信綱の生涯最大の誤算というべきであった。

うろたえた信綱は、おのが醜い心を悟られまいと、甲斐姫に対し、あくまで冷厳な佇まいを崩さなかった。一度も倒れたのは、その無理が祟《たた》ったものであろう。いわば、恋わずらいにほかならぬ。

いま、その甲斐姫が、安心しきった寝顔で、清浄なる裸身をぴたりと寄せていた。看病で疲労困憊したのであろう、わずかに開いた唇から、透明な雫《しずく》が垂れている。

信綱の生涯で、これほど官能を強烈に刺激された瞬間はない。もはや信綱は、兵法の超絶の達人ではなく、一個の老残の煩悩者であった。

（ゆるせ、甲斐）

信綱は、わずかに身をずらせて、甲斐姫へ老顔を寄せ、その垂涎を吸った。甘露《かんろ》とは、これを言うのであろう。

信綱は、掛け具をはねのけ、裸のまま戸外へ跳び出した。

樹間を抜けてきた夜明けの光が、草庵の前の地を白々とさせている。信綱は、そこに白濁したものを放った。

氷上の剣

「周公。お師匠さまの身に何か起こりましたとき、ここまで急ぎ、登ってまいるのじゃ。よいな」

甲斐姫は、愛狼の頭を撫でながら、諭すように語りかける。

「案ずるな、甲斐。わしは、このとおり、ちかごろまた精気が盈《み》ちてまいったような気がしておる」

肩に太夫をとまらせた信綱は、満面の微笑をみせる。

白樺の木立に囲まれた丸木造りの小屋の前で、師弟はしばしの別れを交わしあっているのであった。互いに吐く息が白い。甲斐姫は狩装束姿だ。

黄葉が落ちはじめ、枯色の忍び寄る樹林のどこかで鳴く小鳥の声が、澄んだ大気中に冴え冴えと響き渡る。

小屋は、武蔵守信綱が瞑想に入るさい、いまでも使っているもので、赤城山山頂の火口湖の大沼《おの》を見下ろす地に、みずから建てたものだ。普段の住まいの草庵は、麓の上泉村に近い山林中にある。

甲斐姫は、この冬を、厳寒の山頂で過ごさねばならぬ。

「兵法の軍配や武芸の技など、誰に授かっても似たようなものじゃ。肝要なることは、これを学ぶ者に、凄まじき身体能力と澄みきった心が具《そな》わっているか否か、それだけのこと。そなたの身の動きは、もはや獣のそれと申してよい。あとは心の修行が成れば、わしの教えがなくとも、兵法、武芸の要諦をおのずからものにすることができる」

そのために甲斐姫は、山中の霊気を一身に浴びて、大自然と一体と化し、生きながらにして無に還ることを、信綱に命ぜられたのである。

「では、甲斐。春に再び会おうぞ」

「はい」

信綱は背を向けて歩きだした。周公と太夫は、名残惜しげに幾度も振り返る。

去りゆく背を瞶める甲斐姫の双眸は、潤いを帯びていた。心細いわけではない。切ないのである。甲斐姫は信綱に、師弟愛を超えた感情を抱いていた。

「お師匠さま……」

猿飛ノ術の修行中、信綱が幾度もやさしいことばをかけようとして怺える風情を、甲斐姫は感じた。それは、甲斐姫から見ると、厳父の佇まいというべきもので、幼いころよりの無意識裡の憧れであった。

成田氏長は、甲斐姫を、幼きころは遠ざけ、長じてからは政略の具としてしか見なかった。それでは父親とはいえまい。

甲斐姫は、心のどこかで、父親というものの愛情に餓《かっ》えていた。慈愛を秘めながら、甲斐姫の天稟を開花させるために厳しく接する信綱は、まさしく甲斐姫の望む父親像そのものであった。

その偶像への憧憬が、いつ恋へと変容したのか、甲斐姫はおぼえていない。信綱が倒れた二度目のとき、心配するよりも、看病できることに心がときめいたものだが、あるいはそのとき以来かもしれぬ。

囲炉裏端で、わが身で信綱を温めたときには夢中だったが、明け方に夢を見たのを記憶している。信綱と唇を重ねる夢であった。

甲斐姫は、師匠へそのような感情を向けた自分を醜いと思った。おのれの成すべきは、信綱の期待に応えて、課せられた修行を死に物狂いで成就させることではないか。余事に心を奪われてはならぬ。

だから、ひとりで大沼の小屋に籠もるよう言い渡されたとき、悲しみがこみあげてくると同時に、解放感めいたものをおぼえた。どうにもならぬ恋から逃れられると思ったのである。

しかし、こうして、いざ別れのときがくると、甲斐姫の心には切なさばかりが残った。信綱もまた同じ思いでいるとも知らずに。乙女の純情というものであろう。

信綱たちの姿が見えなくなると、甲斐姫はくるりと踵を返して、走った。そのまま、白樺林を抜け、山毛欅や水楢の樹間を縫い、大沼の湖畔へ出た。

勾玉《まがたま》に似た形をした周囲一里余りの火口湖は、天水と湖底湧水と、大沼南東にある湿原からの流れによって満たされて、不気味なまでの青い湖面を曝している。

吸い込まれてしまいそうになって、甲斐姫は一歩退がった。いや、吸い込まれたいと衝動的に思ったのやもしれぬ。

(春になれば、またお師匠さまに会えるのだもの……)

その思いが、恋を忘れられぬ未練とも気づかず、甲斐姫は泪《なみだ》を拭うと、自身を強いて奮い立たせた。

甲斐姫は、小屋へ戻った。

造りは頑丈だが、内部はきわめて簡素で、六畳ほどの板の間が一間あるきりである。

食糧は信綱からせいぜい半月分をもたされたのみ。ひと冬を越すには、あまりに少なすぎるが、腹を充たしていては心気は澄まぬ。覚悟の上であった。

翌日から、甲斐姫の孤独な修行が始まった。

まだ暗いうちに起きだすと、まずは小屋の建つ西畔から南畔まで赴いて、覚満淵《かくまんぶち》とよばれる湿原からの冷水で身を清め、その近くに鎮座する赤城神社に拝礼する。この神社は、崇神《すじん》天皇の御代、豊城入彦命《とよきいりひこのみこと》が、上毛野・下毛野両国の経営成就を祈願し、大国主命《おおくにぬしのみこと》を祭神として建立したと伝えられる神さびた古社である。

あとは、その日その日の心の赴くところに、甲斐姫はおのが身をおいた。大沼の火口丘の尾根を駈けめぐることもあれば、大沼南畔から半里ほど南に透明な水を湛える小沼《この》まで走ることもあった。あるいは、小沼からさらに南下したところに広がる広葉樹の原生林で、重い木剣を振ったり、粕川の滝に打たれた。

小屋へ戻れば、結跏趺坐《けっかふざ》、瞑想に入る。

その間に厳しい冬が襲来し、大沼小沼は結氷し、地は白銀に被い尽くされた。

酷寒というべきであったが、肉体的には甲斐姫はさして辛いと思わなかった。裸形による猿飛ノ術の修行の効果が、存分に顕れたのである。

だが、孤独感に苛《さいな》まれた。幼いころも孤独だったが、それでも人の中にいた。人の気のまったく感じられぬ孤独というものは、生まれて初めての体験である。

温もりをおぼえる人々の顔が、次々に浮かんだ。信綱。北の方。嶋根局。おおまき姫。こまき姫。肥前守泰季。吉十郎。そして、周公に太夫。劉邦と張良も……。

（いけない）

甲斐姫は、何百回、何千回とかぶりを振ったことか。それら俗世の煩悩を振り切らずして、大自然と一体化するなど、到底成しえることではない。ある意味で、猿飛ノ術体得の修行よりも、これはきつかった。

吹雪が横殴りに叩きつけ、その烈風に小屋が揺れつづける夜があった。それは大自然の脅威というより、何か未知の魔物に襲われたような恐怖を、乙女にもたらした。孤独と恐怖に打ち克とうと思えば思うほど、甲斐姫の身は顫えた。一睡もできず、意識が朦朧としてきたとき、しかし、遠く懐かしい声が耳に届いた。周公の遠吠えであった。主人の身を案じて悲しみに彩られた声ではない。励ますような響きと聞こえた。周公が、信綱の草庵から、喉も裂けよとばかりに叫ぶ姿が、ありありと眼に浮かんだ。周公の後ろには、信綱がいる。

（わたくしは、独りではない）

そうなのだ。愛しい人々を、強いて忘れようとすることはない。思い出したら思い出したで、心のうちでその人々と話したり笑い合ったりすればよいではないか。それこそ、人としての自然であろう。

この思いが、孤独と恐怖に呪縛されていた甲斐姫の心を解き放った。

明けて天正十七年の元旦は、銀世界の山頂も穏やかな晴天の下にあった。湖畔に立って、御来光を迎える甲斐姫の相貌にも、満足の色が滲む。

「えいっ」

陽射しの明るい湖畔で、甲斐姫は木剣を振った。わが身に余る長さの幅広の重い木剣を、中段でぴたりと静止させている。

「声をかけぬところをみると、わたくしに害意ある者のようじゃな」

甲斐姫は、振り向きもせず、背後に迫った人影へ叱咤をとばした。

ほうっ、という溜め息が聞こえた。それでようやく人影へ向き直った甲斐姫は、対手の巨大さに眼を瞠《みは》った。

身の丈七尺はあろう。尖った巨大な頭、逆さまに裂けたような双眼、高き鼻梁、突っ立ったひげ、牙と見紛う歯、いずれをとっても人間とは思われぬ。

「成田家のご息女、甲斐姫どのとお見受け仕った」

低い声で吐き出した言葉と一緒に、臭い息が漂った。生肉の臭いだ。甲斐姫の肌は粟立つ。

「何者じゃ」

「風魔小太郎《こたろう》と申す」

「風魔……。相州乱破《らっぱ》の首領か」

「ご存じとは、うれしや」

「左京大夫さまのお下知か」

「小田原のお屋形さまは、いかにしても甲斐姫どのが乱心者や否や、たしかめよと仰せにござってな。随分とお探しいたした」

「未練な」

甲斐姫は吐き捨て、

「なにゆえ、ここが分かった」

「藤野吉十郎」

にたっと小太郎は笑った。剝きだした牙がぬらりと光る。

「汝《うぬ》は、吉十郎に何をいたした」

甲斐姫の心臓が高鳴る。

小太郎は、左の袖をまくった。二の腕に刀痕がみられる。

「手こずらせおった」

吉十郎を殺したという意味にほかならぬ。

「汝は……」

甲斐姫の面が紅に染まる。

それを見て、醜貌をますますにやつかせた小太郎だったが、次の瞬間には、総身を凍りつかせた。

甲斐姫の顔からも、体軀からも、怒りの炎がすうっと消えたのである。それは、一挙に身内の奥深いところに沈潜してしまったかのようであった。心の修行の成果であるとは、もとより小太郎は知る由もない。

「風魔小太郎。わたくしを小田原へ伴れてゆきたいのであろう。ならば、腕ずくでそうしてみよ」

まいれ、と一声かけて、甲斐姫は、つつっと退がった。結氷中の湖面へ出たのである。

「おもしろい。上泉信綱直伝の女剣法をとくとみせていただこう」

そう応じた小太郎の口調には、明らかに軽い侮りが含まれていた。

小太郎が配下をひとりも率いてこなかったのは、多勢で赤城山中へ入れば信綱ほどの者には気取られると惧《おそ》れたことも理由のひとつだったが、たかが、か弱い姫君ひとりをさらってくるのに、助けなど不要と思ったからでもある。

小太郎が湖面へ踏み入ると、甲斐姫は背をみせて奔《はし》った。

「脚で忍びに勝てると思うてか」

小太郎は、余裕綽《しやくしやく》々の態で、追った。

ところが、このときも小太郎の顔色はすぐに変じてしまう。音にきこえた風魔小太郎ともあろう者が、女の脚に追いつけぬのである。しかも、女は重そうな木剣を担いだまま奔っている。

下が滑ることは関係ない。小太郎ほどの者、いかなる不安定な足場でも、ぴたりと蹠《あしのうら》を吸いつける技をもつ。しかるに、逃げる女は、それを凌ぐ見事な走りをみせつけるではないか。

（まこと成田の姫君か……）

わが眼を疑う小太郎であった。

それからどれほど奔った、いや、滑ったであろうか、やにわに甲斐姫が振り向いた。

湖のほぼ中央である。

「風魔小太郎。大沼に身を投げれば、やがて水神と崇《あが》められるやもしれぬ。その幸いを思え」

「なんのことだ……」

小太郎が不審げな顔つきをした刹那、甲斐姫は、無言の気合とともに、双方の間の湖面へ木剣を打ち下ろした。

氷に稲妻模様の亀裂が走って、小太郎の両足の間を駈け抜けた。

「あっ……」

小太郎が気づいたときには、足許の湖面が大きく揺れて、跳び上がることもできなかった。周辺の氷が音たてて崩れ、小太郎の巨体は、現れた湖水へざんぶと落ちた。

年末から暖かい日がつづいて、いちばん陽の当たりやすい湖面中央の氷が薄くなりはじめていたことを、甲斐姫は承知していたのである。

いったん湖中へ沈んだ小太郎が、手足をじたばたさせて浮き上がってくる。頭が出た瞬間、甲斐姫は五体を躍らせた。

小太郎の頭上を跳び越えざま、その脳天へ木剣の一撃を見舞った。

「ぎゃっ」

割れた氷面のわずか向こうへ着地した甲斐姫は、そのまま滑って遠ざかる。

小太郎の生死をたしかめる余裕はなかった。亀裂が拡がって、そのあたりの氷が次々と割れはじめたのである。氷の上に点々と赤いものが見える。

甲斐姫は、いちばん近い岸をめざして、駈けた。駈けながら、身内に沈潜させた悲しみを、再び湧かせていた。

（吉十郎……）

このとき風魔小太郎は、瀕死の重傷を負いながらも死なず、のちに小田原へ生還すると、こう報告したという。

「甲斐姫はまさしく乱心者にござり申した」

その後も小太郎は、よほどに甲斐姫を怖れたのか、復讐する気さえ起こさなかったようである。

抱擁

赤城山から雪解け水が流れ、山頂の大沼の氷も解けはじめたころ、周公が甲斐姫を迎えにきた。

最愛の主人に再会したにもかかわらず、心なしか元気のない周公に、甲斐姫は蒼ざめた。

「周公。お師匠さまの身に何か起こりましたのか」

だが、周公はうなだれるばかりで、呻き声ひとつたてぬ。隠し事をしているのだ。

人と狼は、一散に山を駈け下った。

草庵に辿り着いた甲斐姫の眼にしたものは、すでに息をせぬ信綱であった。

「お師匠さま」

信綱の遺骸に取りすがって慟哭する甲斐姫へ、太夫が枕元にあるものを指さしてみせた。太刀である。

鞘の下に紙が敷かれており、そこに、

「浪切ノ太刀」

と信綱の筆蹟で記してあった。自分への形見であると甲斐姫は分かった。他に遺言ひとつしたためられていないのが、いかにも信綱らしかった。

信綱はおそらく、死期を悟るや、甲斐姫が冬を越すまでは、何も知らせにいってはならぬと周公と太夫に言い聞かせたのであろう。賢い二匹の獣は、その言いつけを忠実に守ったのに違いない。

父と慕い、師と敬い、恋人と焦がれた人を、何の前触れもなく奪われた喪失感を、どう埋めればよいのか。

「いや、いや、いや……」

甲斐姫は、浪切ノ太刀を掻き抱き、かぶりを振って泣きつづけた。

甲斐姫が、信綱が相鑑和尚を招いて上泉村に開かせた西林寺で、その葬儀を周公と太夫とでひっそりと済ませ、赤城山をあとにしたのは、それから三日後のことである。

太夫だけは西林寺に残さざるをえなかった。甲斐姫が幾度伴れていこうとしても、いやいやをして、信綱の墓にすがりついたからである。その姿に、甲斐姫もまた、涙が溢れてとまらなかった。

西林寺の住持に、太夫が死んだら信綱の墓の横に埋めてくれるよう頼んで、甲斐姫は、この愛らしい小猿と別れた。

ひとまず忍城へ戻るつもりでいた。この先いかなる道を選ぶにせよ、その前に北の方には知らせておかねばならぬ。

沼田街道へ出て、武州との国境に近い柴のあたりまで南下したとき、周公がとつぜん道を前方へ走り出した。

かなり遠いところに、何か動くものが見える。それは、砂塵を舞いあげながら、こちらへ向かってくる獣であった。二匹いる。

（まさか……）

甲斐姫も走った。

街道を往来する人々は、凄い速さで足を送り出す狩装束姿の女人に仰天した。

なんとうれしい再会であろう。周公が早くも行き合って、じゃれ合いはじめている獣は、その弟たちではないか。

「劉邦。張良」

おおまき姫とこまき姫の愛狼たちだ。

だが、後ろからやってくる人影は見えぬ。劉邦と張良だけで、ここまで旅をしてきたのであろうか。そうだとすれば、忍城で何か火急の事態が起こったと考えるほかない。

妹姫たちがこの二匹を、いちども行ったことのない赤城山へと放つことができたのは、吉十郎が周公のためにと撒いた赤城山の土のことを知っていたからとしか考えられぬ。きっと北の方の指図であろう。

甲斐姫は、あらためて、亡き吉十郎に感謝した。

二匹の首輪に、竹筒が結びつけられている。甲斐姫は、劉邦のそれを外して、中のものを取り出した。書状である。

懐かしいおおどかな手蹟は、北の方のものだ。が、内容は、心温まるものではなかった。徐々に引き結ばれてゆく甲斐姫の唇が、尋常ならざる凶事が起こったことを示している。

やがて、双眸に悲しみの色が充ち、熱いものが頬を伝い落ち始めた。書状をもつ手も顫える。

張良の竹筒にも、同じ内容の書状が入っていた。賢い劉邦と張良のこと、二匹が力を合わせれば、万一事故に遭遇した場合でも、いずれかが赤城山へ行き着ける可能性が高い。これもまた北の方の配慮であろう。

「周公。劉邦。張良。これより一日千里の気構えにて走りまするぞ。わたくしに後れるでない」

猿飛ノ術を会得した乙女と三匹の狼が、街道を疾駆していく。道往く人々の眼には、からっ風に押されてすっ飛んでいるとしか見えなかった。

前年の四月、豊臣秀吉は、聚楽第《じゅらくてい》に天皇行幸を仰いで、諸大名に臣従の誓紙を出させたさい、関白の要請にもかかわらず上洛を拒んだ北条氏政・氏直父子に怒り、朝命を蔑ろにする者どもとして、詰問使を小田原へ派遣した。それでも北条父子は上洛せぬ。

その後、徳川家康を仲介として、北条・豊臣間にさまざまなやりとりがあったが、結局は相容れなかった。

北条氏は、領土拡大を急ぎ、上野・下野両国で、反北条の中小大名を対手に、さかんに戦闘を繰り返す。対する秀吉も、ゆるゆると出陣の準備をすすめながら、越後の上杉景勝や北関東の諸侯を通じて、ひそかに北条麾下の諸将のあいだに離間策をめぐらせたり、みずからは北条方の交渉役の北条氏規《うじのり》と昵懇《じっこん》になるなど、搦手からじわりじわりと侵食を始めていた。

そうして東西、一触即発の危機を孕んだまま、この天正十七年の春を迎えるや、ついに武州で異変が起こる。

それこそ、浜田将監・十左衛門兄弟の忍城乗っ取りであった。

「お屋形さま。ご苦衷《くちゅう》のほどはお察し申し上げまするが、はや三日目。このうえ長引かせては、近隣の北条に敵対する武士どもに、つけ入る隙をあたえることになりましょうぞ。なにとぞご決断を」

家老の手島美作守が、物具を鳴らして、主君氏長へせまる。

煌々《こうこう》たる篝火《かがりび》の明かりに照らし出された氏長の、兜の下の顔というものは、眼を落ち窪ませ、頬をげっそりと痩せさせて、さながら死相であった。心労のほどが窺えよう。

彼方に点々と望まれる明かりが、馬蹄形の輪郭を、闇の底に浮き立たせている。乗っ取られた本丸で焚かれる篝火だ。忍城本丸は、南北と西を濠に囲まれ、東側のひと筋の土居道が、他の曲輪との唯一の連絡路である。浜田将監・十左衛門一味は、その連絡路を突き崩して、本丸を城内の孤島と化さしめたのであった。

この凶変は、氏長には青天《せいてん》の霹靂《へきれき》というほかなかった。

三日前の朝、氏長は、対秀吉戦に向けての軍事訓練を兼ね、利根川沿いの広野へ陣を布き、成田家挙げての巻狩を催した。その折り、留守居として城に残したのが浜田兄弟である。

浜田兄弟は、もとは上杉より派遣された成田家の監視役だったので、氏長に忠誠を誓ったあとも、周囲から快く思われず、氏長自身、その処遇に苦慮したものだが、思い切って諸役につかせ、過去の経緯を二度と問わぬよう家臣一同へ申し渡した。感激した兄弟が以後、骨惜しみせぬ働きをみせると、氏長はやがて、末席ながら重臣に加えて用いるようになった。

それゆえ、兄弟の忍城乗っ取りという凶変の第一報を狩場でうけたとき、氏長は何かの間違いだろうと笑ったほどである。それだけに、ほどなく事実と判明したときの氏長の怒りは、凄まじいものであった。

「恩知らずめが。浜田兄弟の首、このわしの手で刎ねてくれるわ」

氏長は、急遽、馬首を城へ反転させた。氏長軍に幸いしたのは、巻狩のための出行だったので、将卒こぞって軍装を調えていたことであろう。その数およそ八百騎。

浜田兄弟は、大半の男が出払った後の忍城を、わずか百名の同心者を指揮して乗っ取ったのだが、その寡兵で城のすべてを占拠できるわけもなく、奪ったのは本丸のみである。

城へ戻るなり、たちまち、濠を隔てて本丸を取り囲ませた氏長だったが、攻撃に移ることはできなかった。崩された土居道の本丸側の外れに磔柱《はりつけばしら》が立ち、そこに女がひとり縛りつけられていた。

「嶋根」

氏長の側室嶋根局であった。

「お屋形……いや、成田下総どの」

浜田将監は、磔柱の裾に立って、呼ばわった。

「城の女子はすべて人質にとり申した。寄せ手が本丸へ乱入いたせしときは、不憫ながら、これにある嶋根局どのをまずは血祭りに挙げ、時を移さず、御台所さま、姫君たち、ことごとく串刺しにいたす所存」

氏長の妻妾と姫だけでなく、城奥に住まう女全員と、数人の重臣、そして長老の泰季まで人質にとられていたのである。

「おのれ、将監……」

氏長が我を忘れて弓矢を構えるや、

「よろしゅうござるのか、下総どの」

将監は、磔柱の嶋根局の両腋の下へ、兵に槍の穂先をあてがわせた。

それで氏長は、はっとして、弦を満月に引き絞ったまま、射放つこともならず、唇を噛み、ぶるぶると両腕を震わせるばかりとなった。

「城の外まで退がられい」

勝ち誇りの笑みをみせて、将監が叫んだとき、異変が起こった。嶋根局が氏長を呼びとめたのである。

「殿。その矢、わたくしに浴びせて下されませ」

「なんと……」

驚いたのは、将監のほうであった。

「この先、生き長らえたとて、磔柱にさらされた恥辱を、いかにして拭い去ることができましょうや。ならば、いまこれにて、死にとうござります。愛しき殿のお手にかかって」

「嶋根……」

最後の一言が、氏長にはこたえた。

(わしはこれまで……)

嶋根局はもとより、北の方へも姫たちへも、良人らしい、また父親らしい愛情を注いだことがあったろうか。ありはしない。

氏長の隠された心奥をのぞけば、妻子との情交は実は心地よいものだと感じている。一昨年の秋、龍淵寺を脱して行方を晦《くら》ました甲斐姫のことも、そうである。おのれと由良の女とで産んでおきながら、夫婦の憎しみ合いから鬼子のように扱ってしまったが、強く抱きしめて、すまなんだと謝りたい衝動に幾度駆られたことか。だが、そうすることが、氏長は怖かった。そのまま情に流されてしまうと分かっていたからだ。

(わしは強い人間ではない)

だからこそ、強がる。武家では、男はいくさ人なのだ。ましてや氏長は、父から力ずくで家督を奪い取ったほどの男。それも実をいえば、家臣の期待がわが身ひとつに集まっていると感じたがゆえに、その強さを証明してみせねばならなかったのである。父を憎んでいたわけではなかった。

いくさ人が、家族の情にひかれる弱さ脆《もろ》さをみせれば、この戦乱の世では、たちまち家ごと食われてしまい、一族郎党とその家族、何百何千の人間が、あるいは殺され、あるいは路頭に迷うのだ。氏長のように、まことは心根のやさしい男は、家を繁栄、存続させるために終生、強がりを押し通さねばならぬのであった。

そんな人間が、死を覚悟した側妾から、

「愛しき殿」

と呼ばれたのである。

（もしやして嶋根は、わしの本性を見抜いていたのやもしれぬ……。御台も同じではあるまいか……）

氏長の永年にわたって持してきた強がりが、いま音たてて崩れかけていた。

「殿。後生にござりまする。御矢を嶋根の心の臓へ」

嶋根局がなおも言い募る。

「うおおおっ」

氏長は吼《ほ》えた。矢が弦を離れた。

寄せ手と籠城方と双方から、どよめきが起こる。矢は濠の水面を叩いて、水中へ没した。

嶋根局が、それと分からぬほど微かに笑ったのを、氏長だけはたしかに見た。やはり嶋根局は、良人の弱さを知っていたのである。微笑は、そういうところを愛しく思っていたという告白であったろう。

（ゆるせ、嶋根……）

氏長軍は、城郭の外へ撤退した。

嶋根局が磔柱の上で舌を嚙んで自害したのは、その夜のことであった。

しかし浜田兄弟が、氏長軍が再び踏み入れば、こんどは二人の姫を磔にすると脅してきたので、氏長は城郭外に留まらざるをえなかった。

翌日、敵味方の交渉がもたれたが、浜田兄弟に降伏の意思はなく、それどころか、反北条の武将が後巻きに馳せ参じる手筈になっていると強硬姿勢を崩さなかった。

「虚勢じゃ」

と氏長は断じたが、後巻きの手筈は整っていないにせよ、少なくとも浜田兄弟が、乗っ取り成功の直後に、関東の反北条の諸将と、越後の上杉へ密使を放ったのは確実と思わねばならなかった。

そして三日目の夜が訪れると、手島美作守ら重臣たちから、氏長は最後の決断を迫られたのである。

「お屋形さま。この不祥事、敵方に知られても危ういことにござるが、むしろ小田原へ洩れるほうが、ご当家にとってはおもしろうござりませぬぞ。成田氏長は頼りにならぬ愚将なりと見限られるは必定」

「さよう。謀叛人どもを皆殺しにいたし、本丸を奪回するのは、左京大夫さまのお耳に入る前でなければなり申さぬ」

「何とぞ総掛かりのお下知を」

「お屋形さま」

氏長は、それでもなお躊躇った。お家のためには、氏長の妻子や叔父の泰季を犠牲にするもやむなし、と重臣らは言っているのだが、嶋根局の悲惨な死に接した直後では、とてもそんな気になれぬ。口に出せぬが、強がりもここまでだと思った。

そこへ、浜田方の密使を斬り捨てたという家臣が参上して、その懐から奪った書状を差し出した。密使は常陸方面へ急いでいたそうな。

「いまごろ密使を……」

氏長は訝《いぶか》った。乗っ取りから三日目とは、あまりに悠長であろう。

氏長が披《ひら》いてみると、それはまさしく浜田将監の筆で書かれた密書で、その内容たるや、さらに氏長を激怒せしめるものであった。

自分たち兄弟は、越後からの新参者ゆえ、多年、成田家で酷い仕打ちをうけてきた。これ以上は耐えられぬので暇を願い出たところ、氏長がそれを許さず押し込めにしようとしたので、やむをえず謀叛に踏み切った。このうえは旧主の上杉氏に帰参したいから何とぞご合力を。

「ようも、このような偽りを……」

一読して、浜田兄弟の本音が分かった。

野心家の兄弟は、成田家ではもはやこれ以上の出世は望めぬと判断し、それならば豊臣・北条の決戦を前に、豊臣方の上杉景勝のために大手柄を立て、あわよくば一国一城の主にならんと賭けに出たのである。その賭けの中では、景勝が秀吉の気に入りであること、秀吉が功ある者には、それこそ万石、十万石の大盤振る舞いをする豪邁の気象であることが計算されているであろう。

しかし、正直に本音をさらけ出しては、主君の城の乗っ取りなど、非難されるべき悪事に堕してしまう。なればこそ浜田兄弟は、情に訴えるようなもっともらしい理由を、捏造《ねつぞう》したのに違いなかった。

これは驚くにはあたらぬことだが、密書の宛て名は、

「太田三楽斎殿」

と記されていた。北の方の実父だが、いまなお関東における親上杉派の代表格でありつづけ、常陸片野城に拠る。

そのため書状の末尾には、北の方とおまき姫を害するつもりは毛頭ないと付け加えてあり、合力くだされば、忍城は三楽斎どのに明け渡すとまで記されていた。

ただこれで、片野城への密使のみ、出立が後れた理由を、察することができた。おそらく浜田兄弟は、北の方に三楽斎へ一筆したためるよう強要したのだ。それを、気丈な北の方のことで、撥ねつけた。その、書け、書かぬの押し問答が今夜までつづ

き、ようやく兄弟も北の方の添状については断念したということであろう。

しかし氏長は、この密書はむしろ、三楽斎の手もとへ届けばよかったと思う。あれほどの人物ならば、浜田兄弟の本心を看破できるに違いないし、信義の人三楽斎が、城を乗っ取るのに婦女子を人質にするような悪辣《あくらつ》な徒輩を、むしろゆるすはずはなかろう。

「うむ、そうであった」

氏長が膝をうった。何か閃いたようである。

「皆。何も申さず、あと五日だけ待ってくれい」

これには重臣一同、非難の声を挙げかけたが、

「たのむ」

と氏長が頭を下げたので、口を噤《つぐ》んだ。主君にそこまでされて、なおも諫言を吐くのは不忠というものであろう。

半刻後、本陣の布かれた寺から、氏長みずから率いる騎乗の一隊が、馬蹄を轟かせて走り出た。乗替の馬を何頭も曳いている。めざすは、常陸国筑波山の東麓、片野城であった。

氏長は、しかし、猶予を五日も必要とせずに済んだ。忍を発った翌日の夕、下妻の

付近で、めざす太田三楽斎と遭遇したのである。三楽斎は、三百の軍兵を率いていた。

「これは、婿どの。この三楽に、謀叛人の片棒を担ぐよう頼みにまいられたか」

そう言って含み笑いを洩らす舅に、氏長は驚きのあまり声も出なかった。

まさしく三楽斎のことば通り。氏長は、浜田兄弟の密書を三楽斎に披見させたうえで、その清廉の人柄に訴え、忍城本丸奪回に手をかしてもらうつもりでいた。太田軍には、浜田兄弟に合力するふりをして入城するや、ただちに乗っ取り軍に襲いかかってもらう。それが策戦だ。だが、太田軍に犠牲を強いるからには、みずから出向いて三楽斎に頭を下げねばならぬと意を決した氏長なのであった。

しかし、どうしてそのことを、事前に三楽斎は知っていたのであろう。密書も届いていないはずではないか。氏長にはわけが分からなかった。

「舅どのは、千里眼にて候や……」

間抜けなことを、氏長は口走っていた。

「浜田兄弟の謀叛、昨夜、知らせてくれた者がおってな」

と三楽斎は、後ろを振り返った。

戛々《かつかつ》と馬沓を鳴らして、狩装束姿の騎馬武者が、進み出てくる。そして下馬して、氏長を仰ぎ見た。

残光を浴びた眉目は、見る者の息をとめるほど美しく、精悍であった。

「甲斐か……」

半信半疑のようすで、氏長が訊ねる。

「父上。お久しゅうござります」

やや硬い声音を、甲斐姫は返した。氏長から激した叱声を浴びせられると覚悟したからである。

氏長は、ほとんど鞍上から転げ落ちるようなあわてぶりで、甲斐姫の前に下り立つや、

「甲斐」

そのからだを抱き寄せた。

「よう無事でいた、よう無事でいた」

甲斐姫は身を竦ませてしまう。こんな反応は、毛筋の先ほども予想していなかった。何か意図あってのことであろうか。まだ北条氏直の側室に入れることを諦めていないというような。

（えっ……）

髪に何かが落ちたのを感じた。甲斐姫は、氏長の胸から、おそるおそる顔を上げる。

こんどは、その鼻へ滴が落ちてきた。涙であった。

永く打ち解けられずにいた人の鬢《びん》に白いものが目立つ。

「父上……」

「すまなんだ、甲斐」

甲斐姫を抱く氏長の腕に、一層の力が籠もった。むすめが生まれて初めて味わう、父親の温もりであったろう。

(父上は、わたくしの身を、心よりご案じなされて……)

それだけで充分であった。しらず、甲斐姫の双眸も濡れてくる。心に爽気が充ちた。赤城山の雪解け水を含んだときの思いに似ている。永遠に解けることはないだろうと諦めていた父娘間の黒い氷河は、この瞬間、さらさらと流れはじめたのであった。

父娘のまわりに、駈けよってきた周公、劉邦、張良の狼三兄弟が、うれしそうにまとわりつく。

父娘の抱擁を終えると、氏長は甲斐姫から、劉邦と張良のもたらしたという北の方の書状を見せられた。浜田兄弟の忍城本丸乗っ取りと、嶋根局の非業の死が綴られ、甲斐姫には急ぎ片野城へ馳せつけて三楽斎を頼るようにと指示してあった。

「御台……」

氏長は、武家の妻として、北の方がどれほど得難い女であるか、あらためて思わずにはいられなかった。

「だがの、婿どの。これより、われらが忍へまいり、浜田兄弟に加担すると偽って入城いたすという策は、この三楽の老いたつむりより出たことではない」

「は……」

「甲斐姫どのよ。おことがご息女、甲斐姫どのに授けられ申したわ」

「まさか、そのような……」

氏長が眼をまるくして瞶《みつ》めたので、甲斐姫は羞ずかしそうに面を伏せた。

「まだ申してなかったがの、ご息女は上泉武蔵守信綱どのより兵法、武芸の要諦を学ばれたそうな」

「まことか、甲斐」

「はい。龍淵寺を脱して以来……」

「いや、忍城の女子衆は、いずれもたいしたものよ。とても、われらの及ぶところではないのう、婿どの」

三楽斎は、鞍上で、皺顔をさらにくしゃくしゃにして呵々大笑《かかたいしょう》した。

奪還

翌日の夜、太田三楽斎率いる三百騎は、忍城へ入城した。

「舅どの……いや、太田三楽斎。この恨み、氏長は終生、忘れぬ」

大手門から入っていく三楽斎の背へ、氏長が歯軋りしつつ罵声を浴びせる。

「成田家も、もとは上杉の寄騎であろう。北条を見限るなら、舅と婿の誼《よしみ》で景勝さまに口添えして遣わすが、どうじゃ」

馬上から振り返って、三楽斎はからかいの言辞を投げ返した。

本丸と他の曲輪の連絡路である土居道は崩されたままだが、その上に何本もの丸木を渡して、浜田兄弟は太田軍を歓迎した。昼を欺くほどに篝の焚かれた本丸の広場に、全軍が収容されたところで、丸木は外される。

「三楽斎どの。遠路、早々のご助勢、まことにかたじけなく、われら浜田兄弟、心より御礼申し上げまする」

弟とともに出迎えた将監は、深々と頭をさげた。

「おお、将監どのに十左衛門どの。さる永禄六年、いまは亡き謙信公の忍城攻め以来の再会であろうか」

「われらがような末輩を、おぼえていてくだされたとは、感激の極みに存ずる」

高名な三楽斎に親しく声をかけられて、配下の手前、誇らしく思った将監だが、実は、はじめ三楽斎が馳せつけたと報告を受けたときには、疑いをもったのである。

密使を放ったのは二日前の夜。健脚を自負する者だが、途中、馬を調達できたとしても、常陸片野まで休息なしで、まる一日掛かりとみる必要があろう。それから三楽斎が密書を受け取ったとして、直ちに呼応することなどありえぬ。こうした変事は、まずは自身の情報網をつかって事実確認することが、武将として当然の対処の仕方だ。まして関東は、いまや北条と豊臣の大決戦を前に、緊張の度合いを増している。どこにどんな罠が仕掛けられているとも限らぬのである。

しかし、先触れとして到着した太田家の使者は、

「太田三楽斎ほどの者をみくびられるな」

と浜田兄弟をぞくりとさせる言辞を吐いた。三楽斎は、関東の北条方の重要拠点には常に細作《さいさく》を放って、それら諸侯の内情を探っており、忍城乗っ取りの異変も、事の

起こった翌日には耳に入れていた。そして、浜田兄弟から、必ずや合力を頼まれると予期し、密使など待たず、時を移さず軍を催したというのであった。

これには、さすがは片野の三楽どのよ、と十左衛門が感服した。その弟の興奮が伝染したのか、将監もそれ以上、あれこれ詮索するのをやめてしまった。本音を言えば、三楽斎の加勢は、将監も飛び上がらんばかりにうれしかったのだから。

「まさかとは思うが、将監どの。御台さまや姫君たちに難儀をさせてはおるまいな」

と使者に鋭い眼で質されたときには、将監はすでに諂《へつら》っていた。

「滅相もござらぬ。皆さま、ご天守にて、何不自由なく過ごしていただいております る」

「さようか。ならば、よい」

そうして使者がいったん辞してから、夜に入って、三楽斎入城の仕儀となったのであった。

「将監どの。おことらの見事な働き、いずれ景勝さまへ、わしから口添えいたそう。さすれば、関白秀吉公のお耳にも達する。恩賞を愉しみにしてもよかろう」

「身に余る栄誉と存じ奉る」

すっかり三楽斎を信じてしまった浜田兄弟である。

「朧月夜とはよき風情」

と夜空を見上げて、三楽斎は愉快そうに言った。

その淡々《あわあわ》とした月明かりの下、本丸天守の屋根に蹲っている影。甲斐姫であった。赤城山中で、小猿の太夫を師匠として修行をしたときの装《なり》だ。胸と腰を、それぞれ小さな熊皮で覆い隠しただけの半裸体。腰の熊皮を結ぶ細帯に北の方より拝領の短刀をたばさみ、背には上泉信綱の形見の浪切ノ太刀を負っている。

濠を潜水して泳ぎ渡った甲斐姫は、見張りの眼を掠めて、石垣をよじのぼり、天守の壁を伝いのぼり、この屋根上へ出た。猿飛ノ術を会得した身には、難事ではなかった。

甲斐姫は、三楽斎が仰ぎ見たのを確認すると、屋根の庇《ひさし》の端まで這い下りた。見晴らしの廻縁の四方に、ひとりずつ兵が配されていることは、屋根へ上った時点でたしかめてある。

庇に手をかけて、のぞく。欄干に手をつき、太田軍入城に気をとられている兵の陣笠が見えた。絶好である。甲斐姫は、躊躇うことなく、庇を支点に身を転回させるや、長い双脚を伸ばして、兵の背を蹴り飛ばした。

「うわあっ」

兵は欄干を越えて墜落する。

その悲鳴に、何事か、と中から扉を開けて、小具足姿の武士がひとり出てきた。

扉の脇に身を沈めていた甲斐姫は、浪切ノ太刀を鞘走らせ、武士の喉首を掻き斬りざま、その太刀を奪い、中へ躍り込んだ。

「まあっ……」

「あっ……」

闖入者が何者か、いち早く、ほとんど同時に気づいたのは、おおまき姫とこまき姫であった。

甲斐姫は、立て並べられた燭台の灯明かりの中に、敵の数をかぞえた。乗っ取り軍の総勢百名という寡《すく》なさから、人質の見張りも多くはないと踏んでいたが、その思惑通りであった。屈強の武士が残り三名だ。廻縁の兵三名と合して、六名と戦うことになる。

「大叔父御さま」

素早く泰季の姿を認め、奪った太刀を放った。老齢とはいえ、泰季は合戦の場数を踏んでおり、刀槍ともに並々ならぬ腕をもつことを、甲斐姫はわきまえていた。

「むっ」

甲斐姫の期待通り、泰季は低い気合を発して、太刀を受け取るや、瞬時に鞘を払って、いちばん身近の見張りの武士を、袈裟に斬り捨てた。

「おおまき。母上をお守りいたせ」

そう叫ぶなり、甲斐姫は、短刀をおおまき姫の膝もとへ滑らせる。まき姫たちは小太刀を習っている。

「はい」

おっとり屋のおおまき姫が、姉姫の下知に素早く応じて、北の方の前に座を移し、短刀を逆手に構えた。

部屋の中央にかたまっている女たちの頭上を、甲斐姫は跳び越える。その勢いのまま、立ち上がりかけた武士の脳天を真っ向から斬り下げた。

このとき、廻縁の兵たちが、それぞれの扉から、次々に跳び込んできた。こまき姫が、そのひとりの足をかっ払い、転倒させて、陣刀を抜き取った。気の強いこまき姫に、姉姫の下知は必要ない。

「甲斐。こやつは、老体がうけもった」

泰季が、最後の武士に対峙する。

応じて甲斐姫は、室内を駈け巡った。天守に旋風が吹き荒れたような、信じられぬ迅さだ。その間、女たちは、絶鳴を三度聞いたばかりであった。

最後のひとりも、泰季に斬り伏せられた。

だが、甲斐姫は油断せぬ。すぐに昇降階段の出入口に立った。上がってくる敵を、ここで禦《ふせ》ぐのである。

敵は現れぬ。すでに甲斐姫が廻縁から蹴り落とした兵が地上へ叩きつけられた瞬間、三楽斎が総掛かりの下知を発しており、天守の下層でも戦闘は開始されていた。

「母上。片野のお祖父《じい》さまに助けていただきましてござりまする」

甲斐姫は、階段へ眼を配りながら、事情を手短に説明した。

北の方はみずから、甲斐姫のもとへ歩み寄ると、おのが袿《うちぎ》を脱いで、それで半裸体を包んだ。

「甲斐、そなたは天下一の孝行むすめじゃ。母は礼を申しまするぞ」

「母上……」

北の方と甲斐姫の視線が、万感の想いを込めて絡み合う。

「誰か甲斐に帷子《かたびら》と袴をもて」

いくさで血奮いした男たちの眼に、甲斐姫の美しき肌を見せるわけにはいかぬ。

甲斐姫が急ぎ着替えてから、ほどなく、物具の軋む音と、板床を踏む慌ただしい音がして、太田軍の将兵が現れた。

「はや天守は、お味方の手に落ちましてござる」

女たちから、安堵の歓声が洩れる。

しかし、甲斐姫はさらに唇を引き結んで、おおまき姫とこまき姫を睨めた。

「おおまき。こまき。伴いてまいれ。われらが母の仇を討ちましょうぞ」

われらが母とは、嶋根局をさす。北の方と嶋根局は、いずれも三姫にとって母であった。そのように、二人に育ててもらったのである。

妹姫たちは、頷き合う。別して、実母を奪われたこまき姫の眼の光が強い。

「危のうござりまする」

止めようとした侍女たちだったが、屹っと振り返った三姫の表情に、冒しがたい威厳をみてとり、畏れて引き下がった。

北の方は、もとより引き止めはせぬ。

「甲斐。おおまき。こまき。浜田兄弟が首、必ず嶋根どのが墓前に供えようぞ」

「はい」

三姫の凜とした声は、男たちをさえ粛然たる思いにさせずにはおかなかった。袿を脱ぎ、小袖の裾を端折って帯にたばさんだおおまき姫とこまき姫へ、太田軍の武者が、見事ご本懐を、と脇差を差し出した。

甲斐姫たちが天守から広場へ出てみると、そこではすでに大勢が決していた。氏長軍も、崩された土居道へ丸木を渡して、続々と本丸へなだれ込んでいる。

乗っ取り軍の兵たちは、ほとんどが濠へ飛び込んで逃げようとするが、矢を浴びせられたり、みずからの甲冑の重みで溺れたりと、悲惨な末路を辿るばかりであった。

「甲斐姫どの。浜田兄弟はこれにある」

広場の中央から、三楽斎が声をかける。

そこに、刀槍を奪われた浜田将監と十左衛門が座らされていた。いずれも、ざんばら髪、顔は血と埃とで汚れ、鎧がはずれかけ、具足もいたるところを裂かれ、見るも無残な姿である。それでも、さすがにもとは強悍で鳴る越後武士、眼にはいまだふてぶてしい光を残していた。

太田軍の兵に囲まれたその謀叛人兄弟の前へ、甲斐姫は、妹姫たちを率いて歩をすすめた。

「将監。十左衛門。わたくしをおぼえておるか」

束の間、訝しげな視線を返してきた浜田兄弟だったが、やがて眼を剝いた。甲斐姫だと分かったのである。

「汝ら兄弟に、自害はゆるさぬ」

宣言して、甲斐姫は、そのあたりで拾ってきた陣刀を二ふり、浜田兄弟の前へ投げた。

将監と十左衛門は、甲斐姫の意図を測りかねて、一瞬、互いの顔を見合ったが、どうせ殺されるのなら道連れをと思ったのか、同時に陣刀を執って、立ち上がった。

間髪を容れず、甲斐姫の左腰から、浪切ノ太刀が唸りをたてて迸り出る。

居合わせた誰もが、生まれて初めて眼にする超絶の剣技であったろう。甲斐姫は、浪切ノ太刀の下に、将監の刀と、十左衛門のそれを、重ねて同時に押さえこんでしまったのである。浜田兄弟は、互いの肩をぶつけ合うことになった。

「おおまき。こまき」

姉姫に呼ばれて、その背後から、妹姫たちが走りでた。

「えいっ」

「やあっ」

おおまき姫は将監の、こまき姫は十左衛門の腹を、それぞれ深々と抉った。

浜田兄弟の顔が、醜く歪む。こんなことがあってよいのか。そう叫びたそうにみえる。

妹姫たちが浜田兄弟の腹へ脇差をそのままにして離れると、甲斐姫は愛刀を二度、閃かせた。

謀叛人の首がふたつ、地へ落ちる。

「天晴れ」

腹の底から褒詞を放ったのは、駈けつけたばかりの氏長であった。

北の方も、天守から出てくる。

「父上」

「おお、久しいのう」

三楽斎とは、嫁いで以来の再会であった。

「こたびは、わがままをお聞き届け下さり、御礼の申し上げようもござりませぬ」

「礼などよい。むすめのわがままを聞き届けるは、父親の愉しみよ。のう、婿どの」

「これまで、その愉しみを知らなんだ氏長にござる。きょうより以後は、存分に堪能いたす所存」

この会話には、おおまき姫もこまき姫も、わが耳を疑った。父は人が変わったようではないか。

ひとり甲斐姫だけが、微笑む。いや、北の方も頷いている。北の方にとっては、良人の本性が表へ出たのにすぎぬ。

「されば、婿どの。これにて辞去いたそう」

「夜更けにござるぞ、舅どの。せめてひと夜なりとも、ご逗留願いたい」

「いや。おことが、小田原よりあらぬ疑いをかけられてはなるまい」

「ご配慮、痛み入り申す」

舅と婿は、豊臣と北条のいくさが始まれば、敵味方に分かれるのである。

「甲斐姫どの」

三楽斎が、慈愛に充ちた笑顔をみせる。

「甲斐とおよび下さりませ、お祖父さま」

「おお、うれしいことを……。されば、甲斐。そなたと会えて、祖父はたのしかったぞ」

「わたくしも、たのしゅうござりました」

「名残惜しいわ。そなたを伴れて帰りたいくらいじゃて」

「では、お伴れ下さりませ」

と甲斐姫は、懐から白い紙を取り出し、それを披《ひら》いてみせた。

芳しい匂いを放つ紅き花が一輪。

「蓮ではないか」

　季節はずれである。その開花は盛夏のころであろう。

「ご城内のべにはす島の蓮は、何年かにいちど、思わぬ時季に咲きまする。お城の誰ひとり存じよらぬことなれば、幼きころ、わたくしは密やかな愉しみにしておりましたのでござりまする」

　さきほど濠を潜水して本丸へ渡るさい、紅い蓮花を発見した甲斐姫は、これを双丘の狭間に蔵して闘った。吉兆と感じたからであった。

「このうえなき土産を貰《もろ》うた」

　三楽斎は、ほんとうにうれしそうだ。

　太田軍に引き揚げの支度が整うと、氏長一家は、大手門の外まで三楽斎を見送った。周公、劉邦、張良も一緒だ。

「お祖父さま。ひとつ願いの儀がござりまする」

　馬上の人となった三楽斎へ、甲斐姫が言った。何かを決意した佇まいである。

「なんなりと申せ」

「関白さまにご面謁なされしときは、かようにお伝え下さりませ。小田原は落とせても、忍城を落とすことはできませぬ、と」

三楽斎は、眩しげに甲斐姫を見返す。この乙女ならば、何があっても城を死守するであろう、と本気で思った。

三楽斎は、懐に仕舞った紅い蓮花に手をあてながら、相分かったと返辞をした。

「忍城は紅蓮《ぐれん》の狼に守られておるゆえ、とても近づけぬと関白に伝えようぞ」

紅き蓮を猛火の炎の紅蓮にかけて、甲斐姫の強さを狼になぞらえたものである。それと察して、甲斐姫は頬を上気させた。

しかし、三楽斎へ吐いた最後の別辞が、のちにおのが運命を大きく転変させようとは、このときの甲斐姫は思いもよらなかった。

太夫の微笑

明けて天正十八年、三月一日の豊臣秀吉京都進発から七月五日の小田原開城まで、およそ半年にわたった後世に名高い戦いを、詳述するまでもあるまい。

豊臣軍の兵力は、属将の陣立書にみえるだけでも二十二万にのぼり、ほかに先駆けをつとめた北関東の諸将や、秀吉直属軍まで加えれば、あるいは総数三十万近くであったろう。対する北条の兵力も、巷間伝えられる四万では百余の城に籠城できるはずがなく、実数はその三倍ほどあったのではないか。

ただ北条方では、十五歳から七十歳までを兵役としたあげく、農民は言うに及ばず、芸人や出家までその対象としたことが、当時の北条家朱印状に明記されており、それらの者には、

「ひらひら武者めくやうに」

と命じている。腰小旗をひらひらさせて、いかにも武者であるかのように装《よそお》えというのである。かれらが実際の兵力として役立ったとは到底思われぬ。

また、戦国末期最強の武器である鉄炮の保有数において、経済・産業・貿易あらゆる面で先進地の上方・西国勢を主力とした豊臣軍と、鉄の供給さえままならぬ関東の北条軍とでは比較にならなかった。

北条方の城を攻め落とした豊臣軍の将士が、瓦《かわら》一枚、釘一本発見することができず、そのあまりに粗末な造りに驚いたという記録がある。板葺きの屋根、船板の玄関、土間に筵《むしろ》敷きの部屋など、西国の城郭では、大げさに言えば数十年遡《さかのぼ》らねば見られぬものであった。

後世の太平洋戦争の米軍と日本軍みたいなもので、戦う前から勝敗は決していたのである。

そして、決定的な違いは、総大将の器量であったろう。豊臣秀吉に対して、北条氏直など論外というほかない。

実際、太田三楽斎ほどの者でも、秀吉に気宇《きう》の違いを思い知らされている。

秀吉が小田原城包囲中の六月、豊臣軍に参陣していた三楽斎は、城方の松田憲秀《のりひで》の布陣を一目見て、寝返るつもりだと見抜いた。尾張守憲秀は、北条家宿老筆頭で、城方の実戦上の総司令官だが、すでに秀吉は内通の約束を得ていた。

「なにゆえ看破いたした」

秀吉に問われて、配備に乱れがみえてござる、と三楽斎は明かした。

「尾張守ほどの武勇の男、配備の乱れは、心の乱れ。されば、異心あり」

「さすがに、智仁勇すべて兼ね備えし三楽よな」

「ご褒詞、畏れ入り奉る」

「この秀吉は、智仁勇いずれも、語るほどのものはなし。得手はただひとつじゃ」

「その得手なることとは」

「天下を取ることよ」

三楽斎は、小賢《こざか》しいことを言ってしまったおのれを恥じたものの、同時に天下人への反発心を湧かせた。忍城は絶対に落とせないという甲斐姫の宣言を、このとき秀吉へ伝えたのは、ささやかな抵抗であったのやもしれぬ。

「甲斐姫の噂は聞いておる。その美しさで、佐吉《さきち》を籠絡するつもりかの」

と秀吉は、おかしそうに笑った。

佐吉とは、豊臣家の奉行人石田三成のことで、このとき二万三千余騎を率いて、忍城攻めに向かっていた。

「甲斐姫は、上泉信綱どのより兵法の奥義を授かっており申す」

「ほう、それはおもしろい。何日もちこたえられるか、手並みを拝見しようぞ」

秀吉はもちろん、女の生兵法を嗤ったのである。

(甲斐。関白にひとあわ吹かせてやるのじゃ……)

三楽斎は、心に強く念じた。

上州館林城攻略の余勢を駆って、六月四日から忍城攻めを開始した三成もまた、最初から敵を侮っていた。城主成田氏長はみずから五百騎を率いて小田原に在陣中で、あとは忍城の残存兵力といえば、総勢四千余のうち、侍と足軽が合して五百足らずで、あとは領内の農民・職人・商人・僧侶に婦女子である。そんなたよりない籠城軍など、ひと揉みのはず。

ところが三成は、三日もすると、悲鳴をあげてしまう。忍城は沼や泥田に囲まれているので、進退がままならぬ。筏《いかだ》を組んで、その上を往こうとすれば、泥に身をひそめた伏兵が突如出現し、反撃してくるという具合であった。

焦った三成は、主君にならって、壮大な水攻めを敢行する。五日間、昼夜ぶっ通しの突貫工事で、全長七里に及ぶ堤を築き、利根川・荒川の両川から水を引き入れ、忍城を完全に水中の孤城と化さしめたのである。

そうまでしても、水位は一向に上がらなかった。忍城には、水量を調節する秘密の水門があるらしく、小舟を浮かべて舟遊びに興じる城兵から、寄せ手は嘲笑される始末であった。

そこへ、梅雨の終焉を告げる大雨が降った。しめたと雀躍《こおど》りした三成だが、夜陰に乗じて城方から放たれた水練の達者に堤防を破壊され、溢れ出た濁流に逆に陣地を呑み込まれてしまった。堤防を崩した者の中に、素裸にちかい姿の女人も混じっていたそうな。三成軍は、二百七十人余りの溺死者を出した。

実は、築堤工事のとき、籠城方は人足の中に多数の城兵を紛れ込ませ、手抜き工事をしておいたのである。そればかりか、人足賃の米を城へ運び入れて兵糧としていた。

報告を受けた秀吉は、大半が民百姓という忍城籠城軍が、城主不在にもかかわらず、いかにしてそれほどの士気を保っていられるのか、不思議に思った。

(奇蹟にちかい……)

よほどに尊敬すべき主人と、天才的な軍師を擁《よう》しているに相違ない。そう思ったとき、秀吉の脳裡に三楽斎の言葉が蘇った。

「甲斐姫か……」

そうなのだ。主人にして軍師。甲斐姫がそれなのだ。

(会いたいわ、甲斐姫に)

秀吉は、三成の援軍として、浅野長政、真田昌幸を派遣した。それでも落城させられず、月があらたまる。

七月一日の時点で、北条方の城でいまだ籠城をつづけていたのは、小田原城と忍城のみであった。ほかはすべて落城または開城せしめられたのである。

両城のうち、秀吉の軍門に降ったのは、小田原城のほうが先であった。七月五日、北条氏直みずから、秀吉の本陣を訪れた。

小田原在陣中の成田氏長は、秀吉の右筆の山中山城守を通じて、忍城の開城を勧告された。山城守と氏長とは連歌の友である。秀吉は籠城軍全員の助命を約束するという。

このとき秀吉は山城守に、忍城の甲斐姫へ届けるようにと、短冊に古人の和歌を一首したためて渡している。

〈蓮葉《はちすは》のにごりにしまぬ心もてなにかは露を玉とあざむく〉

氏長は、側近松岡石見を使者として忍城へ帰城させ、城代たる肥前守泰季へ降伏を命じた。が、泰季は籠城戦のさなかに七十五歳で病死しており、石見を引見したのは、泰季から城代を受け継いでいた甲斐姫である。

「謹んでお受け仕ります」

甲斐姫は、存分に戦った満足感を滲ませて、晴々と応じた。

ただ秀吉からの和歌については、このときは真意を測りかねた。

氏長も帰城した成田家が、忍城内を塵ひとつ残さぬまでに掃除し、磨き上げ、秀吉方の受城使を迎え入れたのは、すでに濠に蓮の花が咲き誇る七月十一日のことであった。

受城使は、豊臣家の近習組頭の速水守久《はやみもりひさ》と、秀吉のお伽衆だという楽寿《らくじゆ》と名乗る者だったが、丸頭巾のうしろに付けた錣《しころ》を翻して、貧相な短軀をちょこちょことせわしなく運んできた楽寿の姿に、まき姫たちがくすくす笑いだした。

「お猿さんのようだこと」

「ほんに」

甲斐姫も同じ感想を抱いたが、受城使を笑うなど非礼千万。妹姫たちの囁き合いが聞こえたに違いないと思ったので、二人を叱りつけ、楽寿へ謝った。

「ようやく裳着《もぎ》をすませたばかりの童も同然の女子たちにござりまする。無礼の段、ご容赦なされてくださりませ」

「いや、なんと、これはまた……」

と楽寿は、手足をじたばたさせてから、おのがひたいを、平手でぺんと叩いた。

「はや露顕いたせしか。氏長どのが姫君たちは賢いのう」

ひょいと楽寿は、丸頭巾を頭から取り去り、

「ほれ、猿じゃあ」

甲斐姫たちのほうへ、大口あけて笑ってみせた。

おおまき姫とこまき姫は、びっくりして腰を引いたのは一瞬のことで、すぐに怺えきれずに笑いだしてしまった。こんな愉快な受城使があろうか。

（猿……。あっ）

甲斐姫は気づいた。眼前の猿面の男こそ、関白豊臣秀吉に相違ない。

呆気にとられる甲斐姫の膝前へ、秀吉がそれこそ猿のようにぴょんと座った。

「会いとうて会いとうて、たまらなんだぞ、甲斐姫どの」

甲斐姫の手をとり、ふにゃと微笑んだ秀吉の顔というものは、愛らしいと形容するほかなかった。

「太夫……」

思わず、甲斐姫の口をついて出た。師匠上泉信綱の愛猿であった太夫にそっくりではないか。懐かしさと愛おしさのあまり、甲斐姫は我知らず秀吉の手を握り返している。

「あら、うれしや。甲斐姫どのは命名上手と聞いておる。わしは太夫か。ああ、なんとよい響きかの。もういちど、呼んでくりゃれ」

「太夫」

「おお、おお、おお」

甲斐姫が秀吉に抱き寄せられるのを眺めながら、同座の氏長はただ茫然とするばかり。北の方だけが、むすめの輿入れ先が決まったことを、ひそかに歓んでいた。

（そなたの意に適う大器量人と出会えましたな……）

忍城を明け渡した成田氏長は、その後、秀吉から会津若松の蒲生氏郷《がもううじさと》の寄騎《よりき》を命ぜられ、その支城の福井城一万石を賜った。浜田兄弟の謀叛は、一説には、この福井城時代であったともいう。

しかし、氏長が福井城に在ったのは、ごく短期間のことにすぎず、翌天正十九年には下野烏山《からすやま》へ転封される。高は三万七千石。二十歳という美しき盛りの甲斐姫がすでに秀吉の側室にあがっていたから、氏長の出世はそのおかげであろう。

秀吉は、甲斐姫と閨《ねや》をともにすると、心安んじて高鼾《たかいびき》で眠った。万一、刺客に襲われても、上泉信綱直伝の新陰流が必ず守ってくれる。その信頼感ゆえであったろう。そのせいか甲斐姫は、秀吉のあまたの側室の中で、特異な位置を占め、正室の寧々《ねね》にすら一目置かれる存在となった。

やがて秀吉が没すると、遺児秀頼の生母の淀殿は、寵臣石田三成の力を恃み、寧々をさしおいて、豊家の女主人として振る舞いはじめる。

三成は、執念深い男だけに、忍城攻めで姫武者に虚仮《こけ》にされた恨みを忘れておらず、秀吉卒去を理由として側室甲斐姫へ大坂城退去を命じた。

甲斐姫ほどの女が黙って引き下がるはずはない。大坂を出たその足で、三成の居城の近江佐和山城へ忍び込み、寝所を襲って、喉元に浪切ノ太刀を突きつけた。

「器量なき者が、非望を抱くものではない」

恐怖のあまり三成が寝衣を濡らすのを見て、甲斐姫はその小心ぶりに呆れ、命を奪うのをやめる。

ほどなく関ケ原合戦が起こり、敗走して山中へ隠れた三成の発見された原因が、その逃走路に点々と遺されていた落とし紙だったというのは、皮肉な話というべきであろう。合戦前日から、小心ゆえの神経性の下痢に罹《かか》っていたのである。

豊臣秀頼は、一男一女をもうけた。国松丸という男子は大坂落城の直後に首を刎ねられ、女子は秀頼の正室の千姫《せんひめ》を養母として鎌倉東慶寺《とうけいじ》に預けられて天秀尼《てんしゅうに》と号した。東慶寺は女人救済の駆込寺として知らぬ者がいない。

この秀吉の孫たちを産んだ側室は、成田助直《すけなお》の女と伝えられる。甲斐姫の近親とみて差し支えない。

追放された甲斐姫の血縁を秀頼の側室に望んだのが、豊臣方の誰であったか、それは見当がつかぬ。ただ、淀殿の言いなりで頼りにならぬ秀頼よりも、その胤《たね》に豊家の次代を託そうと考えた人間がいたとすれば、見事な姫武者であった甲斐姫と同じ血を欲するのは、むしろ当然ではあるまいか。

後年、会津四十万石加藤明成《あきなり》の軍兵に東慶寺を囲まれ、主家を見限った堀主水《もんど》の妻子を差し出すよう要求されたとき、天秀尼は将軍徳川家光に訴え出て、命懸けでこれを守りきった。その烈々としてやさしい気象は、甲斐姫と同じ血とはいえまいか。いや、あるいは、忍城の女たちすべての血を受け継いでいたのやもしれぬ。

甲斐姫は、大坂落城までは豊家をよそながら見戍《みまも》りつづけたであろうが、その八年後には烏山の成田氏も嗣子なくして断絶する。そのため、この一代の姫武者がどこでどのような余生を送ったか、残念ながら何ひとつ記録にない。

甲斐姫のことゆえ、幕府直轄領とされた忍へ帰郷するような未練をもたなかったと思われる。

かつて絶頂期の豊臣の大軍から忍城を守りきった紅蓮の狼は、周公の子孫のみを友として暮らし、ふたたび俗世に塗《まみ》れることはなかったであろう。赤城山麓の草庵にて、初恋のかぐわしき香りに包まれながら……。

青嵐の馬

父　慶治へ

騰《あがり》　馬《うま》

「久太郎《きゅうたろう》をあずかれ」

美濃国金山《かなやま》と武蔵国松山《まつやま》に、合して二万五千石を領する松平忠頼《ただより》が、江戸城において、伯父の徳川家康からそう命じられたのは、関ケ原合戦の翌年のことであった。

久太郎は、信濃国高遠《たかとお》の保科正直《ほしなまさなお》の四男で、忠頼には生母を同じくする十三歳下の弟である。

兄弟の生母の多劫《たけ》は、家康の異父妹にあたり、三度嫁して、いずれの夫とも死別した。忠頼は二人目の松平忠吉《ただよし》を父とする。

折しも、保科正直も没した直後のことで、保科家では、家督を跡部《あとべ》氏を母とする正光が相続し、久太郎の実兄の正貞を猶子《ゆうし》に迎えて、その筋目を決めたばかりであった。そのため久太郎は、保科家のいわば厄介者となったのである。

「まだ見ぬ弟と共に暮らせとは、ありがたき仰せにござりまする」

凡庸な忠頼は、深く考えもせず、素直に欣《よろこ》んだ。

「なれば、忠頼。遠州浜松へ移れ。五万石をとらす」

浜松は、東海の要衝にして、家康壮年期の出世の拠点となった故地である。関ケ原合戦では、岡崎城の守備についたばかりで、さしたる武功もない忠頼には、破格の厚遇といってよい。しかも、石高倍増であった。

(これも御一門ゆえのこと……)

家康の甥たる身を、忠頼は幸運に思った。

忠頼が浜松へ移封されるや、信州高遠から、わずかな供廻りを従えて、久太郎がやってきた。数え七歳の幼年である。

「ほんに愛らしい」

奥を切り盛りする老女が、出迎えて、久太郎の頭を撫ぜた。

「女が武士の頭に軽々しゅうさわるな」

これが浜松着到の弟の第一声であった。久太郎は、老女を城の濠へ突き落とし、危うく溺死させかけた。

それでも、武門の男子ゆえ、いささかの乱暴はむしろ頼もしい、と最初のうちは忠頼も家臣らも思っていた。

だが、保科久太郎は、手のつけられぬ悪たれであった。悪戯《いたずら》の度が過ぎていた。無礼が過ぎて、他藩の藩侯を激怒させたこともある。

遠州浜松と三州吉田とは、浜名湖を間に挟んだ隣藩同士で、吉田城主松平玄蕃頭家《げんばのかみいえ》清《きよ》の妻は、多劫の妹にあたる。そういう親しみやすい関係から、忠頼と玄蕃頭は、たまに浜名湖北岸の三ケ日《みっかび》あたりで落ち合い、野点《のだて》で喉を潤したり、釣りを愉しむようになった。

久太郎十歳の夏のことだが、湖畔で忠頼の点《た》てた茶を一服した玄蕃頭が、はげしく咳き込んで、すぐに吐き出してしまった。玄蕃頭が茶碗を手にする直前、その中へ、とんぼの幼虫のやごを、久太郎が放りこんでいたのである。誰も気づかぬほど素早く行われた悪さであった。

「年端がゆかぬからというて、赦せぬこともあるのだぞ」

顔を真っ赤にして怒った玄蕃頭は、久太郎を手討ちにすると息巻いた。

並の十歳児ならば、恐怖して泣きだすところだが、久太郎は天性、胆が太い。

「保科久太郎は武士の子じゃ。ただ討たれはしないぞ」

腰の小刀の柄に手をかけ、あくまで抵抗する気概をみせた。

浜松藩方では君臣ともに平謝りに謝って、ようやく事なきを得たが、久太郎だけはついに最後まで、昂然と胸を反らせたままであった。以来、両家は疎遠になった。

「なぜ、あのようなことをいたした」

理由を質した忠頼へ、久太郎は、よかれと信じてやったことだとでも言いたげに、堂々とこたえた。

「茶を喫する前に、玄蕃頭どのが、とんぼを眺めて呟いておられた。空を飛べたら面白かろうって」

やごを呑めば、とんぼのように羽が生える、と久太郎は本気で思ったという。

久太郎の言動は、一事が万事、この調子であった。次に何をしでかすのか、余人には予測もつかず、また事を起こしたあとの態度の小憎らしさが、人々を苛立たせた。

いつしか、家臣たちは、苦々しげな口調で、こんな会話を交わすようになった。

「家康公は、保科家の持て余し者を、ご当家に押しつけられたのに相違ないわ」

「殿の温容、実直のお人柄が、その任に適うとの思し召しだったのであろう」

「つまり、二万五千石のご加増は、久太郎さまの悪たれ料ということよ」

もしそれが真相だとすれば、浜松藩では、久太郎をひとかどに育てあげねばならぬ重責を、家康自身から課されたということにもなる。御家の一大事といってよい。

「向後《きょうこう》、久太郎さまを甘やかしてはならぬ。厳しく躾《しつ》けようぞ」

家老以下、重臣連の意見は一致した。

だが、生来、奔放不羈《ふき》の久太郎に、これは逆効果であった。

「講義のあいだ、落ち着きなく、もぞもぞなされては、学問は御身の血肉に滲み込みませぬぞ」

教授陣がそんな注意をしようものなら、久太郎は、小刀をすっぱ抜き、かれらに斬りかかろうとした。

「学問がそのほうらの血肉に滲み込んでおるか、わしがたしかめてやる」

兵学に詳しい家老が、みずから久太郎に教授せんと、大事にしていた『孫子《そんし》』の書を開いたところ、中をくりぬいて、犬の糞を詰めこまれてあったことすらある。

それで立ち居振る舞いの粗暴さを注意されると、久太郎は、素っ裸で馬に跨がり、城下を駆け回る始末であった。

一年と経たぬうちに、皆が匙《さじ》を投げることになった。

たまりかねて、忠頼にこう進言した者もいる。

「家康公に二万五千石をご返上申し上げ、久太郎さまを保科家へお戻しなされるが、ご当家の御為と存じあげまする」

江戸から、ひとりの少年が浜松へやってきたのは、そのころのことである。

その日、久太郎は、厩方が野生から馴らしたばかりの黒馬に、どうしても乗ると言いはって聞き分けず、馬場に出て、鞍上にあったが、おのが思いどおりに進退せぬ黒馬に腹を立て、烈しく鞭をくれ、手綱捌《さば》きも乱暴になっていた。

黒馬は、人間の強圧的な仕打ちに、野性を復活させたものか、首を振り立て、前肢を高く上げて暴れた。こうした、すぐに棹立ちになる癇の強い馬を、騰馬《あがりうま》といい、調教が難しかった。

手綱を放し、たてがみにしがみつく久太郎が、いままさに振り落とされようとしたとき、疾風のように馳せつけた少年が、これを救った。少年は、鞍の後輪《しずわ》へ跳び乗り、後ろから久太郎を抱きとめつつ、見事な手綱捌きをみせて、黒馬を落ち着かせたのであった。

「そちは何者じゃ」

「有賀《あるが》新助」

「兄者の家来ではないな」

「ご詮議の前に、それがしへかけるお言葉がござりましょう」

一瞬、むっとしかけた久太郎だったが、対手《あいて》が命の恩人であることぐらい、この悪たれにも分かる。

「助かった、礼を申す。これでよいか」

「礼には及びませぬ」

「言葉をかけろと申したのは、そちだぞ」

久太郎は、こんどこそ、むっとする。

「礼を、と強いたおぼえはござりませぬ」

「口のへらないやつだ。城へ何しにまいった」

「騰馬を御《ぎょ》しに」

「それは、いまだけのことじゃないか」

「騰馬とは、久太郎さまのこと」

「なんじゃと」

「有賀新助、本日より、保科久太郎さまのご家来衆の端に加えていただきまする」

久太郎の悪童ぶりを伝え聞いて案じた生母の多劫が、側近く仕えさせるようにと、その意をしたためた書状《ふみ》をもたせて遣わした少年。それが新助だったのである。

新助が近習になると、おどろいたことに、久太郎は変わりはじめた。

悪戯がおさまることはなかったが、そのようすが、どことなく違ってきた。以前のように、憎体《にくてい》に見えなくなったのである。

いかに凡庸の忠頼でも、ここに至って、ようやくにして弟の心情を察した。

生まれ育った場所から引き離され、ほとんど単身にひとしい恰好で、見知らぬ土地へやってきた少年ではないか。しかも、家康の妹と名家保科の血をひくゆえに、腫れ物にでも触るように扱われて、さぞや孤独であったに違いない。

「久太郎は、友が欲しかったのだ……」

有賀新助は、久太郎より四歳の年長にすぎなかった。

三方ケ原《みかたがはら》合戦

一

徳川家康は、浜松城主時代、領地の自然を愛した。

「我生得、鷹を好む」

と口にしたほど鷹狩の数奇者《すきもの》には、遠州の天地の広大さと、気候の快適さが、この上なき恵みだったのであろう。

別して、三方ケ原台地は、東西二里半、南北四里。四方、突き抜けるような平原であった。

その広野に、雲ひとつなき蒼天から、烈日が降り注いでいる。

風もない。草の一葉すら、そよとも動かぬ。

とんぼも、あまりの暑さに、飛ぶのも億劫《おっくう》なのか、葉先にとまって、凝《じ》っと羽を息《やす》めたままである。

遠くで蟬の声がし、それに混じって、がらごろと地を搏《う》つ音だけが、次第に大きくなってきた。

広野の中につけられた一筋道を、埃を舞い上げながら、荷車の車輪が転がり往く。

牽《ひ》き牛の背に、人がいる。

片肌脱ぎで、なかばあぐらをかくような姿勢で乗っているのは、小刀を差した、前髪立ちの武家の少年であった。眼光の力強さといい、きりっとしまった唇といい、利かぬ気に盈《み》ちた相貌の持ち主である。

牛童役は、月代《さかやき》の剃りあとも青々とした若侍で、たぶん少年の従者であろう。ほかに荷車の両脇や後ろにも、三十人余りの男の子たちを家来のように随行させているが、かれらは皆、その装《なり》からみて百姓の子らのようだ。いずれも棒切れを肩に担いでいるのは、槍足軽にでも見立てたものであろう。

荷は、凧《たこ》であった。

荷台からはみ出す三帖の大凧で、絵柄は家紋の並び九曜。

「久太郎さま……」

牛童役の若侍が、ひたいから噴き出す汗を手の甲で拭いながら、牛の背上の少年を振り仰いだ。

「またか、新助」

若侍が何を言いたいのか先刻承知なのであろう、うんざりしたような久太郎の口調であった。

「返辞は同じだ。遠州である」

一転して、これから合戦場へでも赴く武将のように、何やら重々しい口吻《こうふん》になったが、久太郎の声は、まだ十四歳という稚さをとどめる風貌に似合わず、気味の悪い低さである。声変わりの時期らしい。

つづけて久太郎が口を開きかけると、こんどは新助が先んじて、

「からっ風が吹く、でござりましょう」

おかしさを堪えたものか、あぐらをかいた鼻を、ひくひくさせた。

ふん、と新助へ横っ面を向けた久太郎だが、ちらと頭上の太陽を見上げて、さすがに、いささか案じ顔になった。ぎらつくお天道さまは、風の起こることを許しそうもない。

久太郎の表情のあまりのあどけなさに、新助は、おぼえず、角張った顔をやわらかく綻ばす。

「糸目は浮かせにござりまするな」

新助が、空模様を眺めてから、そう久太郎に進言したのは、未明のことである。

凧の重心をとるために、じかに結びつける複数の糸の構成、または糸そのものを糸目というが、この長短は風の強弱によって変えねばならぬ。

風の強い日には、凧が必要以上に上昇しすぎたり暴れたりしないよう、上側の糸を長くするか、あるいは下側の糸を短くするか、いずれかを選んで、糸目の中心を下げる。これを、はりという。

風の弱い日は、凧を上昇させるために、その逆を行って、糸目の中心を上げる。こ

れが、浮かせとよばれる。

きょうのような無風状態では、とうぜん浮かせでなければならぬ。ところが、久太郎は、朝から、はりにこだわった。

「遠州名物を忘れたか、新助」

からっ風のことである。もとより、新助とて知らぬはずもない。

「あれは冬の名物にござりまする」

「やませが吹く」

山を越えて直角に吹き下ろす風を、やませという。

「もし、本日吹けば、神風にござりましょうな」

「よくぞ申した。八幡大菩薩のご加護がわしにあるや否や、きょうの合戦でわかる」

いったん、こうと決めたら、梃子《てこ》でも動かぬ気象の久太郎であった。この少年の近習をつとめて三年になる有賀新助は、そのことをよく弁《わきま》えていた。また新助は、そういう主《あるじ》を愛している。

「早いわ、敵方は」

合戦対手の姿を前方に望んで、久太郎がうれしそうに言った。

ざっと眺めたところ、久太郎方より人数が多い。五十人くらいだろうか。

かれらは、久太郎方の近づいてくるのを認めるや、大凧の意匠を見せつけるべく、その担ぎ手たちが動いた。

「巨」

の一字が、立ち上がった。

たちまち、久太郎方の面々に緊張感が漲《みなぎ》る。

「与吉。よめるか、あれが」

と久太郎は、荷車の脇に随《つ》いている子を振り返る。

「きょ」

「意は」

「でっかいっていうこと……」

「よくわかるなあ」

感じ入ったように久太郎が言ったので、与吉は鼻をうごめかす。

「おら、村の和尚さまに文字習ってるだで」

「道理で。けど与吉、あれは、きょじゃないぞ」

「へ……」

「よく見てみろ。横に点がついてる」

染料をこぼしたのであろう、たしかに「巨」の右横に、幾分目立つ点が存在する。

「あんな文字があるだか」

と与吉が首をひねる。

「あるさ。敵は、わしらを見て、おどろいたんだ。それで、きょに点がある」

そこで一拍、間をおいてから、

「ぎょっ」

さもびっくりしたように、久太郎は、びくっと五体を顫《ふる》わせてみせた。

途端に、どっと笑いが起こった。

（うまい）

新助は感心した。

敵を眼前にするや、にわかに悑《おそ》れをおぼえた子どもたちも、これで心にゆとりを生んだに違いない。久太郎のぎょっは、将たる者の機転というべきであろう。

（さすがに保科家の御血筋……）

信濃国高井郡保科より出て、のちに伊那《いな》郡高遠へ移った保科氏は、歴世、武門名誉の家柄であり、わけても久太郎の父正直は、武田信玄・勝頼二代に仕えて、その勲功、実に三十八度という活躍で驍名《ぎょうめい》を馳せた。

合戦対手の子どもたちが、近づく久太郎勢を睨みつける。

いずれも、双腕を剥きだしの袖なしを着て、尻っ端折り姿だ。おそらく山ッ子であろう、その特有の、一見とっつきにくい風貌が揃っていた。

別して、ひとり駄馬の背に跨がっている男の子は、後ろで無造作に束ねた蓬髪《ほうはつ》も地膚も黒々として、さながら鉄製の仁王像であった。これが大将らしい。

久太郎が到着するなり、大将は歯を剥いた。といっても、前歯が数本欠けている。おそい、と怒鳴ろうとしたのに違いない。

が、それより一瞬早く、にっと笑いかけた久太郎は、大音《だいおん》を発していた。

「牙丸《きばまる》。遠路、大儀」

久太郎が機先を制した恰好である。

こうした合戦の機微を瞬時に捉える能力は、天賦の才というほかない。新助はまた顔を綻ばせた。

「な、なにを、こきやがる」

案の定、敵の大将の牙丸は、たちまち頭に血を昇らせ、

「合戦じゃい、合戦じゃい」

と喚《わめ》き散らし、おのが一党の子らに支度を急かせた。

二

久太郎と牙丸の確執の発端は、今年の正月に遡る。

その日、久太郎は、新助を従えて、天竜川まで遠駆けしたところ、川原で大凧を上げている百姓の子らを見つけた。

「うまいものだなあ……」

かれらの大凧を操る巧みさに眼を瞠《みは》った久太郎が、新助にどこの村の者か訊ねさせると、入野《いりの》村であるという。

巧みなのは、当たり前であった。

浜松の大凧は、織田信長が台頭してきた永禄年間、当時の引馬《ひくま》（浜松）城主・飯尾《いいお》豊前守《ぶぜんのかみ》に長子誕生の折り、それを祝して、入野村の住人佐橋甚五郎が天空高く舞い上げたのを起源とするのである。以来、城下の町や周辺の村を中心に、浜松では凧上げが盛んとなり、戦国という時代の風潮に押されて、ただ上げるだけでなく、糸を切り合う合戦へと発展した。

後世の凧合戦においては何かと異なるが、この当時は、さすがに嚆矢《こうし》たる者の誇りか、入野村の人々の大凧を舞わせるその技に、一日《いちじつ》の長《ちょう》があったといってよい。

その見事な凧上げ術を、川原の土手から、久太郎と新助が飽かず眺めていたところ、上流より幾艘も舟を仕立てて、別の子供の集団が、やはり大凧をたずさえてやってきたのである。

「二俣《ふたまた》の牙丸だ」

と入野村の子らは、顫え声で叫んだ。

二俣は、浜松城下から北東五里の山里だが、浜松、見付、袋井からの道を聚《あつ》めて、信州往還の秋葉街道へ繋ぐ交通の要衝で、また天竜川舟運の湊《みなと》でもある。そのため、運輸業者が多かった。

その二俣でも随一の舟稼ぎ、馬稼ぎといわれたのが、阿仏屋《あぶつや》であった。屋号の由来は、鎌倉時代、東下の折りに浜松にも立ち寄って、のちに『十六夜日記《いざよいにっき》』を著した阿《あ》仏尼《ぶつに》に因《ちな》んだという。

荒っぽい商人の発想とも思えぬが、それもそのはずで、阿仏屋は、室町の一時期、浜松庄に城を構えたという、巨海新左衛門尉の子孫と称し、当主も代々、新左衛門を名乗っている。

牙丸は、この阿仏屋新左衛門の倅で、

「天竜一の餓鬼大将」

である、と久太郎は、騒動のあとに入野村の子たちから聞かされた。

牙丸は、悪童どもを率いて、城下の町や村の子たちに糸切り合戦を挑み、勝つと対手の凧を分捕《ぶんど》るばかりか、身ぐるみ奪って意気揚々と引き上げていくのだという。しかも、必ず勝つ。

必勝法は、自分たちの凧が空中戦で不利になると、対手方の糸元の者たちを殴り倒すという、まことに荒っぽいものであった。

入野村の子らは、狙われていることを知って、凧を上げるときは、わざわざ遠出し、牙丸一党との遭遇を避けてきたのだが、ついに発見されてしまったのである。

「入野村のおんしらを負かせば、おらの喧嘩凧は遠州一だ」

こうして始まった両者の糸切り合戦を、久太郎は、自身も血を沸かせながら見物した。

その日は、よい風が吹いていて、絶好の凧上げ日和《びより》であった。牙丸一党も、合戦を挑むだけあって、決して乱暴なだけではなかった。糸切り合戦は一進一退をきわめ、なかなか勝負が見えなかったが、辛抱の足りぬ牙丸一党がついに手をだした。

殴り合いでは、牙丸一党に分がある。久太郎が入野村の子らを助太刀したのは言うまでもない。

もともと武術鍛練には熱心な久太郎である。まっしぐらに敵の大将の牙丸へ突っかかり、拳の一撃で、天竜一の餓鬼大将をのしてしまった。牙丸の前歯が欠けたのは、このときのことである。

牙丸に油断があったのも事実だが、大将を粉砕された一党は、たちまち怯えて、牙丸を引っ担いで、這々《ほうほう》の態で遁走した。

そこで初めて、久太郎は名乗った。

「保科久太郎である」

入野村の子らは、腰を抜かさんばかりに、おどろいた。領主の弟というだけでも、領民にとっては畏怖すべき存在なのに、保科久太郎は乱暴者という噂が、城下に聞こえていたからであった。

武家の乱暴者は刃物を振り回すという認識が誰にでもある。かれらもまた、爪を捨てて、蜘蛛の子を散らすように遁《に》げてしまった。

当惑した久太郎は、新助と二人で大凧を上げようとして、汗だくで奮闘した。もとより、たった二人で上がるはずもなかった。

すると、そのようすを、おそるおそる物陰からうかがっていた入野村の子らが、三々五々と戻ってきて、手をかしはじめた。

「やあ、こうして上げるのか」

もともと久太郎の笑顔は、どことなく人懐っこい。はじめはなんとなく畏れていた百姓の子らも、久太郎の気さくさに、そのうち馴れてきて、半刻もすると、すっかり友垣《ともがき》の内に入れていた。

以来、入野村の子らは、久太郎が外へ出たときの遊び仲間になった。

しかし、牙丸も黙ってはいない。この少年には、自分は室町以来の名家の跡継ぎだという、強烈な自負があった。また、自身の家が、領内の商人として小さからぬ発言力をもっていることも、牙丸には力であったろう。

「領主の弟だからって、怖くなんかありゃせん」

春になると、傷の癒えた牙丸は、しばしば二俣から出てきて、入野村の子とみると、片端から殴りつけた。

それを知った久太郎は、某日、新助と与吉だけを供に二俣まで赴き、凧合戦で決着をつけようと、牙丸にもちかけたのである。

「よし。おんしら、負けたら、家来になれ。保科久太郎、おんしもだ」

それが牙丸の条件であった。

「承知」

と明言したのみで久太郎が帰ろうとしたので、牙丸はあわてて呼びとめた。

「おんしが勝ったらどうするか、聞いてやせんぞ」

「勝ったときに言う」

「なにをっ」

「怖いのか、牙丸」

「怖いものか」

「阿仏屋は武士の家柄ときいた」

「おう。徳川なんかよりずっと前に浜松城主だったただでな」

「じゃあ、腹を切るのも怖くないな」

さすがに牙丸は、蒼褪《あおざ》めたが、勢いで吼《ほ》えてしまった。

「承知じゃい」

三

「皆、よいか」

牛の背にあって、両股でその胴をしっかり挟みこんだ久太郎の声が、三方ケ原に響き渡る。荷車を外してあった。

久太郎は、かねて用意の胴丸を着け、そこに大凧の太い糸を巻きつけている。糸枠は、はるか前方に据えられ、そこから伸びた糸が、久太郎を中継し、その後方に待機する大凧へと繋がる。そういう形であった。

入野村勢は、前方の糸枠、そこから伸びた糸の途中、久太郎の牛の両側、その後方の糸の左右、そして大凧の下と、五ケ所に分かれて、今や遅しと、久太郎の合図を待っている。

「あいつ、牛がとろくさい生き物だって、知らんのか……」

久太郎のようすを、左方二十間ほど離れた位置から眺めていた牙丸が、これから起こることを予想して、あきれたように言った。

牙丸一党は、すでに大凧の上昇に成功し、あとは安定させるばかりの状態に持ち込んでいる。こちらは、最初から糸目を浮かせにして、大凧の中央をつらぬく尻尾骨や、それに巻きつけた細縄の長さも、風のない日を想定して調節してあった。それでも、全員で走りに走って、おのれたちで風を起こし、上げるまでに小半刻を要した。

それを久太郎は、牛に糸を引かせて、しかも糸目がはりのまま、凧を上げようとするらしい。

「ばかっつらだ」

と牙丸一党は、げらげら笑いだした。

その嘲笑に、入野村勢は、いまのところ反駁《はんばく》できぬ。かれらは一様に唇を嚙んだ。

その不安と口惜しさを察して、久太郎が笑顔で宣言した。

「上がらぬのを、上げてみせるから、面白い」

そうして、ひとり、牙丸一党に向かって、牛の背から、にこやかに手を振ってみせたのである。

牙丸は、いやな予感を抱いた。

（あいつ、上げるかも知らん……）

「新助」

久太郎に命じられ、新助が、腰の大刀の鞘を払う。

（傷はあとで診てつかわす。すまぬ）

新助は、牛に向かって左手を挙げ、拝む仕種をしてみせてから、銀光をきらめかせた。

尻へ鋭く斬りつけられた牛は、悲鳴とも怒号ともつかぬような咆哮を放って、一瞬、首を振り立て、四肢を突っ張らせたあと、おそろしい勢いで走りだした。

「皆、おくれるなあ」

暴れる牛の背から、久太郎が大音声の下知を放つ。

逡巡なく、入野村勢が一斉に脛をとばした。

「む、むちゃくちゃなやつだ」

さしもの牙丸も、久太郎のあまりの無謀にあっけにとられる。ふだんはのろまな牛も、ひとたび猛り狂って暴走すれば、信じられぬような脚力をみせるものだが、まさか刀で斬りつけるとは思いもよらなかった。

牛は、夏日に輝く三方ケ原の平原を、濛々《もうもう》たる砂塵を巻き上げ、地響きたてて突っ走る。

その肥えた胴を、両股でしっかり挟みつけている久太郎だが、牛のひと跳びごとに、振り落とされそうになるのはやむをえない。そのたびに久太郎は、下半身へ力をこめて怺《こら》えた。

久太郎の左右に、五人ずつが並走するが、かれらも必死の形相である。大凧が上がった瞬間、ただちに糸と久太郎のからだを摑まねばならぬから、わずかでも後れをとるわけにはいかなかった。

この集団の後ろに尾いて、久太郎と大凧とをつなぐ糸の動きを見つつ駆けてゆく子らも、歯を食いしばっている。

最後尾で大凧を、高く挙げた両腕の先に支えながらひた走る子らに至っては、不安定な恰好だけに、つんのめって倒れる者がいたが、後詰が素早くこれに代わる。そして、倒れた者は、すぐに起き上がって、後詰となって疾駆する。

「まだ放すな」

久太郎が、後方へ声をかけた。

はるか前方に控えていた糸枠の子らも、暴走牛の接近に合わせて、大きく移動する。糸枠から久太郎までの糸を、長くし、絶えず緩めておかねばならぬ。久太郎から後ろの糸が張り切った状態だから、前のそれまで張ってしまうと、中継の久太郎の胴体を強烈に締めつけてしまうことになるからであった。

「くっ……」

後方へ汗を飛び散らせる久太郎の顔が、烈しく歪んだ。糸をひと巻きさせた胴丸ごと、五体が後ろへ、ぐぐっと引っ張られたのである。一丸となった疾走の起こしつつある風から、明らかに大凧を浮揚させせんとする力が伝わっていた。

久太郎は、糸を手のうちで滑らせ、わずかに繰り出した。

大凧の下の子らが、腕を上へ引っ張ろうとする強い力に、先《ま》ず抗しがたくなった。

「腕が抜けちゃう」

「足が突っ張るよ」

「だ、だめだ」

かれらの手から、大凧が離れた。子供たちは、勢いあまって、すっころぶ。

(早い……)

一瞬、焦った久太郎だが、手は、間髪を容れず、糸を後方へ滑らせていた。胴丸と糸の擦れる音が、耳に大きく聞こえた。

並び九曜が、右に左にぶれながら、ふわっと浮き上がった。

三帖の大凧が浮揚するときの力というのは、想像を絶する。久太郎の五体は、芋が地中から思い切り引っこ抜かれたときのように、糸にからめとられて、牛の背を離れ、後ろ上方へ急激にすっ飛んだ。

左右に並走の十人は、この瞬間を待っていた。ただちに、久太郎とその前後の糸へ躍りかかった。

起き直った久太郎は、おのが胴丸から素早くはずした糸を、両手にしっかり摑んだ。

糸枠の者たちをのぞく全員が、馳せつけてくる。

が、いったん上昇しかけた大凧は、すっと落ちはじめた。

「走れ、走れ」

「声を揃えろ」

皆で声を懸け合う。

「おいしょ」

「おいしょ」

と和す三十人の懸け声に押されて、大凧は再び上がりはじめた。

糸元の先頭に立った与吉の号令一下、糸を少しずつ繰り出しつつ、間断なく引いては押し、押しては引く。ひとり残らず、汗みどろであった。

「あと少しだ」

「手を休めるな」

いかに無風とはいえ、それは地上だけのことで、ある程度の高処《たかみ》へ達すれば、上空は風が流れている。そこまで上げることができれば、大凧は天に不動となるのである。

ほどなく、その手応えが、皆の腕へ伝わった。

「上がったあ」

与吉が叫ぶや、どうっと子供たちは歓声を迸らせた。

久太郎も、してやったりの笑みである。

「ほんとに上げやがった……」

一部始終を眺めていた牙丸は、あきれると同時に、おのれの身内に、言い知れぬ感動がこみあげるのを抑えがたかった。

だが、宿敵の大凧である。負けてはいられなかった。

「合戦じゃあ」

雄叫びをあげ、牙丸は、「巨」の大凧を、久太郎方へ寄せるよう、一党を叱咤する。

「むこうの糸目は、はりだ。こんなちっとの風じゃ、上げるだけで終《しま》いだ。やつらの糸をぶっ切れ」

「おう」

牙丸一党は、声を合わせて、大きく動きだした。

たしかに入野村勢の大凧には、まだ風が足りず、自在の動きはできぬ。尻尾の細縄も長く、いまの風力に対して重すぎる。

久太郎は、ちらりと、北方の山並みを見やった。

牙丸一党の大凧が、空から入野村勢を威嚇するように、ぶうん、ぶうん、と唸りをあげながら、接近してくる。鯨のひげで作った弓形のうなりの振動であった。

「左へ廻れ」

牙丸の下知がとぶ。

凧の糸は左縒《よ》りのため、対手の凧糸の左から仕掛けるほうが有利である。

「遣るな」

入野村勢でも、左をとられぬよう、糸元が密集して動きだす。が、大凧を上空で安定させるだけで精一杯なので、思いどおりの方向へ移るのは至難であった。

牙丸一党は、糸がよく出て、行動範囲が広い。あっというまに、入野村勢の左斜め後方から、糸をのせるのに成功した。

後年には、転機《てぎ》という溝のある回転輪をひっかけて、糸の進退を迅速にするようになったが、この当時、そんな機械はない。糸を手繰り寄せるのも、繰り出すのも、すべて人力によった。

「それ」

牙丸一党は、低く腰を落とし、一筋の糸を摑んだ百本近い腕を、拍子をとって一斉に進退させる。

「遁がせ、与吉」

「むりだ、久太郎さま。下手に動いたら、落ちる」

いったん上空で安定した大凧が、糸を切られる切られないにかかわらず、一度でも地上へ墜落した時点で負け、というのが双方の取り決めであった。

牙丸一党の糸ばかりが、烈しく進退し、摩擦によって、押さえつけられた恰好の入野村勢の糸が削られ、そこから微かな白煙と、細かい糸屑が散った。

唇を嚙んだ久太郎は、再び、北方を眺めやる。

やませは、吹いて来ぬ。

心中で、久太郎は唱えた。

（南無八幡大菩薩……）

「保科久太郎」

と牙丸が、後ろから呼びかけ、

「ここは、徳川家康が武田信玄に敗れたところだ。おんしも、くそを垂れるか」

勝ち誇ったように、哄笑した。

久太郎の伯父家康は、三十六年前、この三方ケ原台地で、信玄に大敗を喫し、恐怖のあまり、鞍つぼで脱糞したのも気づかぬまま、浜松城へ逃げ帰った。

「牙丸。天下を取ったのは、信玄ではなく、わが伯父御だ」

そう叫び返したとき、離れたところから成り行きを見戍《みまも》っていた新助の声がした。

「久太郎さま。ご覧なされい」

新助の指さしたはるか北方に、草の波が光を揺らせて、きらめいていた。

そのきらめきは、急速に接近してくる。音も大きくなる。ざわざわ、ざわざわ、と。

「凪だ」

ぎらつく陽光の暑熱と、おのが血の滾《たぎ》りとで、芯から火照った久太郎たちの肉体へ、轟然と砂まじりの突風が吹きつけた。

牙丸一党の大凧は、糸目の中心が上にあって寝かせ気味のため、下からの風の煽りに乗って上昇しやすい利点はあるが、それだけに、いったん風の勢いが強まると、狂ったように暴れだす。

「巨」の文字が、一度、くるっと回転したかと見るまに、それが止まらなくなり、そのまま急激に墜落しはじめた。

その力に、牙丸たちは引きずられる。

「怺えろ」

「落とすな」

かれらの意地が、しかし、大凧の体勢を立て直させた。

そこへ、入野村勢の大凧が、左からのしかかる。

こちらは、糸目の中心が下で、空に突っ立っていた。それで、風をほぼ直角に受けると、大凧を上下に律動させるのが容易になる。形勢、逆転であった。

「おいしょ」

「おいしょ」

懸け声もろとも、入野村勢が、凄まじい迅さで、糸を上下に動かし、摩擦を起こす。有利な強風の吹いているうちに、一挙に勝負を決する構えであった。

「左へ廻れ、左だ」

牙丸の怒号がとぶ。

双方、糸元の位置の奪い合いで、ついに激突し、乱軍となった。

百人近い男の子たちが、ひとつところに犇《ひし》めいて、前へ後ろへ、左へ右へと、物凄い剣幕で躍動する。足元から濛々たる砂埃を舞いあげて、威嚇と悲鳴と懸け声を入り乱れさせ、汗を飛び散らせ、匂うような熱気を陽炎《かげろう》となって立ち昇らせる。

糸を摑んだ手という手の指の間から、血が滲み出ているが、そんなことに気づく者は、ひとりもいない。ここは、男の子たちの戦場であった。

　圧倒的に有利とみえた入野村勢の大凧だったが、北方からのやませは、思った以上の大風で、次第に翻弄されはじめた。

「新助え」

　久太郎が怒鳴る。

「弓だ。弓をもてい」

　主の意を察した新助は、かねて用意の弓矢を荷台から取り上げ、疾風となって駆けつけた。

「手繰《たぐ》れ、与吉。わしが、よいというところまで、手繰れ」

　そう言いおいて、久太郎は、糸元を離れ、凄まじい揉み合いの中から脱した。

　命じられたとおり、与吉たちは、糸を手繰って、大凧を下ろしにかかる。

　新助の手から弓矢を受け取った久太郎は、満月まで引き絞り、上空、急角度に鏃《やじり》の先を向けた。

　並び九曜紋が、空から、少しずつ下りてくる。

「与吉。そこでよい」

　言い放った直後、久太郎は、矢を射放った。

強風を突き破るようにして、ぐんぐん上昇した矢は、並び九曜の右上の円を貫いて、その向こうへ落下していく。

「わあっ、面白い凧抜きじゃあ」

与吉たちから歓声があがる。そのときにはすでに、久太郎の第二矢が、弦を離れていた。

そうして、つづけざまに射放たれた四本の矢が、並び九曜の四隅の円を見事に抜いたのである。

これで入野村勢の大凧は安定した。

「勝つぞ」

久太郎の高らかな宣言に、入野村の子らは、さらに勢いづき、息を合わせて、糸の律動をより烈しく、より迅くしていく。乱軍の中にもかかわらず、それこそ一糸乱れぬ動きであった。

もはや牙丸一党は、糸切りどころではない。烈風に弄ばれる大凧が、落下せぬよう祈るばかりで、入野村勢の圧迫を押し返す余裕もなく、ただ糸にしがみついている。

新助が、馬蹄の響きを耳にしたのは、このときであった。

「あ、ご家老」

振り返った新助の眼に、家老を先頭に、数騎の士と三十人余りの足軽が、息せき切って迫り来る図が飛びこんできた。

初めての遭遇の折り、すでに血をみている牙丸一党との凧合戦をやるなどと告げれば、家老らは久太郎と新助を城から出さぬに決まっている。それで、浜名湖への遠駆けと偽って出てきた主従だったが、目撃者が急報でもしたのか、事が露顕したらしい。

「新助、汝《われ》が従いておりながら」

馬上から、家老が、新助の姿をみとめて、怒鳴りつけてきた。

「いかん」

新助は、くるりと背を向ける。

瞬間、合戦場から、歓喜の声が噴きあがった。

牙丸一党が、糸を放して、草原に仰のけにひっくり返り、入野村勢は、まだ両足をしっかり地につけて、天へ伸びる糸の先を笑顔で見やっている。

直後、かれらの間から、悲鳴が発せられた。

「暴れ牛だ」

「にげろ」

尻へ斬りつけられた痛みに耐えかね、どこかへ走り去ってしまったはずの牛が、にわかに鼻先を転じて、戻ってきたのである。地を嚙む四肢の力強さは、触れるものをすべて破壊しかねまじき凶暴性を秘めている。

牙丸一党も、入野村の子らも、糸を放して、わあっと遁走にかかったが、中に、あわてすぎて足を挫《くじ》いたか、その場にうずくまってしまった者があった。

猛進してくる暴れ牛は、その子に狙いをつけた。

そのとき、うずくまったまま泣きだした子を挟んで、偶然にも久太郎と牙丸の眼が合った。

久太郎は、放り出された凧糸へ視線を落とすと、牙丸へうなずいてみせた。牙丸もうなずき返す。

両人、同時に、間隔をとって、同じ糸を摑みあげるや、

「行くぞ、牙丸」

「おう、久太郎」

暴れ牛を正面左右から挟撃する形で、突進し、その猛獣とすれ違いざま、地面のわずか上へ、糸を思い切り強く張り切った。

猛獣と化した牛の前肢が、糸をひっかけた。そのまま暴れ牛は、前へつんのめっ

て、頭から一回転する。骨の折れた音がした。

久太郎と牙丸も、糸ごと引っ張られて地を転がったが、ともに手足を擦りむいた程度である。

立ち上がれなくなった牛の上へ、空から巨大なものが落ちてきた。牙丸一党の「巨」の大凧であった。

「おらの負けだ。腹を切る」

納得した表情で、牙丸が言った。

「腹を切れるかと訊いただけで、切れとは言っておらぬ」

久太郎は、かぶりを振る。

「じゃあ、おらはどうする」

「友になれ」

「友に……」

「いやか」

「いやじゃい」

牙丸の強い拒否にあった久太郎は、下馬した家老が、老軀をあたふたと駆けさせてくる姿を眼の隅に捉える。

「久太郎さまあ、大事ござりませぬかあ」

久太郎と牙丸が、家老の頭上を見上げて、あっ、と同時に叫んだときには、おそかった。

「ぐっ」

呻いて、家老は尻餅をつく。

並び九曜紋の大凧の真ん中を突き破って、その皺首ばかりがとび出ていた。

「まるで奴凧《やっこだこ》だ」

あまりの可笑しさに、久太郎は吹き出したが、牙丸は笑わず、

「友になるのはいやだ」

真摯な面持ちで繰り返してから、

「家来になる」

と言い放った。

久太郎は、承知だと返して、

「主命だ。笑え」

早々に主君づらをした。

新しき主従の明るい笑声が、陽光燦々《さんさん》たる平原を渡っていく。

江戸

一

　久太郎は、十五歳の春、元服を済ませて、参府した。将軍秀忠への目通りを許されたのである。

　江戸へ到着するやいなや、久太郎は、生母の多劫に会うため、信州高遠藩の江戸屋敷を訪ねた。

　参覲交代制が確立するのは、まだ先のことだが、このころからすでに諸大名は、将軍家の膝元に屋敷を設けて、自主的に藩主の家族をおくようになっていた。多劫も、保科正光の猶子となった正貞の生母ゆえ、江戸住まいをしているのである。

「久太郎」

　その姿を眼にするなり、多劫は、座を立ち、肥えたからだを左右に揺らせながら走り寄って、八年ぶりに、わが子を抱きしめた。そのまま、おいおい泣きだす。

その取り乱しぶりは、とても武家の女性の振る舞いとも思われぬが、久太郎はうれしくなった。

(いささかもお変わりではない)

そう思った途端、久太郎も目頭が熱くなったが、さすがに涙を怺えた。

「大きゅうなられた。ほんに大きゅうなられた」

「母上もご息災で何より」

「息災、息災。風邪ひとつひかぬ。母の自慢は、このからだじゃもの」

そう言って、三度の結婚で五男四女を産んだ多劫は、大口あけて笑う。

「さあさあ、これへ」

多劫は、久太郎の手を引いて、用意の膳の前へ伴れていく。

皿上の懐かしい食べ物を見た瞬間、もういけなかった。

「母上。わが好物をおぼえておいでに……」

声を失い、ついに久太郎は、大粒の涙を溢れさせた。

「忘れるはずがあろうものか」

多劫は、皿から花梨《かりん》の砂糖漬けをひとつ、摘まみあげ、それを久太郎の口へ入れてやった。

信州は、山に囲まれた国であるため、保存食として、古くから漬物が盛んであり、人々は、ありとあらゆるものを、塩や糠《ぬか》や味噌や砂糖に漬けこんで食した。

久太郎の口中に、やや渋みを含んだ甘酸っぱい味がひろがり、同時に脳裡には、信州高遠時代の記憶が鮮やかに蘇った。

幼い久太郎が風邪をひいて咳をするたびに、多劫は、みずから漬けた花梨の砂糖漬けを、食べさせてくれたものである。咳止めの効果があるらしかった。久太郎は、花梨の砂糖漬けを食べたいばかりに、わざと咳をすることが、しばしばであった。

「たんと漬けてありまするでの」

母親のこういう一言に、子は弱い。

「たんと食べまするぞ。腹をこわすぐらいに」

随行してきた近習の有賀新助と巨海新左衛門も同席で、母子再会の宴は、和気あいあいと進められた。新左衛門とは、久太郎に仕えるようになった牙丸である。

「新助も逞《たくま》しゅうなった」

と多劫は喜んだ。

「は。主君が無類の乱暴者ゆえ、逞しゅうならねば、身がもちませぬ」

そう新助が言えば、

「そのとおり」

と新左衛門が、可笑しそうに応じ、

「君恩を知らぬやつらだ」

久太郎は、怒ったふりをする。

それでまた笑いがはじけるという具合であった。

有賀新助の家は、信州諏訪より出ている。古くは、諏訪神社の神官だったようだが、占術と体術にすぐれていたことから、請われて軍師として仕えたのが、保科氏との関係の始まりだったという。

代を重ねて、保科家の重臣に列なるようになったが、新助の父の弥次郎は、武田氏滅亡時に、主君正直が徳川家康に靡《なび》くと決めたことを潔しとせず、これを再三、口をきわめて諫めたため、勘気にふれて、蟄居《ちっきょ》を命じられた。

さらに弥次郎は、家康の信州上田城攻めのとき、正直が忠勤ぶりをみせようと無理攻めして多数の家臣を戦死させた、そのことを非難して、禄を召し上げられてしまう。そのさい正直が怒りにまかせて投げた采配を、忠臣らしく避けようとしなかったため、弥次郎はその柄を左眼へまともに受けた。

弥次郎の忠義を惜しんだ多劫が、とりなそうとしたが、正直は肯《き》き容れなかった。

多劫も、嫁いで一年足らずのことで、あまり逆らうこともできかね、

「すまぬことじゃ、弥次郎どの。なれど、時が経てば、お屋形さまのお心も和らごうほどに、また高遠へ戻ってまいりなされよ」

そう懇《ねんご》ろにねぎらって、故国を離れるという弥次郎を送りだした。

隻眼《せきがん》の有賀弥次郎が、十五歳になる男の子を伴って、多劫のもとへ訪ねてきたのは、それから二十年後のことであった。すでに多劫は、夫正直を喪い、久太郎も浜松の松平忠頼のもとへ預け、江戸住まいをしていた。

「二十年前のご厚情にお縋《すが》りいたさんと、恥を忍んで罷《まか》り越してござる」

「弥次郎どののほどのご武辺。さぞや引く手あまただったでありましょうに」

「二君に仕えるは武士にあらず。そう申せば聞こえはよろしいが、実はもはや、いくさのできぬからだに相なりましてござる」

牢々してすぐに、弥次郎は、右足を脚気《かっけ》に冒されて跛行するようになった。そのうえ、左眼が見えぬ。槍一筋で生きてきた男が、それを存分に揮う能力を奪われたのである。仕官は叶わなかった。

それでも、自分ひとりの生涯なら、耐え忍ぶことができる。だが、手塩にかけて育てたわが子まで、このまま世に出ることなく埋もれてしまうのかと思ったとき、とう

と心が挫けたという。

「伝え聞くところによれば、浜松へお預けなされた久太郎さまは、たいへんなご腕白と……」

その言葉で、多劫は、保科家のことを片時も忘れなかった弥次郎の忠義を想った。

「これなる新助を、お側に仕えさせていただければ、久太郎さまを必ずや、徳川、保科ご両家の血にふさわしき武将に、お育て申し上げる」

見れば、十五歳の新助は、牢人の子とは思われぬほど、陽性の気に充ちており、話してみると聡明でもあった。体軀から察するに、武芸も並々でないようである。

「弥次郎どの。よき育て方をなされましたな」

「勿体ない仰せにござる」

かくして新助は、四年前、浜松へ遣わされたのであった。

「そうじゃ、新助。ふさのこと、めでたいかぎりでありましたの」

多劫が、思い出したように言うと、

「すべてご母堂さまのおかげにて、ありがたき幸せと存じております」

新助は、心よりの礼を述べた。

新助の妹のふさは、去年の春、将軍家旗本の太田資友《すけとも》に嫁いだ。資友のほうが、ふさを見初《みそ》めたというのだが、身は三千石の高級旗本である。兄が松平忠頼の厄介弟の近習という程度のふさの家柄では、釣り合わぬ。

この話を弥次郎より聞いた多劫が、ふさを養女として嫁がせたのであった。多劫の養女なら、大御所家康の義姪、将軍秀忠には義従妹ということにもなる。申し分のない身分であろう。

それでも新助には、案じられることがあった。

「ふさは、蒲柳《ほりゅう》の質ゆえ、御旗本の奥を恙《つつが》なく切り盛りいたせるかどうか……」

ふさは、幼いころから病気がちだったが、弥次郎が多劫を訪ねる半年ほど前にも、生死の淵をさまよう重病に陥った。そのときは、貧窮の底にあったはずの弥次郎が、風体いやしからぬ医者と、ひどく高価に違いない薬用人参を調達して、ふさの命を救っている。新助は、昔は保科家の重臣だった父のことゆえ、旧き伝手を辿って工面したのだろうと思った。

「懸念無用じゃ、新助。奥の切り盛りなど、太田家ほどの大身《たいしん》ともなれば、老女がいたす。つい先日も、ふさは何もすることがなくて肥えてしまうと、書状を寄越した」

「ありがたいことにござりまする」

宴が果て、辞去する久太郎主従を、多劫は玄関先まで見送りにでて、もういちど、わが子のからだを抱き寄せて、耳許で囁いた。

「将軍家は難しきお人。決して侮ってはなりませぬぞ」

悪たれが秀忠の前で何か突拍子もないことをしでかすのではないか、と多劫は心配している。そう久太郎は思った。

「久太郎は十五歳にござるぞ。万事心得ておりまする」

「それならよいが……」

なおも不安げな多劫に、

「ご案じ召されまするな、母上」

と久太郎は、微笑を返した。

二

久太郎の江戸の浜松藩屋敷滞在は、思いのほか長引いた。

というのも、将軍家への目通りの許可は下りたが、肝心の秀忠が多忙であるらしく、なかなか登城を命じる使者がやってこなかったのである。

べつだん久太郎は、かまわなかった。もともと、将軍秀忠に拝謁することへの興奮も緊張感も、身内に湧いていない。

多劫には、あんなふうに言ったものの、実際、久太郎には、将軍秀忠へのいささかの侮りがある。

久太郎からみれば、秀忠は、どれほど位が高かろうと、年の離れた従兄にすぎぬ。強きいくさ人であるというのなら、しぜんに尊崇の念も抱こうが、大軍を率いながら信州上田で小勢の真田昌幸に翻弄された挙げ句、

（天下分け目の関ケ原に間に合わなんだような男ではないか……）

どうして素直に武門の棟梁と仰ぐことができようか。

武将としての器量のみを問うならば、秀忠のそれは、関ケ原で敗れた石田三成以下の諸将にも及ぶまい。将軍の座を得られたのは、ひとえに徳川家康を父にもった幸運というほかない、というのが久太郎の正直な見方なのである。

久太郎の長期在府は、しかし、多劫を喜ばせた。久太郎が幾度も機嫌伺いにきてくれるからであった。

新左衛門も、喜んだひとりである。新開地として拡大の一途を辿る江戸は活気に充ち充ちており、若者を愉しませるものに事欠かなかった。

ただ、新助だけが、夏のある日を境に、しばらくの間、浮かぬ顔になった。

その日、新助は、旗本太田資友の屋敷に、妹のふさを訪ねたのだが、浜松藩屋敷へ戻ったときには、蒼褪めていたのである。

「新助が暑気にあたったか。鬼の霍乱《かくらん》だ」

そう言って新左衛門などはからかったが、久太郎は、妹のことで何か心配事ができたのだろうと思い遣った。

「新助。ふさどのがことなら、何でも申せ。母上にとりなしてもらうほどに」

「ありがとう存じまする。なれど、ご懸念なきよう。新左の申したとおり、いささか江戸の暑さがこたえたようで」

事実、秋風が立つころになると、新助はもとの陽気な男に戻った。

(わしの取り越し苦労であったか……)

いちおうの安堵をした久太郎だったが、それでも、新助には内緒で、ふさを気遣ってくれるよう、多劫に頼んでおいた。

久太郎のもとへ、登城を命じる上使がきたのは、秋も半ばになってからであった。

将軍家への目通りなど、もはやどうでもよいと思いはじめていた矢先だったので、

「めんどうな」

と洩らしてしまい、兄の忠頼に叱りつけられてしまった。

それでも久太郎は、江戸城へ登って、御前へ罷《まか》り出ると、

「ご尊顔を拝し、恭悦至極に存じ奉ります る」

型通りの挨拶を述べながら、将軍秀忠への畏敬を、表情にこめたつもりであった。

秀忠の鼻下の濃いひげが、ぴくりと上がった。

「大儀であった」

久太郎が耳にした将軍の声は、その一言のみである。

訝《いぶか》った久太郎が面《おもて》をあげようとすると、秀忠の側近の大久保忠隣《ただちか》から、

「お退がりなされよ」

と声をかけられた。険のある調子と聞こえた。

将軍への謁見は、それで了《しま》いであった。

(母上の申された、難しきお人とは、こういうことか……)

屈辱感をおぼえながらも、久太郎は合点した。多劫の一言が事前になかったら、秀忠へ悪口のひとつも叩きつけていたかもしれぬ。

久太郎は、黙して、御前を退がった。

徳川秀忠は、たしかに、ひとりで乱世を生き抜けるほどの才覚も度胸もなく、その意味では、久太郎のひそかに評するごとく器量不足だったが、文治を推進する感覚に

は長けており、結果的には徳川将軍の二代目として成功した人だったといってよい。

ただ、偉大すぎる父をもったことで、いつもその顔色を窺いながら生きてきたために、しぜんと、余人に対しても、自分のことをどう思っているのか、そればかり気にするのが、ほとんど癖のようになっていた。それゆえ、秀忠は、久太郎の表情から、軽侮をみてとったのかもしれなかった。あるいは、ほかにも理由があったのか。

むろん、秀忠に初めてまみえた十五歳の久太郎に、そこまで考えが及ぶべくもない。

控えの間へ戻った久太郎は、随行の新助と新左衛門へ、怒鳴るように言った。

「下城じゃ」

主君のあまりの剣幕に、両人は眼をまるくする。

そうして、ふたたび廊下へ出た久太郎主従は、目鼻立ちのくっきりした老人が、やや猫背気味の歩き方で、こちらへやってくるのをみとめた。

(御前に侍《じ》していた老体だ……)

拝謁があまりに短かったので、紹介すらされなかった。

将軍の側近く仕えるからには、よほど家柄がよいか、さもなければ役職高き者に違いない。

当時はまだ、殿中の細かいしきたりは出来上がっていなかったが、それでも、互いの服装や家紋や人体《にんてい》などをみて、暗黙の諒解事で、挨拶の仕方というものがある。久太郎は、しかし、気負って廊下の真ん中をすすんだ。あの傲岸な秀忠の側近などに道をゆずるつもりはなかった。

すると、老人のほうで、先に身を避け、久太郎らが通過するのを待つ姿勢をとった。

久太郎は、やや拍子抜けがしたが、悪い気持ちはしない。

老人の前を行き過ぎるさい、軽く目礼を返すと、

「帰途、駿府へお立ち寄りなされよ」

と低い呟きが洩れた。

久太郎は、はっとした。内心を見透かされたような一言だったからである。

駿府は家康の住むところ。

織田信長の同盟者として乱世を駆け抜けた後、ただひとり太閤秀吉に怖れられる実力者にのしあがり、その死後ついに、天下取りへ乗り出し、足利家以来の征夷大将軍に任ぜられて幕府を開いた英雄。

伯父・甥という関係で、その人と紛れもなく同じ血が流れていると思うたび、久太

郎は膚を粟立たせ、いつか一度でよいから会ってみたいと、何年も前から、ひそかに切望してきたのである。

駿府へ立ち寄れとは、つまり、家康への目通りが叶うということなのか。

だが、そうだとしても、こうして廊下でのすれ違いざまという、秘密めかしたやり方で告げることであろうか。あるいは、この老人は、秀忠が久太郎に不快を示したとみて、御前で告げるのを遠慮したのかもしれぬ。

そのことを確認しようと、久太郎が口を開きかけたときには、老人は、すうっと背を向けて、何事もなかったように立ち去ってしまった。訊き返す間をはずされた、という感じであった。

（何者だろう……）

この老人こそ、家康股肱の謀臣として長く仕えた後、いまや、その意を含んで、将軍秀忠を後見する本多正信《ほんだまさのぶ》だったが、そうと久太郎が知るのは、のちのことである。

三

「明日、江戸を出立する」

秀忠側近の老人の言葉を、家康に目通りできると解釈した久太郎は、下城の途次、馬上から、新助と新左衛門へ告げた。

「そ、それは、いささか」

と新左衛門が、あわてたので、

「何か不都合か、新左」

久太郎は、訝った。

「あ、いや、その、なんと申しまするか……」

しどろもどろの新左衛門を眺めて、新助が笑う。

「新左は、足しげく通うておるところがござりますれば」

「し、新助。おら、そんな女は……」

おら、などと、狼狽のあまり地金《じがね》を出した新左衛門であった。

「ふうん、江戸に妻をつくったのか」

いまだ女というものに興味が湧かぬ久太郎は、奇妙なものを見るような眼で、新左衛門の顔を眺めやった。

「滅相もない。おら、いや、それがしは、麴町《こうじまち》などへ出かけたことは、いちどもござり申さぬ」

咎められもしないのに、新左衛門は、ぽろぽろ白状している。

当時は、まだ公認遊廓の吉原《よしわら》は存在しないが、江戸市街建設のため諸国から流入した膨大な数の人足たちの慰みに、あちこちに遊女屋が点在していた。別して、麴町の遊女屋は、京都から移ってきたというので、人気が高かった。

「このまま久太郎さまに、お暇《いとま》を告げて、江戸で暮らしてもよいのだぞ、新左」

新助が、からかうと、新左衛門は、口をぱくぱくさせて、ばたばた手を振る。

「こ、これから別れを告げてまいりまする」

御免、と言いおいて、新左衛門は飛ぶように走り去っていった。

「新助。明日出立となれば、早々に兄上に知らさねばならぬが、たしか本日はご他行中であったな」

「水野市正《いちのかみ》さまのご宴席に出かけられておりまする」

水野市正忠胤《ただたね》は、三河国に一万石を領する譜代で、大番頭をつとめる。

後年と違って、当時の江戸の大名屋敷は、ほとんど江戸城を囲む近辺に配置されていたので、往来するのに、さして時を要さなかった。

「立ち寄ってまいろう」

家康と出会う時期を後らせる凶変に出くわすとも知らず、久太郎主従は、水野屋敷へ向かったのである。

鰯雲《いわしぐも》の群れる空を横切って飛び来たった百舌鳥《もず》が、実を赤く色づかせた柿の木の枝にとまり、澄んだ大気を震わすように、鋭い声で鳴きだした。

一帯は、武家屋敷ばかりだが、普請中の家もあり、また日中のことゆえ、少ないながら人の往き来がある。

左右から長い築地に挟まれた往還は、草創期のことで、十間幅という広さであった。久太郎主従は、真ん中を往く。

前からきた町方の者らしい母子伴れが、久太郎ら武士を避けて、左側の築地塀に沿って、こちらへ歩いてくるのが見えた。

「お父ちゃん、おなかへったかな」

母に手をひかれた幼女が、風呂敷包みを大事そうに抱えながら、まだうまく回らぬ舌で言ったのが聞こえた。きっと、どこぞの普請場で働く父親に、弁当をもっていくのであろう。その微笑ましい光景に、久太郎と新助は、しぜんに見合わせた顔を綻ばせる。

「この突き当たりを右へ折れて、一町ばかりのところに、水野さまのお屋敷がございまする」

新助は、この江戸滞在中、いずれ久太郎が一城の主となって、江戸に屋敷を賜ったときのために、いまから地理を憶えておくのだと、しばしば市中を歩いてまわったので、おおかたの武家屋敷の位置を知っている。

往還の半ばまできたときであった。

にわかに馬の嘶《いなな》きと、馬蹄の音が轟《とどろ》き、待つほどもなく、突き当たり右手の角から、一騎、久太郎らの進む往還へ、跳び込んできた。猛然たる勢いであった。

鞍上の武士は、眼を血走らせ、歯を剝いて、ほとんど狂気の様相である。顔や着衣が、どす黒く汚れているのが、はっきりとみてとれる。

「刃傷《にんじょう》沙汰にございまするな」

久太郎の馬の轡《くつわ》を、しっかり押さえて、新助が見当をつけた。武士の汚れは、血に間違いなかった。

あっ、と久太郎は、驚声を発する。

「あれは、服部半八どのだ」

久太郎の兄の松平忠頼が、かねて眼をかけている大番士で、この春から夏にかけても、浜松藩屋敷を幾度か訪ねてきたので、久太郎も面識があった。

「水野屋敷で変事出来《しゅったい》に相違ない」

久太郎は、馬上から、迫りくる半八へ声を投げた。

「服部どの。しばらく、しばらくお待ちなされい。それがし、松平忠頼が弟、久太郎にござる。おぼえておいでと存ずる」

半八の眼が動いた。と見るまに、鞍上で大刀をすっぱ抜いた。刀身が血塗られている。

久太郎は、果断であった。

「新助。取り押さえるぞ」

「かしこまって候」

新助が、馬の轡から手を離す。

馬上と地上、主従、同時に駆け出した。

久太郎は、腰の大刀を抜いた。瞬間、頭の天辺から足の爪先まで、武者震いが走る。

そんな主を、新助はちらりと見上げた。初めての斬り合いにもかかわらず、久太郎から、恐怖をおぼえているようすは、微塵も伝わってこぬ。適度の興奮と、強《したた》かな落ち着きが、うかがえるばかりだ。

（やはり、お血筋だ……）

久太郎の大刀は、大和鍛冶包永《かねなが》である。父保科正直が、高遠六道原に小笠原貞慶《おがさわらさだよし》を撃破した褒美として、家康より賜ったひとふりであった。

久太郎は、高遠城にいた五歳のとき、これをくれなければ絶食して死ぬ、と抱えこんで離さず、困り果てた正直に、元服まで待てと言い含められた。

当代の正光は、その一件を記憶しており、家宝ゆえ、本来ならば自分が受け継ぐべきものだが、久太郎が幼時より発揮した武人の子らしい駄々っ子ぶりを賀して、その元服後に久太郎へ渡すよう、多劫に預けておいたという、いわくつきの名刀なのである。

久太郎は、これを、江戸へきて初めて多劫を訪れた日に賜った。

膂力《りょりょく》衆に抜きんでたこの若者に、刃渡り二尺四寸余は、決して重くない。久太郎は、くるりと、刀身の背《みね》を返した。

久太郎も半八も、互いを右側に見ながら、馬を駆けさせる。一騎討ちであった。

新助は、対手の乗馬《じょうめ》の左方へ廻り込む。半八が落馬したら、ただちに跳びかかるためであった。

地を嚙む馬蹄が、砂埃を舞い立たせ、小石をはじき飛ばす。

瞬く間に、久太郎と半八は激突した。銀光が交錯し、鋼と鋼の打ち合う音は秋の爽気を鋭く切り裂いた。

一方の刀が、宙空高く飛んだ。むろん、包永ではない。

半八が、鞍から転げ落ちる。

すかさず、新助は躍りかかった。

だが、狂気の人間は、何をしでかすか分からない。半八は、自分の首をきめた新助の腕へ、強く歯を立てた。

「くっ……」

たまらず、新助は、腕を離す。

その隙に、半八は新助を突き飛ばし、遁げにかかったが、久太郎が馬首を転じたのを見るや、思わぬ行動に出た。

女の悲鳴が迸った。

半八は、築地塀にくっついて身を竦ませていた母子伴れに襲いかかり、幼女のからだを、母親の手からもぎとったのである。脇指《わきざし》を、幼女の喉もとへ突きつけた。

「やめい、服部どの」

馬首を転じて駆けつけた久太郎は、下馬して、包永を鞘におさめ、半八と対《むか》い合う。

「退がれ。このむすめを殺すぞ」

このときには、起き直った新助も、久太郎の横にきている。

「不覚にござり申した」

腰の大刀の栗形へ左手をかけながら、新助は唇を嚙んだ。手首のあたりに、くっきりと歯形をつけられ、血を噴き出させている。

「退がれ」

半八の叫びは、獣じみていた。

「おこう」

母はむすめの名をよぶ。

「うるさい」

「新助。母御を」

「はっ」

新助は、半八へ摑みかかろうとした母親を抱き留め、その場から、ひきずるようにして離れさせた。

「お母ちゃん」

子が泣きだす。

「お気を鎮められよ、服部どの」

「馬だ。馬を寄越せ」

半八の乗馬は、主を失っても、勢いのまま、どこかへ走り去ってしまった。

「相分かった。それがしの馬をくれてやる。その子を、こちらへ」

「馬に乗ってからだ」

久太郎は、おのが馬の轡をとり、半八のほうへ曳いていく。

「そこでよい。はなれよ」

半八は、馬の右側から、久太郎を睨みつけたまま、鐙《あぶみ》に右足をかけた。左腕の下に、幼女おこうを抱え込んだままである。

久太郎は、馬の左側、二間を余したところに立つ。

母親を遠ざけた新助は、つつっ、つつっと一歩ずつ近寄ってくるところであった。

半八の右手が、脇指を摑んだまま、鞍の鰐口へかけられる。

息詰まるような秒刻《とき》に、どこかの普請場の槌音ばかりが、やけに大きく聞こえた。

半八の鰐口へかけた右腕に、力がこもる。次いで、おこうを抱えたままの、そのからだが、浮き上がった。この一瞬、半八の視線は、動いて定まらぬ。

久太郎の五体が沈んだ。

主君の意を察して、新助も馬めがけて走る。

馬の左側にあったはずの久太郎の姿を見失い、鞍上にあがった半八は、うろたえた。かわりに、迫りつつある新助が、眼に飛び込んできた。

「くるな」

脇指の切っ先を、おこうに向けようとした刹那、その右腕を強く引っ張られた。馬の腹下を、左から右へくぐり抜けた久太郎の仕業であった。

「あっ……」

からだを大きく右へ傾《かし》げさせた半八の左腕から、間髪を容れず、新助がおこうを奪い返した。

鞍上からひきずり下ろされ、地へもんどりうった半八は、しかし、思いのほか素早く起き上がると、久太郎めがけて、鋭い突きを繰り出した。

江戸も中期以後のなまくら武士と違い、このころの大番士といえば、実際に戦場を馳駆《ちく》する将軍直属軍の一員だっただけに、戦闘においては並々でない技量を発揮する。

久太郎は、ひやりとしたが、生来のしなやかさで、体《たい》を開きざま、抜き打ちに、半八の右腕を斬り落とした。

「お見事」

新助の口から褒詞が出る。

生まれて初めての斬人だったが、からだがごく自然に動いたことを、久太郎は意外とも思わなかった。

（三方ケ原の凧合戦より易しい……）

剛毅にも、そう感じただけである。

悪たれの本領というべきかもしれぬ。

水野家からの追手が、半八を捕らえるべく、あたふたと駆けつけてきたのは、この折りのことであった。中に、浜松藩の家士も混じっており、久太郎は、そのひとりを呼び止めた。

「兄上はご無事か」

「そ、それが……」

「早う申せ」

家士から、沈鬱な面持ちで告げられた凶報に、久太郎は愕然とした。

「御胸をひと突きにされてござりまする」

相良《さがら》御殿

一

水野屋敷で起こった凶変の原因は、囲碁だったという。

宴の後、茶室で、いずれも大番士の服部半八と久米左平次が、対局を始めたのだが、かねて半八を贔屓《ひいき》にしていた松平忠頼は、傍目《おかめ》から、これに助言を与えること、しきりであったそうな。

左平次は、譜代五万石の忠頼に逆らうこともできぬので、終局後、半八を罵った。いまだ大坂に豊臣家が健在で、戦国の殺伐の気象が、ほとんどの武士の肉体に宿っていた時代である。当然のように、両人の斬り合いとなった。

いったんは、茶匠の八大夫なる者が間に入ったが、左平次はおさまらず、こんどは半八にではなく、ついに忠頼に斬りつけ、胸を抉った。あたりに、忠頼の鮮血が撒き散らされた。半八の顔や着衣の血は、このとき浴びたものであろう。

それでも、さすがに忠頼も、この時代の武将である。深手を負いながらも、抜き合わせて、左平次へ斬りつけた。浅手をうけたのみで遁げようとした左平次だったが、一座の者共に、よってたかって討ちとられた。

喧嘩の一方の当事者の半八は、どうしたかといえば、こともあろうに、隙をみて遁げだした。その遁走の初めに、往還で、久太郎に出くわしたのであった。

松平忠頼は、久太郎や多劫の祈りも虚しく、凶変からおよそひと月後、胸の刀傷がもとで死亡した。二十八歳の若さであった。

将軍家のお膝元の、しかも大名屋敷において起こった刃傷沙汰なので、幕府は重大事件として、当事者を厳罰に処した。

半八は、言うまでもなく、ただちに切腹であった。右腕を失っていたので、左手で扇子を腹へあてたところを、介錯人に首を打ち落とされた。

水野市正忠胤にも、同じ罰が下された。

水野氏といえば、徳川譜代の名門で、その一族から、多数の大名家、旗本家を輩出している。別して、忠胤は、家康の壮年期を助けて数々の軍功を樹てた忠重《ただしげ》を父とし、また、父の遺領の三河刈谷三万石を継ぎ、関ケ原合戦で大垣城を落とすなど、剛勇をもって知られる勝成《かつなり》を兄にもつ。それでも、切腹を免れることはできなかった。

木枯らしの吹きはじめたころ、忠胤は幕命に服して自裁した。むろん改易である。忠頼の家も同様であった。浜松五万石は没収された。

久太郎については、

「お咎めなし」

である。そのことで、新左衛門などは、大いに腹を立てた。

「褒美をもらってしかるべきであるのに、お咎めなしとは何事か」

というのだが、もっともなことであろう。血を見た興奮のあまり、狂的な様相を呈していた服部半八を、あのまま取り逃がせば、その途中で、無関係の人々まで殺傷していたかもしれぬ。久太郎の捕縛の手際は、まことに鮮やかというべきであった。

「将軍家より感状など賜れば、久太郎さまのご武名はたちまち挙がったものを……ええい、腹の虫がおさまらぬ」

久太郎自身は、おのれのことは、どうでもよかった。この若者を激怒させたのは、その年の暮れ、幕府の行った信じられぬような国替である。

家康の十男の頼宣《よりのぶ》が、常陸国水戸二十五万石から、駿河・遠江・東三河五十万石に転封されたのだが、それはよい。問題は、その付け家老の移封先であった。

幕府は、頼宣の付け家老・水野重央《しげなか》に、浜松城と二万五千石を与えたのである。重央は、切腹した忠胤の従兄ではないか。

「一門の市正が不始末を犯して間もないのに、なにゆえ水野重央を栄達させる。それも、あろうことか、亡き兄上の城へ入れるなぞ、幕府はいったい、いかなる料簡《りようけん》か」

ふたつの大名家を改易に至らしめたほどの大事件である。その当事者の一門は、処罰されぬまでも、お叱りをうけるのが当然といってよい。百歩譲って、一門は無関係だとしても、せめて水野重央の移封先に、浜松以外の地を選ぶぐらいの配慮を、幕府はするべきではなかったのか。

あるいは、それもまたよしとして、ならば幕府は、水野氏ばかりを取り立てず、忠頼の家にも幾許《いくばく》かの温情を示してこそ、釣り合いがとれようというものである。

幸い忠頼には、七歳の嗣子があった。浜松五万石の遺児として、恥ずかしくない名利をと望むのは、正当な言い分であろう。

「そうではないか」

久太郎は、城明け渡しの準備も万端整うた浜松城中において、忠頼の旧臣たちに、そう問いかけたものであった。

一同、大いに肯《うなず》いたものの、といって、幕府へ訴え出ようと言いだす者はいなかった。それも無理はない。幕府の裁断に異を唱えることは、武門の政庁への挑戦であり、反逆ともなるからであった。

また、聞くところによれば、松平忠頼、水野忠胤両家改易から、水野重央の浜松移封まで一連の処置は、将軍秀忠の意思によるという。それへの異議申立は、

「すなわち、不忠」

と尤《もっと》もらしいことを言って、上訴をせぬ理由とする者もあった。

が、若き久太郎は、怯まぬ。

「ご一同のご主君は誰ぞ。亡き松平左馬允忠頼ではないか。松平忠頼の家臣が、秀忠公への忠義、不忠義を論ずるは笑止」

これには、忠頼の旧臣一同、押し黙ってしまった。久太郎の意見が、正当だからではなく、過激にすぎると怖れを抱いたのであった。

結局、浜松城の明け渡しは、滞りなく行われた。久太郎ひとりが憤激したところで、どうにもなるものではなかった。

それに忠頼の旧臣たちは、むろん牢人する者もあったが、豊臣家の存在により、まだいくさの終焉をみぬ時代のことで、大半は仕官が叶った。そのまま浜松に留まって、水野重央に仕える者もいた。

久太郎は、追って沙汰あるまで、遠州掛川三万石の松平定行《さだゆき》の厄介になるよう命ぜ

られた。定行は、多劫と両親を同じくする弟定勝の子である。したがって、久太郎とは従兄弟の間柄ということになる。

翌年正月、久太郎は、浜松から掛川へ向かう途次、新助ら従者たちに告げた。

「このまま駿府へまいる」

二

永禄三年の春、十九歳の松平元康は、織田信長を滅ぼすため尾張侵攻を決した今川義元に、先鋒を命じられて、尾張の前線基地たる大高《おおたか》城の救援に向かった。松平元康は、のちの徳川家康である。

家康は、その途次、尾張智多郡阿古居《あぐい》の豪族、久松俊勝《ひさまつとしかつ》を訪れた。俊勝の妻の於大《おだい》は、家康の生母である。かつて、実家が織田氏に属したことで、家康の父広忠《ひろただ》に離縁され、久松氏に再嫁したものであった。

その母恋しさに、家康は阿古居に立ち寄ったのではない。将来、松平家の力となる血縁を、於大の子らに求めようとしたのである。

家康には、両親を同じくする兄弟姉妹はひとりもいないが、父広忠が妾に産ませた兄弟姉妹は何人かいる。

しかし、家康は、同じ父の血を享《う》けたかれらに対して、さほど好意的ではなかった。というより、別して男子には、冷淡だったといってもよい。年齢的に兄だった松平勘六《かんろく》に微々たる領地しか与えなかったし、その弟は出家させたままであった。広忠が侍女に産ませた子には、松平の姓すら許さなかった。

武家では父系が絶対ゆえ、父方の血が流れる兄弟というのは、すなわち家督を争う対手ということでもある。これを優遇し、出世させては、のちの災いとなる。なればこその家康の冷淡であったといえよう。

転じて、異父の兄弟姉妹に対しては、原則として、その懸念を抱く必要はない。家康が、於大の子らと、あらためて兄弟の契りを結び、将来の助力を請うた所以《ゆえん》である。

実際、家康は、このとき、於大の三人の男子に松平姓を名乗らせ、九歳の長兄には偏諱《へんき》を与えて康元《やすもと》とした。

小具足姿の家康の前に、於大が三人の男児と一緒に端座している。ひとりはまだ、母の膝に抱かれる赤子だ。

「では、母上。これにてお暇仕る」

「ご武運を」

それで家康が辞去しようとしたとき、廊下をばたばたと走って、部屋へ跳び込んできた女の子があった。

その勢いのまま、女の子は、上座へ寄って、家康の膝の上へちょこんと腰をおろした。若い家康は、さすがに面食らった。

「これ、多劫。なんという無礼を」

於大が叱りつけたが、八歳の多劫は、頓着せず、

「兄上。妹の多劫にございます」

なかば宣言するように言って、にっこりした。

ぽっちゃりとした頬を綻ばせた満面の笑みは、あまりに愛らしく、家康は怒る気になれなかった。それどころか、思わず微笑み返していた。

「こうして兄妹の契りをお交わしあそばしたからには、わたくしをお伴れいただきとう存じまする」

「どこへ伴れてゆけと申すか」

「いくさ」

元気な声で、多劫は言った。

「あっぱれな心意気じゃ。なれど、お多劫、弓馬の道は男の歩むもの」

「では兄上は、いくさに女は無用と仰せられまするか」

むっとした表情も可愛かった。

「否とよ、お多劫。女には男にできぬいくさがある」

「何でござりましょう」

「そなたの母上のように、子をたんと産むことよ」

「なあんだ、それなら易きことにござりまする」

「易きことか。ますます天晴れじゃ」

家康は、心から可笑しかった。

「なれば、早々に兄上のお胤《たね》を授かりとうござりまする」

「なんと……」

啞然とした家康の眼の前で、多劫はするすると帯を解き始めた。

於大を見やると、多劫をとめるどころか、眼に妖しげな光を湛えて、家康を見返してきた。

(なんとしたことだ……)

家康は、しかし、立ち上がることができなかった。金縛りにあったように、指一本動かせぬのである。

「兄上。お情けを……」

鼻にかかった声と一緒に、多劫の幼い裸身が、のしかかってきた。

そこで家康は、夢から覚めた。

家康は、褥《しとね》に半身を起こすと、太い吐息をついた。六十九歳の肥体を包んだ白い寝衣が、この寒い時季に、寝汗でべっとり濡れている。

(風邪がぶり返したか……)

去年の十一月、放鷹中に風邪をひいた家康は、十数日も寝込んでしまった。

それで弱った体力の恢復せぬままに、年があらたまり、元旦から連日、諸大名の参賀をうけて疲労をおぼえたが、好きな鷹狩をやめることはできず、二日前に駿府を発して、駿河田中で行い、きょうは、この遠江相良《さがら》まで足をのばして、日中また鷹狩に興じたのである。

相良は、掛川の東南五里、駿河湾に面した土地で、かつて武田勝頼が、湊の脇に城を築いたことがある。いまは、徳川家の鷹場に定められ、城跡に軍事機能を備えた休息用の御殿も建てられていた。

この相良御殿に、家康は宿泊中であった。

「大御所さま。御用は」

次の間から、声がした。

「茂助《もすけ》か」

「は」

「着替えをもて」

「承知仕りましてござる」

すぐに戸はあけられ、五十歳前後とみえるが、愛嬌のある顔だちの男が、着替えをもって入ってきた。

村越《むらこし》茂助直吉《なおよし》という。

幼時より家康に近侍して、その物怖じせぬ性格を愛でられ、よく重大事の使者にたてられた。別して、関東入府直後の家康から寄進された千石を、寡少すぎると豊臣家へ訴え出た鶴岡八幡宮の神主と対決し、

「何もせぬ御社へ千石も与えるとは、いやはや、わがあるじ家康は、稀代の大馬鹿者にござる」

と言ってのけ、秀吉の腹を抱えさせたという逸話は、有名である。

寒夜の宿直《とのい》など、若い小姓衆にまかせればよいのだが、この忠義の寵臣は、江戸や

駿府のような完全な要塞以外の場所では、家康の側を片時も離れぬのが常であった。

家康は、茂助の他二名の小姓を従えて、厠《かわや》へ立つ。

中庭に面した廊下へ出た途端に、冷えた潮の香が漂った。家康は、ぶるっと身を顫わせる。吐く息が白い。

屋内の廊下をひと曲がりし、短い階段を上がったところに、厠はある。その前にも、宿直番は端座している。万一、厠に潜み隠れる曲者があってはならぬからであった。

宿直番が、先に入って、内部に備え付けの火皿の灯芯へ火を移した。次いで、茂助が足を踏み入れ、手燭でさらに明るく中を照らす。手前の小便所にも、それと低い壁で仕切られた奥の二畳敷の大便所にも、曲者の姿はない。

茂助と入れ違いに家康が、ようやく厠内へ肥満体を運び、板敷の床を踏んで、小便所の朝顔の前に立った。背後で戸が閉められる。

朝顔の下は、清掃用に人間が立てるぐらいの空間がとってあり、その地を浅く掘って石を敷きつめてある。

家康が、着替えた寝衣の前をはぐった刹那、朝顔の板が下へすとんと落ち、ぽっかり開いた穴の真ん中で、きらりと光るものがあった。槍の穂先と気づいた家康だったが、もはや避けようがない。

「ぐあっ」

絶鳴を噴きあげたのは、しかし、家康ではなかった。

「御免」

物音に気づいて、茂助が跳び込んできたときには、短槍を突きあげんとした刺客は、朝顔の下の地に、くずおれていた。

茂助が、大刀を抜き放ちざま、手燭で照らした穴に、ひょいと人の顔がのぞいた。

茂助は、咄嗟に切っ先を下へ向けたが、

「待て」

と家康に制せられる。

「何者だ」

茂助の殺気立った詰問に、その顔は、いささか照れ臭そうに、皓い歯をこぼした。

「保科久太郎と申す」

「保科……久太郎……」

茂助の顔色が変わった。

「この騙《かた》り者めが」

「いや、茂助。騙りではあるまいよ」

と家康は言った。いまにも噴き出しそうなのを怺えているのが、その鼻の動きから、茂助にはみてとれた。

「そのほう、まわりの者から何とよばれておる」

家康が直々に、朝顔の下へ向かって質す。

「騰馬、と」

「好物は何じゃ」

「花梨の砂糖漬けにござりまする」

「間違いないわ、久太郎じゃ」

家康の呵々大笑が、厠内を圧した。

三

この日の夕暮れに、久太郎は、掛川城下へ達している。本来なら、そのまま掛川城へ入らねばならぬのだが、駿府の家康に会いたいばかりに、素知らぬ顔で通過しようとした。そのさい、町方の者たちが、家康が鷹狩で相良にいると話しているのを、耳にしたのである。

久太郎は、時刻もおそいので、近くの寺院に一宿を乞い、従者のほとんどをそこへ残して、新助と新左衛門だけを供に、相良へ馬をとばしたのであった。

ところが、相良御殿の近くまできたとき、夜中に鷹場を駆け往く三つの影を発見した。

（大御所さまへの刺客に相違ない……）

咄嗟に久太郎がそう察したのは、関ケ原合戦で敗れて改易された大名家の牢人で、いまだに恨みを含んで家康の命を狙う輩が少なくないことは、周知の事実だったからである。

案の定、三つの影のうち、二つが御殿へ忍び入った。二名が実際の刺客で、かれらが不首尾だった場合、命令者のもとへ報告に戻らねばならぬひとりを、外に残したものであろう。

久太郎は、新左衛門に、外のひとりを捕らえるよう申しつけ、自身は新助を従えて、二名の刺客を尾《つ》けた。騒ぎ立てなかったのは、そんなことをすれば、刺客を取り逃がすおそれがあるからであった。それに、自分たちとて、とつぜんの訪問ゆえ、御殿の人々をすぐに信用させることは難しい、と思ったのである。

多少は城郭の機能を備えているとはいえ、所詮は鷹場の休息所である。おそらく周到な下見をしたに違いない刺客にすれば、侵入は至難ではなかった。その行き道を、後ろから辿りながら、

（たいしたものだ）

と久太郎は感心したくらいである。

また、家康自身も言っているように、鷹狩を行った日の夜は、ぐっすり眠ることができるから、日中走り回ったはずの家来衆も、白川夜船《しらかわよふね》であろう。そのことも、刺客の侵入を容易にしたといってよい。

それから後のことは、すでに見たとおりである。厠の朝顔の下から家康を突き殺そうとした刺客を、久太郎が斬り捨てた。

もうひとりの刺客については、遁げようとしたところを、新助が一刀の下に斬り伏せた。

しかし、かれらの正体を暴くことはできなかった。残るひとりを生け捕るように命じられたはずの新左衛門が、力余って、そやつの首の骨をへし折ってしまったのである。

「何者でもよいわ」

別段、気にもとめぬ家康を、久太郎は、さすがだと思った。刺客にいちいち神経を尖らせているようでは、天下の覇者にはなれなかったであろう。

ところが家康は、そう口にしたそばから、久太郎には思いもよらぬことを言った。

「秀忠とその側近共も、わしを煙たく思っておるでのう」

まさか、と久太郎は息を呑んだ。

(将軍家が大御所さまに刺客を放つなど……)

まだ十六歳の久太郎には分からぬことだが、このころの徳川政権の構造は、駿府の家康と、江戸の秀忠の二元政治によった。基本的には、大御所家康が軍事指揮権と個々の大名との主従制的支配権を握り、将軍秀忠のほうは全国統一政権としての幕府の基礎作りを行っていた。だが、現実には、両者の権限は不可分であり、その年寄衆同士で衝突することがしばしばであった。

むろん、言うまでもなく、英雄家康という絶対的存在がある以上、駿府が上に立つ。

まして江戸の秀忠には、家康の意を含んだ本多佐渡守正信がつけられている。表向きは、双方の連絡役として、政治の枢要に参画するということだが、正信の正真の役目は、秀忠と江戸年寄衆の監視にあるといってよい。家康の参謀として共に辛酸《しんさん》を嘗《な》め、その信頼絶大の正信のひと睨みで、秀忠はもとより、その老職の大久保忠隣《ただちか》も酒井忠世《ただよ》も土井利勝《としかつ》も、顫えあがるのであった。

ただ、かれらとて、いつまでも駿府の下風に立たされていたのでは、将軍家の面子《メンツ》が保てぬ。といって、表立って家康に逆らうのは、あまりに怖ろしい。なればこそ、煙たいのであった。

「こたびの刺客は、関ケ原の残党の仕業とみて相違あるまい。将軍家も江戸年寄も、大坂を滅ぼすまでは、わしに生きていてもらいたかろうほどにな」

家康は、そう言って可笑しそうに笑ったが、この言葉も、久太郎の心臓を驚きにはねあがらせた。

（大御所さまは、豊臣家を討つおつもりなのか……）

すでに天下の覇者は徳川家と決まっており、豊臣秀吉の遺児秀頼は、いまや摂・河・泉六十五万七千石の一大名にすぎぬ。それに秀忠の長女千姫が秀頼に嫁し、徳川・豊臣両家は姻戚にある。戦う理由がない、と久太郎の素直な頭では結論するのであった。

「久太郎。そちは、わが命の恩人じゃ。褒美をとらす。何なりと申せ」

そう家康に言われたので、久太郎は、刺客の正体や豊臣家のことなど、ただちに頭から追い出し、威儀を正した。もともと家康に訴えたいことがあって、会いにきたのである。褒美とは、幸いであった。

「所領を賜りとう存じまする」

久太郎主従は、翌日の未明、村越茂助に追い立てられるようにして、相良御殿を出た。そのさい、前夜の一件は、大御所さまに拝謁したことも含めて、一切他言無用と釘を刺された。

「なにゆえに」

と不審がる久太郎へ、

「上意にござる」

それしか茂助は言わなかった。釈然としなかったが、家康の命令とあらば致し方もなかった。

憧れていた覇者家康の、老軀ながら器量の巨大さを想わせる風姿をしっかり眼裏に焼きつけた久太郎は、あらためて掛川へ向かった。

御殿の楼閣の外廻廊から、久太郎主従の後ろ姿を見送る家康の双眸が、潤いを帯びていた。

傍らに侍して、その家康を眺める茂助の表情は、咎めるような、しかし哀れむような、名状しがたい複雑さであった。

「ゆるせ、茂助」

「昨夜のことは、誰にも止めようがござりませなんだ」

去年の秋、家康がひそかに江戸の本多正信に命じて、久太郎に駿府へ赴くよう申し渡したことを、茂助はあとで知った。そのときは、幸か不幸か、久太郎が水野忠胤屋敷の刃傷沙汰に関わって、事はしぜんに流れてしまった恰好だったが、茂助は家康を非難したものであった。

「久太郎には、もう二度と会わぬ」

「それが人の道というものにござりましょう」

「ひどいことを言う」

「大御所。それがしにも、子はござりまするぞ」

茂助の忠義の面に、いつのまにか、二本の濡れた筋がついていた。

「すまぬ、茂助。わしが愚かなことを申した」

この地方にはめずらしく、雪花が舞い降りてきた。

実の妹の多劫に産ませた不倫の子が、遠ざかる馬上にあって空を見上げる姿は、視界の中で歪みはじめた。

「今朝は、いちだんと潮の香がきついわ」

家康は、ひとつ洟《はな》をすすった。

北条氏重

一

その年の七月、松平忠頼の八歳の遺児与一は、武蔵国深谷《ふかや》八千石に封じられた。久太郎が刺客を討った褒美として家康に望んだのは、これである。

むろん、この襲封のかげに、久太郎の尽力のあったことなど、知る者はいないが、それでもこの若者は満足であった。

「八年にわたり御恩を蒙《こうむ》りし亡き兄上に、これでいささかでも報いることができた」

同時に、久太郎は、約束を果たしてくれた家康のために働きたいと思った。

時あたかも、幕府が、諸大名の家族を、江戸に住まわせるよう命じた年でもある。

それまでは、諸侯は徳川幕府への忠誠をみずから示すために、自主的に人質を差し出していたのだが、今後は強制的な形となるわけであった。のちの参覲交代制確立への端緒といってよいであろう。

相良御殿で家康が洩らした一言を記憶していた久太郎は、これを豊臣討伐の下準備だと感じた。豊家恩顧の者も、今後、妻子が江戸から出られぬとなれば、いくさになる前から、豊臣家への出入りを差し控えることになろう。

(大御所さまの先鋒をつとめたい)

血潮を沸かせる久太郎だったが、縁戚の家の厄介者であるばかりか、無位無官の身では、そんなことは夢のまた夢というほかなかった。

ところが、年があらたまって十七歳となった久太郎へ、夏の初め、幕府から出府命令が下った。下総岩富《しもうさいわとみ》一万石の北条氏勝《うじかつ》の養子に決まったというのである。

「なにゆえ北条に……」

久太郎は、茫然とした。

信州高遠の保科家から、遠州浜松の松平家へ預けられてより、いずれは自分も松平姓になるのだと、漠然とだが思い込んでいたようなところが、久太郎にはあった。そうして一家を立て、松平一門の一翼を担うのが、家康の甥として当然ではなかったのか。

むろん北条家が悪いということではない。北条とて、名門には違いない。ただ久太郎一個の感情として、品格が下がるような気がするのである。まして、伯父にして天下の覇者たる家康と会ってしまった後だけに、家康の元の姓の松平から離されるということは、久太郎にとって、いつか大きく羽ばたくためにすぼめていた翼を、いちども広げることなく、もぎとられてしまったような衝撃であった。

（それにしても、この儀……）

大御所さまはご承知あそばさぬ、と久太郎は信じたかった。将軍秀忠の恣意《しい》で決められたことではないのか。

だが、ともかく幕命には逆らえぬ。久太郎は、新助と新左衛門の他、若党、中間数名を供に江戸へ向かった。六月初旬のことである。

陽暦でいえば七月中旬にあたる時季で、笠を被っていなければ、暑気あたりになるのが当然のような白熱した陽射しが、道をからからに干上がらせていた。久太郎主従が、川崎を過ぎ、江戸まで四里半、六郷川の橋を渡りきったところで、病人と遭遇したのも、べつだん怪しむべきことではなかった。

羽田村の女で、品川まで舅のために薬を求めにいった帰りだという。やはり暑気あたりのようであった。

羽田村は、幕府への鮮魚調達を仰せつかっている、江戸湾に面した漁村で、この六郷からは東へ数町の距離である。

「さしたる寄り道でもなし。送り届けて進ぜよう」

久太郎は、女を馬にのせてやった。

久太郎の一行は、街道を右へ外れると、川沿いの道を、女に負担をかけぬよう、ゆっくり進んだ。脇道なので、人の往来はほとんどないが、川下りの舟から、船頭の唄声など聞こえてきて、のどかな風景であった。

途中、胸が苦しいと言いだした女を、馬から下ろしてやると、吐瀉するためか、それとも用を足したいのか、道の左方に蟠る雑木林の奥へ入り込んだ。

ややあって、女の悲鳴が聞こえた。

「新左」

久太郎の下知に、新左衛門が、中間らを従えて、雑木林の中へ跳び込む。

ほどなく、樹間を抜けて、怒号と剣戟の響きが流れ出てきた。

これを待っていたように、右手の六郷川の岸に、下ってきた屋根舟が二艘、横付けされて、わらわらと人が降り、土手を駆け上がってきた。

武士である。十名いる。

いずれも、笠と羽織を脱ぎ捨てると、鉢巻き襷《たすき》がけの戦闘支度であった。

久太郎たちは前後を塞がれた。

「人違いいたすな」

と久太郎は、落ち着いた声で言った。

「わしは、保科久太郎と申す。他人に恨まれるおぼえはない」

「いや、久太郎さま。こやつら、策を弄して、ここへ殿を追い込んだものと察せられまする」

新助が、見当をつける。

「では、あの女も……」

「間違いなく」

主従が短く会話を交わすあいだ、敵勢は無言で抜刀していた。問答無用であるらしい。顫えて及び腰の若党二人が、真っ先に敵刃の贄《にえ》となった。

久太郎と新助は、背中合わせとなり、笠をとって敵へ投げつけるや、両名同時に、抜き打ちに正面の対手を斬り倒した。

鮮血が、細かい飛沫となって、川面へ降り注いだ。

敵勢は、数歩退いた。久太郎主従の手並みの鮮やかさに、これは侮れぬとみたのであろう。

幼いころ久太郎は、父保科正直が家臣らに戦闘の心得を説くのを、傍らに侍して聞くのが好きであった。

「敵の顔を見て突き合い、斬り合い、叩き合うのに、技も法もない。大きく踏み込んで、ひたすら迅く刀槍を繰り出す。これだけである。これさえできれば、敵の首級など、百でも二百でも挙げられよう」

猛将の名をほしいままにした正直の言葉だけに、素直に納得できたものであった。

そのため久太郎の武芸鍛練は、得物を繰り出す迅さを専らとした。大きく踏み込むことについては、生来、怖いもの知らずで放胆な久太郎が、学ぶ必要はなかった。

その久太郎が、敵の一瞬の怯みを見逃すはずがない。さらに大きく踏み込んで、二人目の喉を突いた。

新助も、左へ廻り込もうとした者へ、抜き胴を決める。

敵勢は、ますます怯んだ。久太郎主従がこれほどの手錬《てだれ》とは、予想だにしていなかったのに違いない。

この折り、六郷橋の方向から、馬蹄が轟いてきた。見れば、数騎が、多数の徒士《かち》を従えて、こちらへ疾走してくるところであった。

「ご助勢。岩富藩家臣堀内靭負《ゆきえ》、保科久太郎さまに、ご助勢仕る」

その叫びも、聞こえてきた。

岩富藩といえば、久太郎を養子に迎える北条の家ではないか。

しかし、敵勢は、これを見るなり、遁げるどころか、いずれも顔面に憤怒と憎悪の色を露《あら》わにして、

「おのれ奸臣、堀内靭負」

「やつこそ、生かしておかぬ」

「かかれい」

雄叫びをあげつつ、堀内靭負の騎馬勢へ向かって、突進していった。

だが、孤身、遁げをうった者がいる。もともと最初から、ひとりだけ屋根舟から下りなかった者だ。

この男は、あわてて棹さし、屋根舟を岸から離れさせた。

新助が、ただちに、土手を斜めに駆け下り、勢いをつけて、岸辺から屋根舟へ跳び移った。屋根舟は、右に左に大きく揺れる。

艫《とも》にうずくまった男へ、新助は躍りかかり、その首へ脇指の刀身をあてた。

「やめろ、わしは知っておるのだぞ」

男は、面を恐怖にひきつらせながらも、口調はなぜか強気であった。

「何を知っておると申すのだ」

「保科久太郎の末期養子《まつごようし》のからくりじゃ」

「末期養子……」

新助は、訝った。久太郎が末期養子とは、聞いていない。久太郎自身も知らぬであろう。

「とぼけるな」

と激昂する男を、新助は、強く押さえつけた。

「汝《うぬ》、何者だ」

「北条繁広《しげひろ》じゃ」

「北条……。左衛門大夫氏勝《さえもんだゆううじかつ》さまが縁者か」

「まだとぼけるか。北条家の家督は、弟たるこの繁広が嗣ぐと決まっておったに、横槍を入れおって」

「待て、何の話か。わがあるじ保科久太郎の存じ寄らぬことだ」

「よいわ。きょうはしくじったが、わしには奥の手がある」

北条氏勝の弟を名乗る男の言わんとしていることが、新助にはよく分からなかった。

「幕府がわしを家督者と認めぬそのときは、家康公の秘事を公にするのみじゃ」

「家康公の秘事……」

初めて、新助の双眸が、何かを察して、きらりと光った。

「久太郎さまのご出自のことだな」

声を低めて、新助は言った。

これには逆に、北条繁広のほうが驚く。

「おぬし、知っておるのか……」

「こたえていただこう、繁広どの。この秘事を知る者、北条家では、ほかに誰がいる」

拒否を絶対に赦さぬ冷酷の響きが、新助の語調にあった。

「堀内靭負」

ごくりと繁広の喉が、恐怖に上下する。

「ほかに」

「お、おらぬ。わしと靭負のみじゃ」

艫で繁広と重なり合っている新助は、ちらりと視線を上げた。屋根舟は、下流へ流され、横付けされた場所から、すでに十間余りも遠ざかりつつあった。

「ご容赦」

囁くように言ってから、新助は、繁広の口を押さえ、その首根へ、脇指の刀身を深く食いこませた。

血潮が噴出する。

浴びるのを避けるため、左岸のほうへ顔をそむけたとき、新助は、あっと息を呑んだ。

岸辺に茫然と立ち尽くしたその人物が、新助が無抵抗の繁広を殺害した瞬間を目撃したのは、明らかであった。

その人物は、雑木林の中で、敵と戦ったあと、ただちに道へ走り出てきたが、新助が屋根舟へ跳び移ったのを見て、これを岸へ戻すために、突っ走って先回りしていたのである。

「新助……」

新左衛門の呼びかけは、新助の無慈悲の所業の理由を問うていた。

二

江戸城に登った久太郎は、将軍秀忠より直々に、下総岩富一万石の北条家家督相続を申し渡された。

「本日より、北条氏重《うじしげ》と名乗るがよい」

だが、久太郎は、礼の文言を述べず、秀忠を見据えて、

「畏れながら」

わずかに膝をにじり寄らせ、

「それがし、北条家家督相続の儀につき……」

いささかの疑念これあり、という言葉を、意を決して、吐き出そうとしたのだが、

「控えよ、北条どの」

と側近の年寄に、ぴしりと制せられてしまう。

本多正信である。

いまでは久太郎も、正信が駿府の意を体して江戸城に存在することを知っている。

つまり、この叱声は、家康の発したものと同じと考えてよい。

（大御所さまも、ご承知の儀ということか……）

なかば愕然としながらも、久太郎は、平伏し、

「恭悦至極《きょうえつしごく》に存じ奉りまする」

歯噛みしたい思いを隠して、秀忠に礼を述べて、下城したのであった。

自身の岩富北条家の相続の経緯については、掛川藩主の松平定行が手を尽くして調べてくれたおかげで、すでにおおよそを知り得た久太郎である。

北条氏勝は、三月二十四日に、五十三歳で没したのだが、養嗣子については、何年も前から弟の繁広と決まっていたので、家督相続のことは何ら問題がないはずであった。ところが、繁広と不仲だった重臣の堀内勒負が、繁広の素行と人格には難があって家督者に相応《ふさわ》しくない、と幕府へ訴え出た。そのさい、新たな相続者として、

「将軍家の御従弟、保科久太郎さまを、ぜひともわれらが北条家に迎え奉りとう存じあげまする」

と勒負は、強く願った。これは、北条家の重臣の総意でもあると言ったそうな。

勒負自身は、繁広が家を嗣げば、排除されるという恐怖があったのだろうが、重臣連にしても、将軍家の血縁を上に戴けるなら、御家安泰は間違いないと考えたとしても不思議ではない。

実際、氏勝時代の北条家も、それと似たような事情で成り立っていた。

小田原北条氏の遺臣というのは多数、幕臣に取り立てられたが、たとえ戦場名誉の者でも、石高は最高千石であった。にもかかわらず、さしたる戦功もない氏勝ひとりが、一万石の大名として封じられたのは、ひとえに血縁や閨閥によるものである。

氏勝は、小田原北条氏五代のうち、初代早雲に劣らぬ名将の三代氏康《うじやす》の女《むすめ》を母とし、家康が二女を嫁がせた五代氏直《うじなお》と、従兄弟の関係であった。戦国期の百年、関東に君臨した名門北条の名を残すことを望んだ家康にとって、たまたま氏勝の出自が、その意に適ったというべきであろう。

だが、氏勝の死で、もともと名ばかりの北条家と、天下の覇者徳川家とを結ぶ糸は、ほとんど切れかかってしまうことになる。何ら勲功なき一万石の小大名が、生き残るためには、なんとしても、徳川家との絆を強めておかねばならぬ。岩富北条家の重臣連が、靭負に一味したのは当然であろう。

靭負の訴えをうけて、その後、江戸と駿府との間に、やりとりがあったようだが、その経緯までは、松平定行には探りかねた。

結果は、靭負の願いが聞き届けられた恰好となった。異例というほかない。幕府みずから、末期養子の禁を犯したのである。

当主が相続者を決めぬうちに没したとき、にわかに出す養子願いを、急養子、あるいは末期養子というが、討死勲功の者を例外として、これを認めないというのが、旧くからの武家の慣例であった。

まして、北条家の場合は、氏勝が生前に繁広を養嗣子と決めてあったのだから、没後に久太郎を立てるのは、あまりに強引といわねばならぬ。

「よほどに北条繁広は悪しき人物だったのであろう」

と松平定行は、おのが意見を述べて、

「それが事実であったことは、六郷川でありありと明かされた。幕府の裁きは正しかったということよ」

そう結論したのであった。

たしかに、あの日の繁広をみれば、余人の眼には、ほとんど狂人と映るであろう。

生き残って捕らえられた繁広一味の者の話によれば、あの日、繁広は、久太郎を討ったその足で江戸城へ登り、いずれが正当なる相続者か果たし合いによって決着をつけた、と言上するつもりであったという。

だが、繁広が本当にそうするつもりだったとしたら、久太郎は、繁広を狂人だとは思わぬ。むしろ、恥を雪《そそ》ぐのに、きわめて武士らしいやり方だと肯くことができる。

繁広が生きていれば、何もかも、本人に質すことができたろうが、残念ながら、揺れる屋根舟の中で、新助に討たれてしまった。繁広の抵抗があまりに烈しいので、やむをえず斬ったが、氏勝の弟と名乗ってくれれば、どうにかして生け捕ったものを、と新助も久太郎の前で悔やんだものである。

「ともあれ、これで久太郎どのも晴れて大名じゃ。めでたい、めでたい」

従兄弟の松平定行は、心から欣《よろこ》んで、江戸屋敷で酒宴を開いてくれたが、久太郎の気分は、さえないものであった。

親戚の厄介者の身から大名に取り立てられたことは、栄達に違いないし、それは久太郎とて分かっている。しかし、このような血腥《ちなまぐさ》く、すっきりしない経緯の果てということが、釈然とせぬ思いを拭いがたいものにしているのであった。

さらに久太郎の心を傷つけたのは、すべてを家康も承知の上だという、その一事である。

久太郎は、相良御殿で家康に親しくしてもらったことで、なんとなくではあるが、無限の輝かしき未来が待っているような気分をもった。それが、妄想にすぎなかったことを、思い知らされたのである。

そんな久太郎を、新助は励ました。

「武士の本領は、いくさで顕《あらわ》すもの。殊勲を挙げて、ご両所の御眼《おんまなこ》を開かせておやりなされ」

ご両所とは、家康と秀忠のことだ。

久太郎は、まだ若く、精気に充ち溢れている。戦場での活躍は思いのまま、という自信があった。

「そうよな、新助」

過ぎたことに、いつまで拘泥していても仕方がない。家康が豊臣家を討つつもりでいる以上、武名を挙げる機会は、必ずめぐってくる。

「武人北条氏重の名を、天下に轟かせてみしょうぞ」

久太郎は、高らかに宣言した。

大坂陣

一

二年後、久太郎は、従五位下・出羽守に任ぜられ、下野《しもつけ》国都賀《つが》郡富田一万石に転封となる。

大坂冬の陣が勃《おこ》ったのは、その翌年のことであった。

久太郎は、軍役令通り、馬上十四騎、槍百柄、弓十張、鉄炮二十挺、旗六本を従え、榊原康勝《さかきばらやすかつ》を大将とする先鋒軍に属し、将軍秀忠に供奉して、江戸を発した。

「熱いわ」

久太郎は、いずれも騎乗で随う新助と新左衛門に、笑顔で言った。両名とも、いまや、北条家の士として、上位にある。

「この寒空に熱いとは、風邪を召されてござりまするか」

途端に心配顔になった新左衛門を、そうではない、と新助が笑った。

「殿は血がさわぐと仰せなのだ」

「ははあ……。それなら、それがしも同様、からだが熱うござる」

「ほほう」

久太郎が感心する。

「新左がからだを熱うするのは、床《とこ》いくさだけだと思うておったが……」

「と、殿、さようなことを大声で……」

まわりを気にしてきょろきょろする新左衛門の表情が可笑しくて、久太郎と新助は噴き出してしまう。つられて、新左衛門自身まで笑いだした。

その弾けるような笑声は、久太郎主従の昂揚感の発露といってよかった。それほど、この主従は、今日のことを待ち望んでいたのである。

久太郎は、戦場で敗走する自分など、想像したこともない。誰よりも先駆けて、華々しく弓矢刀槍をふるい、

「あれは北条氏重どのよ。さすがに家康公の甥御、あっぱれなるいくさぶり」

そう敵味方に賞賛されるおのが姿ばかりを、想い描いてきた。それを現実とする満《まん》腔《こう》の自信もあった。

（この大坂陣こそ、わが名を満天下に知らしめる、千載一遇の好機ぞ）

その思いを秘めて、勇躍、参戦したのであった。

同じ武名を挙げるのなら、敵は手強ければ手強いほどよい。久太郎は、そこまでも考えている。

（真田左衛門佐《さえもんのすけ》どのと合戦したい）

これもまた、ひそかに期するところであった。

信州上田城に、二度にわたって徳川の大軍を引き寄せ、いずれのときも、これを撃破した真田昌幸《まさゆき》を父とする左衛門佐幸村《ゆきむら》は、家康と秀忠が最も怖れる、大坂方随一の謀将である。その幸村にひと泡ふかせることができれば、武名が一挙に高まることは疑いない。

そうして、あれやこれやに心はずませる久太郎であった。

だが、十一月一日、久太郎の夢は、とつぜん潰された。

秀忠軍五万が三河岡崎に到着したこの日、久太郎は、秀忠側近の酒井雅楽頭《うたのかみ》忠世によばれた。上意を伝えるという。

「岡崎城の守りを命ず」

寝耳に水とは、このことであった。大坂方との決戦を前に、城番とはどういうことか。

「しばらく、雅楽頭どの。岡崎城番は、すでに戸田《とだ》土佐守どのが任じられておるはずではござらぬか」

戸田土佐守尊次は、三河田原一万石で、譜代である。

「岡崎は、将軍家の故地ゆえ、縁者に守らせたい。幸い、わが従弟の北条出羽は、先頃、小田原城番を勤めし折り、市中平穏、見事な仕置きであった。出羽を任ずれば、万一、大坂方が攻め寄せようとも、容易に岡崎城は落ちぬであろう」

そこで一息ついた酒井忠世は、

「右が公方さまのご存念。ありがたく受けよ、出羽守」

と結んだのであった。

久太郎は、総身を顫わせた。

小田原城番云々は、とってつけたような理由である。平時の城番など、誰にでもできる勤めではないか。

(将軍家は、いまだ、わしを厭うておるのか……)

たしかに、五年前の初の拝謁の折り、久太郎の面には、軽侮の色が出ていたかもしれぬ。それで秀忠は不快を露わにした。

なればこそ、その後、秀忠から松平の姓を与えられず、外様の北条へ追いやられたのだ、と久太郎は腑に落ちたものであった。

久太郎にすれば、それで秀忠の恨みも晴れただろうと思っていた。

しかし、秀忠のほうは違ったらしい。初めての出会いのとき抱いた悪感情を、いまだに持ちつづけている。そうとしか考えられなかった。

いくさで手柄を立て、武名を挙げんと欲する者を、戦場から遠ざけてしまう。これほどのいやがらせはない。

五年前の顔色ひとつのことで、ここまでの仕打ちをするとは、

(なんという執念深さだ……)

そう結論すると、にわかに将軍家への暗澹たる思いが充ちてきて、さいしょに起こった憤怒の情を鎮めてしまった。

翌朝、北条軍は、名古屋へ向けて進発する秀忠軍を、岡崎城から見送った。

大坂方が岡崎まで攻め寄せることなど、ありえぬ。

その後、数日して、久太郎は、泉州岸和田まで、急遽呼び寄せられるが、これもまた城番であった。あとで久太郎は知るが、この処置は、本多正信のとりなしによった。正信は久太郎を大坂城包囲軍に加えるよう進言したが、秀忠が岸和田城番までしか折れなかったという。

冬の陣が東西の講和で終結したあと、久太郎は正信に礼を言ったところ、

「天下統一のいくさと申すに、戦国の名家が一家、攻城軍に欠けておる。大御所さまが、そう仰せられたのでな」

そんな文言が返された。不機嫌そうな口吻だったが、それが正信の癖であることを、久太郎は知っている。

（大御所さまは、わしのことを、お忘れではなかった）

それで久太郎は、救われた思いがした。

二

徳川方の違約によって、東西はたちまち手切れとなり、翌年の五月、再び大坂は修羅の巷と化すことになった。

この大坂夏の陣では、久太郎は、兵二百を率い、橋本の守備を命ぜられた。

橋本は、紀州北部のはずれにあって、古より交通の要衝である。高野山口にあたることから、木食応其《もくじきおうご》が、豊臣秀吉の許可を得て、参拝者のために紀ノ川に架橋してより、高野街道、伊勢街道、また紀ノ川水運の重要拠点として、さらに発展した。

だが、戦場からは、岸和田よりも遠い。

「将軍家は、こたびもまた、わしにいくさをやらせぬおつもりらしいが、思惑はずれよ」

と久太郎は、新助らに、不敵に笑ってみせた。

冬の陣と違って、こんどは和議はありえぬ。大坂城に拠る西軍は、徹底抗戦の構えを示し、これを包囲する東軍もまた、完全な掃滅を期している。内外の濠を埋め立てられた城方の負けは、決まったようなものゆえ、落城後、高野山をめざす落ち武者が、必ずいるはず。

それが久太郎の推測であった。

「望外の大将首を獲《え》られるやもしれぬ」

五月六日に戦闘開始された大坂陣は、大坂城が裸城となっていたことで、あっけなく決着がついた。

東軍が苦戦を強いられたのは、真田幸村を対手とした緒戦のみで、あとは終始優位に立ち、翌七日には二万の首級を挙げて、西軍に潰滅的打撃をあたえたのである。大坂城のいたるところで、火の手が上がった。

申刻《さるのこく》を過ぎていたが、夏のことで、空はまだ充分に明るさを留めており、大坂方面から立ち昇る黒煙が、橋本からも望まれた。

その目撃報告を、家臣から、本陣としていた寺の宿所で受けた久太郎は、

「勝ったな」

と言いきり、落ち武者に備えて、厳戒態勢を布くよう命じた。

「紀見峠のようすを見てまいりましょう」

新助が、久太郎へ申し出て、許しを得ると、馬上の人となった。紀見峠は、河内と紀伊の国境にある。橋本から北へ二里ばかり上ったところで、そこに堀内勒負が兵二十名を率いて物見として出ている。

陣を出るさい、新助は、鉄炮隊から一挺借り受け、それを携えて、紀見峠へ馬を駆けさせた。

新助は、しかし、峠の二町ほど手前で、何を思ったか下馬すると、馬の首を転じさせ、その尻を強く叩いた。馬は、もときた道を、飛ぶように戻っていった。

新助自身は、足音を忍ばせながら、峠の頂をめざす。北方はるかに大坂城の煙を眺める堀内隊の後ろ姿が、双眼にはっきりと映りはじめた。

途中で道から外れた新助は、樹叢濃い山林の中へ踏み入り、それから小半刻の後、堀内隊の前方へ回り込んでいた。

樹木の密生する斜面を、音をたてずに下りていき、道の際まで達する。

幹の陰から、頂をのぞく。距離は、三十間ほどであろう。床几に腰を下ろしている堀内靭負の前を遮るものは、何もない。

新助は、膝立ちの姿勢をとると、鉄炮の銃身を樹幹へ押しつけて動かぬようにし、標的へ狙いを定めた。すでに、火縄には点火してある。

新助は、一瞬、ためらったように、照星から視線を外し、大きく息を吐きだした。

ふたたび、照星の向こうに、靭負の姿を捉える。

「赦されい……」

陰鬱な声で呟いてから、新助は、引き金を絞った。轟然たる音が、峠の空気を顫わせた。

堀内靭負は、床几から仰のけに転げ落ちた。

靭負の物見隊から、数人が久太郎のもとへ急行してきたのは、陣営に篝火が赤々と焚かれはじめたころであった。

「なに、靭負が鉄炮で狙い撃たれたと……」

「はっ」

「して、命は」

「残念ながら」

「落ち武者どもの仕業か」

「いまだ判明いたしませぬ。敵は、影すら現しませなんだゆえ」

久太郎は、好悪の情のみで言えば、堀内勒負を好まなかった。かつて、騙し討ちのようにして、北条繁広から家督者の権利をむしり取った、そのやり方が気に入らなかったからである。

だが、四年間、北条氏重としての久太郎の藩政を、扶《たす》けてくれた人物でもある。殺されたと聞けば、やはり悲しい。

「新助は、いかがした。峠へ向かったはずだぞ」

「やはり、そうでござり申したか。こちらへ急ぎ戻る途次、有賀どのが乗馬を見つけましてござりまする」

「どういうことだ。馬だけ見つけたと申すのか」

「御意」

物見の者たちは、新助の乗馬を曳いてきていた。

「新助にも何かよからぬことが……」

かたわらに侍していた新左衛門が、不安顔になった。

もとより久太郎とて、堀内勒負の死よりも、新助の安否が大事であった。

「馬曳けい」

久太郎みずから、新左衛門以下、五十名を従え、紀見峠めざして馬を駆った。

「よいか、万一ということもある。道の左右、崖下にも明かりを向けよ」

久太郎は、新助が倒れ伏している図を、想像してしまったのである。

(無事でいよ、新助。わしは、そちを失うては、この先どうしてよいか分からぬ)

有賀新助は、ただの家来ではない。友なのである。久太郎が、これほど胸を締めつけられる思いになったのは、生まれて初めてであった。

(八幡大菩薩、新助をご加護くだされ)

その祈りが通じたか、久太郎は、一里ほど上ったところで、前から、ふらつく足取りで歩いてきた友と出くわすことができた。

「新助」

ほとんど狂喜して駆け寄った久太郎に、新助はおのが不覚を詫びた。

「峠へ急いだあまり、手綱さばきを違《たが》え、乗馬が後ろ肢を滑らせた拍子に、崖下へ転げ落ち……。まこと、ぶざまにござる」

「よいよい。大事なければよい」

ひきつづき久太郎は、峠の周辺に狙撃手を探させたが、むろん発見できるものではなかった。

落ち武者どもの仕業ではあろうが、橋本守備軍の一将を射殺したものの、自分たちは少人数のため、本格的な衝突を怖れて、峠を越えるのを断念し、河内のほうへ戻ってしまったのではないか、と北条軍では考えた。

それでも、これで、落ち武者が橋本街道に出没することは、実証された。大坂方が降伏したという知らせの届くまでは、厳戒態勢を解いてはならぬ、と衆議一決した。

将士すべてが、そのために忙しく立ち働く中、新左衛門は、新助が鉄炮足軽のひとりと、何やら話し込んでいるのを目撃した。なんとなく、言い訳でもしているようなようすと見えた。

新助の去ったあと、新左衛門は、その足軽をつかまえ、何の話だ、と訊ねた。

「有賀さまは、それがしより借り受けられた鉄炮を、崖下へ落ちたとき失くしてしまわれたそうで、相済まぬと……」

「新助が鉄炮を借りたと申すのか」

「さようにござりまする」

新左衛門の胸内に、とつぜん、どす黒い疑惑の塊が湧き出てきた。

（六郷川で北条繁広どのを斬ったときに似ている……）

あのとき、新左衛門の眼は、新助が屋根舟の中で、無抵抗の繁広を殺したと見た。が、下敷きにしていた繁広のからだから、おのが身を離した新助は、繁広の右手をとって、上げてみせた。脇指を摑んでいた。繁広の右手は、新左衛門のほうから死角に入っており、新助にそうされるまで、見えていなかった。

下から突き刺されそうになったので、やむをえず斬った。そう新助が言おうとしていることが、新左衛門には分かった。

信じたふりをした新左衛門だったが、実は、かえって疑いを濃くした。なぜなら、そんな言い訳じみたやり方は、まったく新助らしくなかったからである。

しかし、追及するのは、なんとなく怖かった。新助という人間が怖いのではない。よく分からないが、追及したら、久太郎、新助、新左衛門の絆が切れてしまうのではないか。そのことが怖かったのである。

きょうのことも、よく考えれば、不審な点がいくつもある。

物見隊のようすを見にいくだけのことに、なぜ新助は、鉄炮など携えていったのであろう。必要ならば、鉄炮足軽を伴れていけばよかったのではないか。

また、いかに急いでいたとはいえ、久太郎に悍馬の馴らし方さえ教えられるほどの馬術の達人が、峠への一筋道で、手綱さばきを違えたりするものであろうか。

鉄炮を崖下で失くしたというが、それは失くす必要があったからではないのか。一発でも撃てば、銃身の中が汚れて、その証拠が残る。だから、失くしたのではなく、捨ててきた。そう考えることもできる。

新左衛門は、はっとした。

（おれは、なんてばかなことを、思いめぐらしているんだ……）

新助を疑っている自分を、呪いたくなった。だが、胸内のどす黒い塊が、ますます膨れあがるのを制することは、とてもできそうになかった。

三

深夜に至っても、大坂方の落ち武者が現れる気配はなかったが、北条軍二百の兵は、久太郎の厳命が行き届いて、緊張の糸を切らさずにいた。重臣の堀内靭負が射殺されたことも、皆をぴりぴりさせていた。

しかし、落ち武者といえば、たいていは、追及の手を怖れて、少ない人数で、びくびくしながら逃げ隠れするものである。これを発見したところで、北条軍がきわどい戦いを強いられることは、まずありえぬ。その点では、兵たちの気分は、いくぶん楽だったといえよう。

まさか、逆に攻め寄せられようとは、思いもよらぬことであった。

その驚天動地のことは、翌日未明に起こった。端緒は、静寂《しじま》を破る銃声であった。

久太郎は、本陣の寺の宿所で、がばと跳《は》ね起きた。小具足姿のまま板の間に横になっていただけなので、あとは兜と胴をつければ、いつでもいくさができる。

「新助。新左」

両腕と恃む二人の名をよぶ。

「これに」

杉戸一枚隔てた廊下から、間髪を容れず、声を揃えた返辞があった。

杉戸が開けられ、両名が入ってくる。

寝所の前の庭で、警護の士卒たちが早くも槍衾《やりぶすま》を作った姿が、篝火の明かりに浮かんだ。

久太郎は、立って、刀架から陣刀を執るや、兜を新助に、胴を新左衛門に着けさせ、そのまま、しばらく待った。銃声は、味方の暴発ということもある。

当時の武将の多くは、甲冑の華麗さを競い合ったが、久太郎は、質実を重んじた。

それでも、兜には、いささかの思いをこめて、富士山の前立《まえたて》を付けた。常に間近で富士を望む駿府の家康に、あやかろうとの願いであった。富士山の頂を、金箔でもって冠雪としたあたりが、唯一目立つ部分であろう。

人馬の声が騒がしい。使番が駆け入ってきた。

「高野口より夜討ちにござりまする」

「高野口だと……」

久太郎は、唖然とする。

高野山へ登らんとする落ち武者を捕らえようとはしていたが、そちらから下りてくる者のことなど、まったく注意していなかった。奇襲というほかない。

しかし、なぜ、わざわざ橋本守備軍を襲うのであろう。あるいは、何かの陽動策か。

「敵は何者だ」

「分かりませぬ。人数も定かならず」

「よし。夜討ちなれば、敵は小勢だ。怖れず、対手をよくたしかめよ。無闇に弓矢刀槍をふるえば、同士討ちになる。皆にさよう申し伝えい」

使番を退がらせた久太郎は、みずからも庭へ下りた。

「殿。いずれへ」

少しあわてたように、新助が言う。

「知れたこと。わしも、ひと合戦だ」

久太郎の面は、不敵である。

「なりませぬ。大将が、夜討ちの敵勢の前へ姿をさらすなど、もってのほか」

「新助。こたびの大坂陣で、豊臣家は滅びよう。さすれば、天下に、もはやいくさは起こらぬやもしれぬ」

「めでたいことにござりましょう」

「いやだな、わしは」

と久太郎は、憮然たる表情になった。

「武士がいくさをせぬようになって、生きるに値するものか」

「新しき世の武士の生きかたと申すものが、いずれ見つかりましょう」

「そのようなもの、見つかると思うか、新助は」

「いまはまだ、それがしにも分かり申さぬ」

「そら、みろ」

久太郎は、笑った。

「三方ケ原のような広野で、日輪の光を浴びながら、思う存分、戦うてみたかったが、それはもはや望むべくもなかろう。せめて夜討ちの敵を蹴散らすぐらい、久太郎の生涯ただいちどの合戦と思うて、ゆるしてくれてもよかろう、新助」

「殿……」

「先駆け仕ります る」

新左衛門が進み出た。それを、新助がじろりと睨んだ。

「退《の》け、新左。殿の御先駆けは、この有賀新助と決まっておる」

そうしてから、新助は、久太郎へゆったりと微笑みかけた。

「されば、殿。いざ、ご出陣」

「うむ」

久太郎も、晴々と咲《わら》う。

新助を先頭に、警護の士卒も従えて、久太郎たちは、寺の表門へ向かった。

東の空が、仄かに明けはじめた。物の輪郭が捉えられる。

開かれている表門の手前まできて、新助が、ふと立ち止まり、振り返った。

「殿。兜の緒が……」

「ゆるいか」

「いささか」

新助は、久太郎のあごの下へ、両手をのばした。

主従の眼が合った。

久太郎は、はっと息をひく。新助の両頰を伝い落ちる泪《なみだ》を見たのである。

「十年の間、果報にござりました」

新助は、絞り出すように口走ると、久太郎の兜を左手で脱がせざま、右手を刀として、その首筋へ打ち下ろした。

「新助、何をいたす」

おどろいた新左衛門が、つかみかかってこようとすると、

「騒ぐな、新左」

気を失い崩れ落ちる久太郎のからだを抱きとめながら、新助は叱咤した。ほかの士卒へは、ぎらつく視線を振って、その動きを制する。

新助は、無言で、手早く久太郎の胴を外してから、おのが身に、主君の兜と胴を着ける。

それで新左衛門は、なぜか、新助が死ぬつもりだ、と感じた。理由などはない。ただ、そう感じた。

「待て、新助」

その肩を、新左衛門は、むずとつかむ。

「ゆるせ、新左」

「ゆるせとは……」

だが、新助は、こたえぬ。

「おらにも、言えんことがあるだか」

哀訴するごとく、新左衛門が遠州弁を出したのが、新助の頑《かたくな》な鎧の内へ通ったのか、その顔を微かに綻ばせた。

「牙丸……」

と新助は、新左衛門を昔の名でよんだ。

「小幡《おばた》勘兵衛にきけ」

それが、新助がこの世に残した最後の言葉であった。

新助は、友の腕を振りほどくと、ひとり、門の外へ跳びだした。

富士山の金の冠雪が、曙の光を撥ねて、きらっと輝いた。

三発の銃声が谺《こだま》した。

「新助ええっ」

秘　事

新左衛門は、大坂陣より江戸屋敷へ戻ってすぐ、小幡勘兵衛の居所を探した。流浪中だと聞いたからである。

小幡勘兵衛景憲《かげのり》は、甲斐武田氏の部将小幡昌盛《まさもり》の子として生まれ、武田氏滅亡後は、徳川家に仕えて、秀忠の小姓となった。ところが、十年余り後、得意の甲州流兵法と武技を諸国で試したいと、突如として放浪の旅へ出た。関ケ原で、牢人分として井伊直政《なおまさ》の陣地をかり、大坂冬の陣では、加賀前田家重臣で中条流平法の宗家富田越後守の麾下となって、いずれも活躍した。さらに、夏の陣の直前、転じて、大坂方の招きに応じて入城し、変節漢といわれたが、実は西軍の内情を探って京都所司代へ通じるという、離れ業をやってのけた。それが露顕して、大坂方から殺されそうになったが、風をくらって遁げた。

こうした履歴から、小幡勘兵衛は、実は将軍家の内命をおびた隠密だと噂された。のちに幕府へ帰参の叶う勘兵衛だが、夏の陣の直後は、行方不明だったのである。

だが、おどろいたことに、その年のうちに小幡勘兵衛のほうから、出向いてきた。

夜陰、江戸藩邸の新左衛門の寝所を、ひそかに訪れたのである。

「有賀新助を死においやったは、この小幡勘兵衛である」

ぬけぬけと勘兵衛は言った。

そして、新左衛門が聞かされた話は、にわかには信じがたい内容であった。

「北条氏重どのは、家康公が御妹多劫姫さまとのあいだにもうけられた、御落胤《ごらくいん》にあらせられる」

驚愕の事実は、そこから語り起こされていった。

十九歳の家康は、八歳の多劫に初めて会った日、この少女を愛してしまった。が、そのときは、すぐに別れたので、その想いは家康の心の奥に沈潜し、ふたたび浮上することはないと思われた。

だが、多劫が十五歳を過ぎて、嫁ぎ先を決めねばならぬ年齢に至ったので、家康は再会した。想いは再燃した。

家康は、芯が強くて、おのが考えを堂々と述べ、みずから動いて事を処理するような女を、ことのほか好んだ。側室中でも、関ケ原に馬上で従軍したお梶《かじ》の方や、和睦会談の代表に遣わした阿茶局などは、その代表例であろう。また、秀忠夫妻に疎んじられた家光を、家康に直談判して将軍世子《せいし》と決定させた春日局に、大奥を取り仕切らせたのも、その気象を愛でたからである。

多劫もまた、そういう女に成長していた。

さらに多劫が、多産系を想わせる豊かな肉置《ししおき》の持ち主だったことが、家康の男を烈しく揺さぶった。

多劫の嫁ぎ先は、父久松俊勝の主君たる家康の命令で決まることだったが、家康は、なんのかのと理由をつけて、この母を同じくする妹を、なかなか嫁にやらなかった。しかし、家康とて、人倫を知っている。血の繋がった妹を、おのが妾とするわけにはいかなかった。恋情を断ち切らねばならぬ。

家康が、多劫を、最初の夫松平忠正《ただまさ》へ嫁がせたとき、この妹は二十四歳になっていた。当時としては、しかも武家の女で、これは晩婚とよぶのすら、いささか恥ずかしい年齢というべきであろう。

多劫が嫡子を産んだ年に、忠正が死去したので、その弟の忠吉《ただよし》を二番目の夫とするも、こちらもまた、二人の男児をなした直後に、若くして卒してしまう。

もはや多劫も三十歳、立派に三人もの男児を産み、武家の女として充分、その任を果たした。家康は、多劫を手もとに引き取ろうかと考えた。

ところが、家康は、多劫のほうで、みたび夫をもちたいと言いだした。

「昔、兄上はこう仰せられました。女のいくさは、たんと子を産むことじゃと。多劫はもっと産んで、兄上のお役に立ちとうござりまする」

ちょうど、家康は、秀吉と争覇中の時期で、背後の信州を固めたい気持ちがあり、高遠の保科正直を、多劫の三番目の夫に選んだ。多劫は、三十六歳で、長子の正貞を産んだのを皮切りに、保科家において、実に二男四女をもうけた。まさしく、宣言通り、あっぱれな女のいくさぶりであった。

だが、文禄四年生まれの久太郎だけが、保科正直の胤ではない。

その前年、家康は、二月半ば以降を京坂で過ごした。秀吉の城普請や、遊興三昧に付き合わされたのである。秀吉は、日頃国元にあって夫の無事を祈るばかりの女子衆《おなご》に京大坂を見物させてやれ、と諸侯に勧めた。

魔がさしたというべきであろう。家康は、側室と一緒に、異父妹たちも招いた。折しも、女たちの京坂滞在中、家康は京都五条口で乗物より落ちて腰を痛めた。多劫がその看病にあたってくれた一夜に、間違いは起きてしまった。

もとより、久太郎は、倫《みち》にはずれた不義の子。公にしては、家康の名に傷がつく。この不倫の事実を知った家康側近たちは、ひた匿しに匿しつづけた。

だが、秘密は、関ケ原の前後に洩れた。秀忠とその側近たちに。

かれらとて、余人に明かすわけにはいかなかった。徳川政権が、英雄家康の存在を屋台骨とする以上、それと接《つ》いで生きる人間にしてみれば、やはり家康の名誉を守らねばならぬのである。

ただ、豊臣家の滅ばぬうちは、まだ何が起こるかわからぬ世の中。かつて、家康が世子を決めるのに、二男秀康か、三男秀忠か、四男忠吉《ただよし》か、重臣たちに議論させたとき、大久保忠隣《ただちか》が強力に推さなければ、秀忠は除かれていたかもしれなかった。それだけに、秀忠は兄弟の存在を異常なまでに警戒した。

「秀忠公が将軍職を襲《つ》がれた前後数年のうちに、御兄秀康どの、御弟忠吉どの信吉《のぶよし》どのが相次いでご逝去あそばしたこと、おぬしも存じておろう」

と小幡勘兵衛は、新左衛門に向かって、何やら怖ろしいことを言った。たしかに三人とも、生きていれば、年齢的にみて秀忠の政敵たりえたろう。

「なれど、久太郎さまばかりは、下手に手出しできなんだ」

家康と駿府側近衆が、秀忠の兄弟に対する邪悪な意志を察知して、その阻止に動きだしていたからであった。

そこで秀忠は、久太郎に、それと知られず、監視者をつけることにした。

有賀新助こそ、その監視者であった。

ただ、新助は、久太郎付きとなった時点では、自分にそのような任務が課されていたことを、まったく知らなかった。新助がそれを知らされるのは、初出府の久太郎に随行して、江戸の浜松藩屋敷に滞在した夏のことである。

その夏の某日、旗本太田資友に嫁いでいる妹ふさを訪ねた新助を、太田屋敷で待ち受けていたのは、

「この小幡勘兵衛よ」

と勘兵衛は、新左衛門に言う。

かつて、新助が父弥次郎と牢人中、瀕死の重病に陥ったふさは、医師と高価な薬の手当てによって一命をとりとめたが、それは秀忠の意をうけた勘兵衛のやらせたことであった。ふさが上級旗本の太田資友に見初められたのも、勘兵衛が上意として資友に言い含めて仕組んだことである。そうしたふさの幸福と引き替えに、弥次郎は、勘兵衛に命じられた通り、多劫に近づいて、伜新助を久太郎の近習とすることに成功した。

右の経緯と、久太郎が家康の落胤であることを、太田屋敷で、勘兵衛は新助に初めて明かしたのであった。よって、以後は、まさしく監視者たる自覚をもって、久太郎に仕えるように、と勘兵衛は新助へ命じた。命令に従わなければ、ふさと、太田屋敷

近くに住む隠居の弥次郎が不幸に見舞われることも、同時に告げた。

それで新左衛門には、思い当たるふしがあった。あの初出府の夏、太田屋敷から戻った新助の顔色は蒼白であった。暑気あたりではなかったのだ。

その後、久太郎が北条家を嗣ぐよう命じられたのは、新助の勘兵衛への報告がもたらした結果であった。相良御殿で家康と久太郎が会ったという事実は、秀忠の警戒心を極度に煽ったのである。

家康が久太郎へ松平の姓を与える前に、他家を嗣がせてしまおう。そう秀忠は思惑した。

嗣がせるのは、北条家以外にありえなかった。というのも、家康・秀忠と、それぞれの側近衆以外に、久太郎の真の出自を知る人間は、北条氏勝ただひとりだったからである。

「氏勝は、相州乱破《らっぱ》を少なからず抱えており、それを見込まれ、太閤に密かに飼われておったのよ。乱破どもの任は、家康公のご日常を探ることだった」

ところが氏勝は、家康と多劫の不義の報告をもたらした乱破を、その場を去らせず、切り捨てた。

当時の秀吉は、朝鮮侵略の愚挙により、諸侯の信頼を失いつつあり、心身の衰えも手伝って、常軌を逸する言動が目立った。次の天下人は、徳川家康。これが衆目の一致するところであった。氏勝は、自分が秀吉の手先であることを、家康に薄々感づかれていたのを知っていた。秀吉が没すれば、必ず家康に排除される。それでなくても、もともと名門北条五代の血に近いというだけで取り立てられた身ゆえ、ただちに排除されずとも、氏勝の死後の北条家は、間違いなく憂き目を見る。

「そこで氏勝は、家康公の秘事を、北条家一万石の末代までの存続と引き替えたというわけだ」

久太郎に北条家を嗣がせてはどうか、と秀忠から提案されたとき、家康は初めて、秀忠が秘事をどこまで知っているかを悟った。何もかも知っている。家康は、不倫の負い目もあって、北条氏重の誕生を、否と言えなかった。

「おそらく、氏勝の弟繁広と、重臣筆頭の堀内勒負は秘事を知っていたであろう」

小幡勘兵衛は言ったが、

「その両名とも、新助が殺したようだが、それはわが下知ではなかった」

と否定した。

ここまでの話で、新左衛門は、その理由を察することができた。

新助は、久太郎がおのが真実の素生《すじよう》を知ったとき、いかなる行動に出るか、そのことをしかと分かっていたのである。久太郎は、同じ家康の子として、秀忠と対決するに決まっている。そうなれば、将軍に対して、わずか一万石の小大名、久太郎はただちに抹殺されたであろう。

なればこそ、久太郎の身近に、真実を知る者をおいておけなかった。口を封じられる機会が訪れたら、これを逃すべきではない。そう新助は、思い決めたのに違いなかった。堀内靭負殺害も、戦陣なればこその暴挙であったろう。

「橋本でわれらに夜討ちをかけたは、小幡勘兵衛、汝《うぬ》だな」

新左衛門は、もう分かっていた。勘兵衛も否定しない。

「解《げ》せぬぞ、勘兵衛」

「この期に及んで、なにゆえ久太郎さまを亡き者にせんとしたか。そのことであろう」

「そうだ。おそらく新助は、本陣とした寺の門前へ、殿を誘い出すよう、汝に命じられていた。それゆえ、すすんで殿の身代わりとなって撃たれた」

あのあと久太郎には、新助は何やら胸騒ぎをおぼえて、あんなことをしたのだと告げてある。大将が夜討ちの敵勢の前へ出ていく愚を、新助から説かれた矢先の悲劇だったから、久太郎は、新左衛門のその言葉を素直に信じた。

「豊臣家が滅ぶ秋《とき》だったからよ」

勘兵衛の橋本夜討ちの数刻後に、大坂城では淀殿・秀頼母子が自害した。

「豊臣家が滅べば、もはや秀忠公は大御所を頼らずともやってゆける。久太郎さまのことも、以前のような駆け引きなど不要になるは、言わずもがなであろう」

勘兵衛は、にやりとした。

「これほどの大事、何のつもりで、おれに明かした」

「おぬし、友の不可解な死を捨てておける性分ではあるまい。いずれ、探りを入れてくる。そうなれば、こんどは、おぬしを殺さねばならぬ」

「いますぐ、ここで殺したらどうだ」

「分からぬか、巨海新左衛門。おぬしまで、奇態な死に方をいたして、久太郎さまが拱手《きょうしゅ》して何もせぬと思うか。騰馬のご気象は、おぬしがよく存じておろう」

久太郎は徹底的な探索を始めるに違いない。そして、みずからの命を危うくするであろう。

「その一言《いちごん》、おれが秘事を明かさぬ限り、向後、殿に手出しせぬと受け取ってよいのか」

「察しがよいな」

「なぜだ。橋本で、殿のお命を狙うたばかりではないか」

「有賀新助の忠義よ」

「なんだと」

「久太郎さまを亡き者にいたせば、有賀新助の忠義を汚すことになる」

「小幡勘兵衛の言葉とも思えぬ」

「いかようにも腐《くさ》せ」

それで勘兵衛は、立ち上がった。

「大御所は、一年がうちには薨《みまか》ろう。さすれば、神として祀られる。神が倫《みち》にはずれたことをやったのでは、困る。となれば、秘事を知る者、悉《ことごと》く殺さねばならぬ。殺しすぎて、この勘兵衛だけが残ったら、どうなる。秀忠公に殺されるわ」

勘兵衛は、にたっと笑って、

「秘事を知る同志は多いほうが心強い」

本音とも冗談ともつかぬようなことを言い放ち、去りかけてから、ふいに振り返った。

「久太郎さまに男子をもうけさせてはならぬぞ。秀忠公のお世継との間に、同じことが繰り返されぬとも限らぬ」

小幡勘兵衛は消えた。

新左衛門は、明け方まで、虚脱したように、ぼんやりと眼をあけていた。

平原の風

真夏の光が、三方ケ原を灼いている。風がないので、むっとするような暑さであった。

それでも、大勢の子らが、大凧を何とか大空へ舞わせようと、走りまわっている。

そのようすを、木陰に腰を下ろして、微笑ましげに眺める老人がいた。頭を剃りあげてあるが、身なりは僧侶のそれではない。どこぞの商家の隠居といった風情である。

笑うと、唇の間に黒い穴があいた。前歯が欠けている。

老人は、昨年、嗣子なきにより断絶となった遠州掛川の北条家を、それより九年前に腰痛で奉公適わずと辞し、二俣の実家の阿仏屋へ戻った巨海新左衛門である。

(長い歳月であった……)

秘事を胸奥へ秘めたままの四十四年間であった。

主君の北条久太郎氏重は、大坂夏の陣の後、遠江久野、下総関宿、駿河田中、遠江掛川と移って、最後は石高三万石を領した。城番を合して十回もつとめ、いずれのときも戦国さながらの厳重さで臨んだので、北条氏重が城番になると、城下が緊張し、夜盗などは鳴りをひそめたという。そのため「北条城番守」とまでよばれた。騰馬の本領であったろう。

久太郎は、杉原長房《すぎはらながふさ》の女を室とし、子を五人もうけたが、その誕生のたびに、新左衛門は慄然とした。もし男子であったら、わが手で……。しかし、幸か不幸か、いずれも女子であった。この五人は、成人後、ひとりは伊勢菰野《こもの》藩主土方雄高《ひじかたかつたか》へ、あとの四人が旗本家へ嫁いだ。

（まさか殿がご存知であられたとは……）

忘れもせぬ、慶安元年の春の一日であった。北条家が掛川へ転封になった年で、久太郎は白髪の目立つ五十四歳になっていた。

「天竜下りをせぬか」

その日、久太郎は言いだした。

どうせ天竜川を下るのなら、二俣の阿仏屋に一泊し、そこから乗って、池田あたりで下船の後、東海道を掛川まで戻るのがよいということになった。久太郎の希望で、供廻りは、ごく少数である。

阿仏屋へ着くなり、新左衛門は久太郎から、耳打ちされた。

「夜伽《よとぎ》がほしい」

めずらしいことであった。久太郎は、女色に関しては、きわめて淡白な男だったのである。それゆえ、

「誰にも知られてはならぬぞ」

という念押しも、久太郎の照れ隠しだ、と思われた。新左衛門のほうは、その道をきらいではないから、夜に入って、ひとりの女を伴れてきた。夫と死別し、ひとり暮らしをつづけていたが、三十路にも至らず、いまだ美しかった。巨海家の縁者なので、他言される惧《おそ》れもない。

翌日、新左衛門は、久太郎から唐突なことを訊かれた。

「去年の江戸の地震をおぼえておるか」

江戸城の石垣を崩すほどの強い地震だったから、むろん新左衛門はおぼえていた。北条家の江戸屋敷も被害に遇った。参府中のことで、久太郎は、将軍家の安否をたしかめるため、ただちに登城している。

江戸城内には、庭に地震の間という、金網張りの耐震用の建物がある。将軍家光

は、そこへ避難中であった。そのころの家光は、病《やまい》がちで気が弱っていた。そこへ、諸侯のうち、真っ先に駆けつけてくれた久太郎に感激した余り、

「やはり、たのみとするは、血縁ぞ。ようご参じ下されましたな、おじ上《うえ》」

そう家光は叫んでしまったという。

久太郎は、祖父家康の妹の子だから、家光にとっては従祖叔父となる。これを「おじ」とよぶのは、べつだん差し支えない。問題は、家光の言葉遣いにある。

家光は、家康、秀忠と違い、生まれながらの将軍として、側近衆から帝王学ともいうべき教育をほどこされ、対手が実の弟妹であろうと、御三家であろうと、すべては臣下であった。さらに、傲岸不遜《ごうがんふそん》の性格が常に前へ出て、敬語を使うなど、ありえぬ人間でもあった。実際、秀忠亡き後、家光が他者に敬語を用いたのを、誰も聞いたことはなかった。

「よう参じた、出羽守」

と言うべきところを、

「ようご参じ下されましたな、おじ上」

と思わず口をついてしまったのは、まったく家光らしからぬことだったのである。

弱った肉体への不安と、地震への恐怖とが、内なる自然の感情を噴出させてしまった

というほかはない。

しかし、それだけのことなら、久太郎も疑念を抱きはしなかったであろう。そのとき、かたわらに控えていた老中松平伊豆守信綱《のぶつな》が、殺気立った視線を放ってきたために、久太郎は初めて、家光が何か重大な間違いを犯したことを察知したのであった。

下城すべく大手門へ向かった久太郎は、信綱によびとめられた。

「出羽どの。先刻のことは、他言無用。将軍家は、亡き大御所さまより、さらに難しきお人にあられる」

この場合の大御所は、秀忠のことである。

その昔、母の多劫に、似たようなことを言われたのを、とっさに久太郎は思い出した。

天啓であったというほか、説明のしようがない。この瞬間、久太郎は、自分が将軍家光の本物の叔父であることを悟ったのである。

（わしは、家康公の子であったか……）

しかし、すべては遅すぎた。人生五十年、それを越えて、いまさら何ができるというのか。まして、徳川将軍家は、三代目が磐石の幕藩体制を作り上げ、四代目もすでに生まれている。抗えば、必ず北条家は潰されよう。

（新助の生きていたころなら……）

おのが身内に青嵐の吹き渡っていたあのころなら、北条家など潰されてもかまわなかったろうが、三十有余年の長きにわたって北条氏重として生きてきた身は、あまりに多くのしがらみにまとわりつかれている。愚行へ走る気は起こらなかった。

「伊豆守どの。騰馬も、馬齢を重ねて、こみ馬になり果て申した」

こみ馬というのは、尻込みして後退《あとずさ》りし、どんなに引き出そうとしても出ない馬をいう。

久太郎は、この江戸城における一件を阿仏屋において初めて、包み隠さず新左衛門に語り聞かせたのであった。

「新助が生きておれば、何と申すであろうな」

と久太郎が、訊くともなく言った。

「騰馬らしゅう、ひと暴れなされよ」

若き日の新助の口調を真似て、新左衛門は笑った。

久太郎も笑った。寂しげであった。

久太郎の哀しみは、いかばかりであろう。それを思うと、新左衛門の胸は、烈しく痛んだ。しかし、自分はとうにそのことを知っていたとは、口にできなかった。口にすれば、新助のこともすべて明かさねばならぬ。

「新左。もし、あの女子《おなご》が男を産んだときは、そちが育ててくれい」

「殿……」

「伊豆守は、わが嗣子をよろこぶまい」

「久太郎さま……」

久太郎が座を立ったあと、新左衛門は、余人に聞こえぬよう、ひとり、手の甲を噛んで悲泣した。

新左衛門が、腰痛を理由に北条家を辞したのは、翌年のことである。

幕府は、慶安四年に、五十歳以下の者に限り、末期養子を認めた。その年、久太郎は、すでに五十七歳で、対象外であった。家臣らは、しかし、久太郎の血筋を恃んで、さほど不安をおぼえていなかった。というのも、久太郎自身の北条家相続のさい、末期養子の禁を、幕府みずからが犯したからである。東照権現さまの甥御が、養子を決めていなかったくらいで、改易になるはずがない。

久太郎が没したとき、家臣らは、姫君たちの嫁ぎ先の男子のひとりを、養子縁組したとして、幕府に届け出た。

「幕法である」

厳然たる態度で突っぱねたのは、保科正之であった。正之は、秀忠の妾腹の子で、保科正光の養子となって家督を嗣ぎ、のち会津二十三万石を領して、四代将軍家綱の輔佐をつとめるようになった人物である。

久太郎からみれば、実家の当主ということになる。皮肉というべきであったろう。

この瞬間、北条家は失せたのである。

新左衛門は、ゆっくり、立ち上がった。

いつのまにか、三方ケ原には風が出て、子らの大凧が、高く上昇していた。

「やったあ」

歓声が迸った。

糸切り合戦に敗れた大凧が、くるくる回転しながら墜落する。

「お祖父《じい》」

少年がひとり、弾むような足取りで、新左衛門のほうへ駆け寄ってきた。十歳前後とみえる。

揉み合いのさいに誰かとぶつかったのだろう、左眼の上を切っていた。

「新助。血が出ておる」

「へっちゃらさ」

新助と呼ばれた少年は、指で乱暴に、さっと血を拭った。

「はりでよかったじゃろうが」

と新左衛門が、得意げに言う。

「だって、お祖父、いっだって、糸目ははりだって、それしか言《ゆ》わへんだでな。でも、きょうは、はりでよかった」

少年は、満面を笑み崩した。まるで屈託がない。

「二俣へ帰るとしようか」

「うん。じゃあ、みんな、よんでくる」

また少年は、仲間たちのもとへ、駆け戻っていく。

その後ろ姿を眺めながら、新左衛門は、やはり争えぬと思った。

（騰馬の血よ……）

平原を風が吹き渡る。

（新助。おぬしの忠義は、汚さなんだぞ）

新左衛門は、どこやら懐かしい匂いのする風を、老いた胸に、精一杯大きく吸い込んだ。

解説──後の宮本作品のエッセンスが詰まった、出色の作品集

文芸評論家　菊池《きくち》　仁《めぐみ》

実にグッドタイミングの刊行といえる。まずこの点から説明していこう。

本書・宮本昌孝著『紅蓮《ぐれん》の狼』は、一九九八年に文藝春秋より単行本『青嵐の馬』として出版、二〇〇一年に文庫化されたものの、絶版となっていた作品集である。その後現在までの間に、作者は『ふたり道三』(二〇〇二年、以下単行本刊行時)、『風魔』(二〇〇六年)、『海王』(二〇〇九年)という時代小説史に遺る傑作を立て続けに発表。中でも『風魔』は二〇〇九年に文庫化(全三巻、祥伝社文庫)されるや、またたく間に版を重ね、作者の人気が着実に増大しつつあることを物語っている。推測でしかないが、現在の歴史ブームを支えている〝歴女〟が、史実を自由自在に操ってみせる作者の伝奇的手法を駆使した小説作法に魅《み》せられたのも要因のひとつではないのだろうか。

いずれにせよ、『ふたり道三』以降に宮本ファンとなった読者が多数いるのではないかと思うのだが、本書は、作者を知る上では恰好の素材といえる。グッドタイミングと形容したのはこのためである。

なぜ本書が宮本昌孝を知る上で恰好の素材なのか、理由を述べる前に折角の機会なので、小論ではあるが宮本昌孝論をまとめておく。本書の位置付けを明確にするためだ。三つの期間に分けて見ていくとわかりやすい。

第一期は実質的なデビュー作で、出世作となった『剣豪将軍義輝』（一九九五年）が刊行されるまでである。第二期が『剣豪将軍義輝』から『夏雲あがれ』（二〇〇二年）まで。第三期が『ふたり道三』以降となる。

第一期は時代小説家として本格的なデビューを果すまでのいわば雌伏《しふく》期といえる。作者は一九五五年生まれで、生地は静岡県浜松市。日本大学芸術学部放送学科を卒業後、手塚プロを経て執筆活動に入るわけだが、そのきっかけとなったのは、一九八七年当時、ＳＦ作家として第一線で活躍していた田中光二原案のヒロイック・ファンタジー『失われし者タリオン』シリーズの執筆を手がけたことだった。そして、翌年の一九八八年に『もしかして時代劇』、続けて一九九一年には『旗本花咲男』を上梓《じょうし》。この他に角川スニーカー文庫から『伊賀路に吼《ほ》える鬼婆』（一九八九年）、『東京ＲＰＧ』（一九九〇年）という「みならい忍法帖」と副題のついた二冊を書いている。

雌伏期と形容したが、この時期は作者の小説作法を知る上で、きわめて重要である。例えば「作家の読書道」（ＷＥＢ本の雑誌）というインタビューのなかに興味ある発言がある。

《手塚プロダクションに入る前から、書く仕事をやっていたんです。大学の先輩で物書きをやっている人がいて、仕事をやらせてもらって。プロダクションを辞めた後も、同じようなことをやっていました。それこそありとあらゆるものを書きました。ヨガの大先生がいて取材するんですが、とにかく100個くらいのポーズを紹介しなくちゃいけない。こんなことがあった時にこのポーズ、という具体的なエピソードを先輩と一緒に考えましたね。アイデアママの家事、みたいな本もやりました。いろんな本からネタを集めて、それをアレンジして200個とか。子供向けの雑誌でアイドルのゴーストライターもやったし、会社案内のパンフレットまで書きました。でも、短い中にあれもこれもいれて読者を納得させる文章を作る、ということは相当鍛えられました。》

この経験が、後の作家としての基礎体力と複雑なストーリー作りの栄養素となったことは確かだ。作者の尊敬する作家の一人、柴田錬三郎が、デビュー前にカストリ雑誌用の読物から児童向けの『世界名作物語』の書き下ろしまで書き飛ばしていた姿と重なり合う。

加えて、作者は《少年の頃から〃物語〃を創ることが好きであったこと》や《漢字が好きだったこと》、《最初にドストエフスキーの『罪と罰』を読んだ時、これはすごい娯楽作品だと思って》といった内容の発言をしている。これらはいずれも宮本作品のエッセンスといっていい。例えば、漢字好きは宮本作品の面白さの鍵を握っている主役やクセの強い脇役の命名となって生きている。後述する『北斗の銃弾』の阿修羅外道などはその最たるものといえよう。

更に、作者はこの雌伏期に得難い資質を開花させている。私と作者との最初の出会いは『剣豪将軍義輝』だと思っていたのだが、それ以前に宮本昌孝という名に記憶があった。記憶の糸をたぐり寄せた時、思い浮かんだのが『もしかして時代劇』といういかにもパロディらしい題名の作品で、早川文庫JAから出版されたものであった。帯には〝明朗SF青春時代劇〟とあり、嵐のミス花らっきょうコンテスト会場でスターをめざす十七歳の美少女・美雪が戦国時代にタイムスリップして茶々《ちゃちゃ》姫（後の淀君《よどぎみ》）になるという破天荒《はてんこう》なストーリーである。ギャグ、ダジャレの連発には少々辟易《へきえき》させられたのだが、奇抜な発想、ひねりの効いたパロディ、スピーディな展開に、作者の才気をうかがわせるものがあった。これは『旗本花咲男』や『みならい忍法帖』でも同様であった。この時はただ、できることなら新人の作家には変化球ではなくて、直球で勝負してもらいたいという思いを抱いた。しかし、後年になって作者のこのパロディ精神が、作家としての強靭《きょうじん》さのバックボーンとなっていることを理解した。

つまり、この雌伏期は時代小説家をめざす作者にとって、食わんがための仕事でありまわり道ではあったが、自己を解き放つ高揚感に溢れたものであったのだろう。それは作品を貫く明るさが証明している。

この七年後、作者は直球で勝負してきた。それが『剣豪将軍義輝』であり、この作品をスタートに第二期が始まる。

作者はこの第二期に五本の長編と四本の中短編集、及び二本の連作短編集を発表している。順に紹介すると、長編が『剣豪将軍義輝』、『夕立太平記』（一九九六年）、『北斗の銃弾』（一九九八年）、『藩校早春賦』（一九九七年）、『夏雲あがれ』（『藩校早春賦』の続編、二〇〇二年）、中短編集が『春風仇討行』（『こんぴら樽』を改題、一九九五年）、『尼首二十万石』（一九九七年）、『青嵐の馬』（一九九八年）、『義輝異聞・将軍の星』（二〇〇〇年）、連作短編集が『影十手活殺帖』（一九九九年）、『陣借り平助』（二〇〇〇年）となっている。

この第二期のポイントは二点ある。第一点は本格的なデビュー作となった『剣豪将軍義輝』自体にある。同書が刊行された時、時代小説界には衝撃が走った。新人とは思えぬ完成度をもっていたことと、確かな書き手が現われたことへの驚きであったといえる。

時代小説家として大成するための条件は、文章のうまさや人間が描けているということを前提とすれば、
①題材の選定のうまさ
②ヒーローの造形が優《すぐ》れていること

③豊かな物語性があること
④確かな歴史観と、それに支えられた世界観が作品を貫いていること
⑤作者自身に豊富なストックがあること

などがあげられるが、同書にはこれらがすべて備わっていたのだ。特に、一九九〇年代というヒーローを創出しにくい時代状況のなかで、足利義輝を傑物として甦らせた才能と手腕や、ヒーローものにこだわろうという作家としての姿勢に、時代感覚の鋭さを感じた。要するに雌伏期の経験が奇抜な着想やスピーディな展開、小説細部の描写の冴《さ》えとなって育《はぐく》まれていたのである。

実は、同書の二年前に羽山信樹『邪《あ》しき者』が刊行されている。隆慶一郎への関心が作家になった動機とする羽山は、『流され者』や一連の信長ものを経て、『邪しき者』にたどりつくことになる。

『邪しき者』は、不思議な剣技を操る南朝の後胤《こういん》・新珠尊之介を軸に、自ら征夷大将軍になろうとする尾張義直と、その野望を阻止しようとする柳生家との暗闘、さらに国家樹立を願う陳元贇《ちんげんぴん》一派が加わるという重層化した構成の伝奇ものである。

注目は新珠尊之介の人物造形である。『流され者』の壬生宗十郎は明らかに眠狂四郎の流れを汲むニヒル型のヒーローであったが、新珠尊之介は脱ニヒル型ヒーローを意図したユートピア作りを目指す向日的な人物造形となっていた。

『剣豪将軍義輝』を読了した時、真っ先に思い浮かべたのがこの新珠尊之介であった。戦国時代の統一に夢を馳せた義輝の溌剌《はつらつ》とした姿と重なるものがあったからだ。

また、これは作者がこの後一作を書くごとに明らかになっていくのだが、同書はあらゆる点で求心的かつ包括的な位置付けをもった作品であった。別な表現をすれば作者は宿命的なものを同書で背負ったのである。それほど重要な作品だといえよう。

第二点は舞台となった時代の問題である。『夕立太平記』『北斗の銃弾』『影十手活殺帖』『藩校早春賦』『夏雲あがれ』の時代に注目して欲しい。すべて江戸時代が物語舞台となっている。内容もバラエティに富んでいる。おそらく、作者にとって江戸時代を舞台とした時に、どのような物語とヒーローの創出が可能なのか、見切る必要があったのではないか。『夕立太平記』は「柴錬立川文庫」を手本とした「宮本版立川文庫」であるし、『北斗の銃弾』は清く凛々《りり》しい活劇ものへの挑戦であったし、『藩校早春賦』『夏雲あがれ』は藩政改革の嵐のなかで成長していく若い魂の物語であった。つまり、作者は第二期で、ヒーロー像の模索と、作品領域の拡大を図っていたのである。

第二期における成果は、早くも『ふたり道三』で見事な結実を見せる。ここからを第三期として区別したのはこのためである。

作者は、あるインタビューのなかで、

「僕は歴史を素材にした物語をひねり出すのが好きで、その手段として文章を用いているだけなんです」

と語ったことがある。映画、漫画等、メディアに強い関心をもつ作者らしい答なのだが、ここにヒントがある。『剣豪将軍義輝』は直球で勝負に出た作品だけに、史料と虚構の境目が見えにくくなるような〝ひねり〟には欠けていた。ところが『ふたり道三』は、話をひねることで、独創的な〝物語的佳境〟を創り出すことに成功している。作者はこの作品によって伝奇的手法を駆使するという小説作法を自家薬籠中《じかやくろうちゆう》のものとしたのである。

ただし留意すべきことがある。この手法が生きたものとして作用したのは、斎藤道三の人物解釈が確とした歴史観によって支えられていたからである。

《別して、美濃の斎藤道三は、義輝の心に鮮やかな印象を刻みつけた。まったくの徒手空拳から、謀略の限りを尽くして、美濃一国の主にまでのし上がり、天下の覇者となることを夢見たが、退き時を悟るや、前国主の子にみずからすすんで討たれ、桜花《はな》のように潔く戦場に散った梟雄《きようゆう》。道三は、乱世の男子の本懐を体現してみせたような人物であった。》(『剣豪将軍義輝』)

この義輝の道三に対する人物評を注視して欲しい。義輝の人物造形が優れていたのは、この道三の人物評が対極にあったからである。これは作者の道三に対する人物解釈の鋭さを物語っている。作者が道三に早くから強い関心を抱いていたことをうかがわせる。それが歳月とともに発酵したのが『ふたり道三』なのだ。作者はこの人物解釈――すなわち〝乱世の男子の本懐を体現した生きざま〟――をさらに一歩踏み込み、〝ふたり道三〟とすることで、錯綜《さくそう》した物語を紡ぎ出したのである。他に類をみない異色のヒーローものの誕生である。

それに対し『風魔』はオーソドックスなヒーロー小説を意図して書かれた作品である。伝奇小説が時代小説のなかでも高い人気を誇ってきたのは、ヒーロー小説だからである。ヒーロー小説とは時代の制約のなかで自由の魂をもった主人公が、理不尽な権力とどう闘ったかを描いたものである。言葉を換えれば、ヒーローを造形することにより、〝歴史〟に風穴をあけ、権力者の作った〝歴史〟とは違う、存在したかもしれないもうひとつの〝歴史〟の可能性を示す小説、といえよう。

つまり、『風魔』が数多くの読者の支持を取りつけ得たのは、作者の意図が権力者によって書かれた〝歴史〟を参画できるものとして位置づけ、さらに変革の可能性をはらむものとして、捉え直したところにあったからである。

また『風魔』には、作者の緻密な計算が働いている場面がある。ラストシーンである。

《海風なのに、箱根の風の匂いがした。

風の起こり立つ神山風穴。

風の起こるところを、しなと、という。しなとの風は、一切の罪や穢《けが》れを吹き払う。

帆に風を孕ませ、希望の船は海原を翔けてゆく。

新しき旅立ちに、なんと心地よい風であろう。小太郎は、風も、笹箒も、まだ見ぬ小さな命も、やわらかく抱きしめた。》

〝箱根の風の匂い〟という表現に留意する必要がある。〝海〟は、主人公の風魔の小太郎が生まれ育った箱根と同位相の、今後、彼等が生きる場所となる。彼らは自由の魂を貫くために〝海〟に出て行ったのである。それにしても映像的な感覚に裏打ちされた余韻の残るラストシーンを描くのが実にうまい。

ここで思い出すのが『剣豪将軍義輝』のラストシーンである。

《「海王丸」
大海を駆けめぐる商人に育てあげたいという、梅花と浮橋の希望を託した名であった。
武門の争いに義輝の子を決して巻き込むまい、と二人は誓ったのである。》
重要なのはこのシーンが義輝の《海を母として糧を得る者すべてが繋がり、海の道を自由に往来し合う壮大な世界の王》という夢を受けてのものであることだ。

作者は〝海〟に何かを託したのである。これを明確な形で描いたのが『海王』である。同書は光秀、秀吉、家康等、覇権をめざす武将のなかにあって、誰にも仕えず自由の魂を貫き通したヒーローの生きざまを描いた作品である。この海王の拠り所が〝海〟であった。あらためて言うまでもないが、日本は四方を海に囲まれ、海が道であった。海の道は生活の道であり、文化の道であった。そこに数限りないドラマが生まれた。いや、生まれたはずだと言っておこう。空路と陸路が生活の道となった現代人にとって、海の道を舞台として生まれた数限りないドラマは、記憶の彼方《かなた》に消え去ってしまった。

作者は、『海王』をその記憶の彼方に消え去ってしまった〝海〟に祈り続けた武士《もののふ》の物語として甦らせたのである。


《海の王国は存在せず、義輝の子もまた王にはならなかったが、しかし、ハイワンが商人として、海の道を自由に往来し、多くの海民たちと繋がりをもって、母と兄と友と一緒に、強く、明るく生きつづけたであろうことは、想像に難くない。

神屋船の舳先寄りの板子《いたご》に立ったハイワンは、尖らせた唇をゆっくり開き、得意の唾《つばき》玉《たま》を作って、ふっ、と飛ばした。

すぐには割れずに、風に乗って勢いよく上昇した唾玉は、ハイワンの視界から消えた。

雲の上の義輝やフーチアオに届いたのかもしれない。

往《ゆ》く手の海は、広く、美しい。

(おれの居場所だ)

海王《ハイワン》は、心からそう思った。》

この『海王』のラストシーンの文章に、〝海〟のモチーフと自由の魂のありよう、ひいては作者のイメージするヒーロー像のひとつの到達点が表現されている。『剣豪将軍義輝』が刊行されたのが一九九五年。それから一五年の歳月が経っている。おそらく作者はこの間、『海王』の構想を、戦国時代という特性と〝海〟とを基軸に据えて、発酵させてきたのであろう。切れのいい文体と立ち合い場面の凄味《すごみ》は作家的成長を物語っており、柴錬活劇の集大成ともいうべき『運命峠』を想起させた。それは、作者が『ふたり道三』『風魔』に続く『海王』で伝奇小説の高みを極めたことの証左である。

だいぶ宮本昌孝論で紙片を費《ついや》してしまったが、本題に入ろう。なぜ、『紅蓮の狼』が作者を知る上で恰好の素材なのか。

作者は戦国時代を題材として好んで取り上げてきた。それが『ふたり道三』『風魔』『海王』の三つの大長編に結実するわけだが、その発酵過程で戦国時代を固有のアプローチで中短編として描いている。『春風仇討行』や『尼首二十万石』に収められた戦国ものがそうであるが、なかでも本書は、作者にヒントを与えたであろう場面と多数出会うことができる、というのがその主な理由である。

本書『紅蓮の狼』には、「そちほどの勇婦列女は二人とおるまい」と織田信長ほどの武将を感嘆させせた主人公勝子の凛々しい生きざまを描いた「白日の鹿」、秀吉に「会いとうて会いとうて、たまらなんだぞ、甲斐姫」と言わしめた破天荒な甲斐姫の行状記を、忍城《おし》攻防を軸に展開させる「紅蓮の狼」、そして、徳川家康の甥にして、のちには後北条家を継ぐ保科久太郎の生涯を描くことで、後北条家は滅びたとしても〝血〟は争えぬことを確認する「青嵐の馬」の三編の中編が収められている。

つまり、信長、秀吉、家康といった覇業に生涯をかけた三巨人を脇役に据えたところに本書のユニークさがある。どういうことかというと、作者の意図は三巨人のもつ呪縛、すなわち時代的制約から魂の自由を守り抜いた人物を描くことにあったからである。三人の生きざまには作者の考える戦国時代が投影されている。これが『ふたり道三』以後の作品の登場人物に、新たな生命を吹き込んだのである。

もう少し具体的な事例を述べよう。「白日の鹿」の次の文章に注目して欲しい。

《義竜というのは、実は道三の胤《たね》ではなく、道三に追放された最後の美濃守護土岐頼芸《よりなり》が、愛妾の深芳野《みよしの》に産ませた子であった。そのため義竜は、道三を滅ぼすとき、斎藤氏の家紋の二頭立波を用いず、土岐氏の桔梗紋を旗印とした。》

ここで作者が披瀝《ひれき》している〝道三の胤ではなく〟というのは、そういった説があることは事実だが、確証あってのことではない。あえて作者がそう明言したところに意味がある。これが『ふたり道三』の発想の基本となったことは想像に難くない。

「紅蓮の狼」にも次のような場面がある。

《甲斐姫は、振り向きもせず、背後に迫った人影へ叱咤をとばした。

ほうっ、という溜め息が聞こえた。それでようやく人影へ向き直った甲斐姫は、対手の巨大さに眼を瞠《みは》った。

身の丈七尺はあろう。尖った巨大な頭、逆さまに裂けたような双眼、高き鼻梁、突っ立ったひげ、牙と見紛う歯、いずれをとっても人間とは思われぬ。

「成田家のご息女、甲斐姫どのとお見受け仕った」

低い声で吐き出した言葉と一緒に、臭い息が漂った。生肉の臭いだ。甲斐姫の肌は粟立つ。

「何者じゃ」

「風魔小太郎と申す」》

この小太郎の描写が、『風魔』では次のような描写となっている。冒頭の小太郎登場の場面である。


《ひらひらと降ってきた葉が数枚、小太郎の足もとに落ちた。

魁偉《かいい》、というほかあるまい。

とてつもない巨人であった。小太郎の身の丈、風穴の口の径に達する。紐を左肩にかけまわして、右腰から垂らした革の袋も、小太郎の巨軀に比せば、さしたる大きさに見えぬが、実際には、龍姫の躰を収められるであろうほどの大袋であった。

いたずらに巨《おお》きいだけの体軀でないことも、筒袖より突き出る陽《ひ》に灼けた双腕の見事さから察せられる。革の胴衣と軽衫《かるさん》の下に一領、堅固な筋肉の鎧を着けているに違いない。

最もおどろくべきは、その異相であろう。茶色がかった毛、長い頭、深い眼窩《がんか》と黒燿石のような玻璃《はり》光沢に富む双眸、高い鼻梁、両頬に深く切れ込む唇。南蛮人と見紛うばかりではないか。》

こうやって比較すると、作者がイメージをどうふくらませてきたかがよくわかる。

実は、もうひとつ本書を強力に推す理由がある。表題作の「紅蓮の狼」は、甲斐姫の人物造形、展開の面白さ等、短中編の名手である作者の作品群のなかでも群を抜いた出来映《できばえ》となっているのだ。

加えて作品の舞台となっている忍城の攻防は、多くの作家が手がけている。山田風太郎『風来忍法帖』（講談社文庫）、風野真知雄『水の城』（祥伝社文庫）、近衛龍春『忍城の姫武者』（全二巻、ぶんか社文庫）、東郷隆「忍城の美女」（『女甲冑録』所収、文藝春秋）等の作品があるが、特に最近は、新人・和田竜の『のぼうの城』（小学館）がベストセラーとなったため、脚光を浴びることになった。同作品と読み較べてみるのも一興である。

とはいえ三編共、作者の持ち味ともいうべき爽やかさに満ちている。ご堪能下さい。

（本書は、平成十三年五月に文春文庫から刊行された『青嵐の馬』を改題したものです）

紅蓮の狼

一〇〇字書評

切り取り線

購買動機（新聞、雑誌名を記入するか、あるいは○をつけてください）	
□（　　　　　　　　　　）の広告を見て	
□（　　　　　　　　　　）の書評を見て	
□ 知人のすすめで	□ タイトルに惹かれて
□ カバーがよかったから	□ 内容が面白そうだから
□ 好きな作家だから	□ 好きな分野の本だから

●最近、最も感銘を受けた作品名をお書きください

●あなたのお好きな作家名をお書きください

●その他、ご要望がありましたらお書きください

住所	〒				
氏名		職業		年齢	
Eメール	※携帯には配信できません		新刊情報等のメール配信を希望する・しない		

あなたにお願い

この本の感想を、編集部までお寄せいただけたらありがたく存じます。今後の企画の参考にさせていただきます。Eメールでも結構です。

いただいた「一〇〇字書評」は、新聞・雑誌等に紹介させていただくことがあります。その場合はお礼として特製図書カードを差し上げます。

前ページの原稿用紙に書評をお書きの上、切り取り、左記までお送り下さい。宛先の住所は不要です。

なお、ご記入いただいたお名前、ご住所等は、書評紹介の事前了解、謝礼のお届けのためだけに利用し、そのほかの目的のために利用することはありません。

〒一〇一―八七〇一
祥伝社文庫編集長　加藤　淳
☎〇三（三二六五）二〇八〇
bunko@shodensha.co.jp

祥伝社ホームページの「ブックレビュー」からも、書き込めます。
http://www.shodensha.co.jp/bookreview/

祥伝社文庫

上質のエンターテインメントを！　珠玉のエスプリを！

祥伝社文庫は創刊15周年を迎える2000年を機に、ここに新たな宣言をいたします。いつの世にも変わらない価値観、つまり「豊かな心」「深い知恵」「大きな楽しみ」に満ちた作品を厳選し、次代を拓く書下ろし作品を大胆に起用し、読者の皆様の心に響く文庫を目指します。どうぞご意見、ご希望を編集部までお寄せくださるよう、お願いいたします。

2000年1月1日　　祥伝社文庫編集部

紅蓮《ぐれん》の狼《おおかみ》　時代小説

平成22年2月20日　初版第1刷発行

著者　宮《みや》本《もと》昌《まさ》孝《たか》

発行者　竹内和芳

発行所　祥《しょう》伝《でん》社《しゃ》

東京都千代田区神田神保町3-6-5

九段尚学ビル　〒101-8701

☎03（3265）2081（販売部）

☎03（3265）2080（編集部）

☎03（3265）3622（業務部）

印刷所　萩原印刷

製本所　積信堂

ISBN978-4-396-33555-7　C0193

祥伝社のホームページ・http://www.shodensha.co.jp/

祥伝社文庫

宮本昌孝　陣借り平助

将軍義輝をして「百万石に値する」と言わしめた平助の戦ぶりを清冽に描く、一大戦国ロマン。

宮本昌孝　風魔（上）

血沸き肉躍る大傑作！　戦国の強者を震撼させた天下一の忍び、風魔小太郎の生涯を描く迫力の時代巨編。

宮本昌孝　風魔（中）

自由のみを求め隠棲する小太郎を狙う秀吉、家康。乱世再来を望む曲者も入り乱れ、時代は風雲急を告げる。

宮本昌孝　風魔（下）

小太郎に迫る最後の刺客・柳生又右衛門。剣の極意と徒手空拳の絶技が箱根山塊で激突！　堂々の完結編。

火坂雅志　虎の城（上）乱世疾風編

文芸評論家・菊池仁氏絶賛！　戦国動乱の最中、青年・藤堂高虎は、立身出世の夢を抱いていた…。

火坂雅志　虎の城（下）智将咆哮編

大名に出世を遂げた藤堂高虎は家康に見込まれ、徳川幕閣に参加する。武勇と智略を兼ね備えた高虎は関ヶ原へ！

祥伝社文庫

火坂雅志　武者の習《ならい》

父子の確執、主君への忠誠、弱者への情け――武士の精神を極めた男たちの生き様を描いた傑作時代小説。

山本一力　大川わたり

「二十両をけえし終わるまでは、大川を渡るんじゃねえ…」博徒親分と約束した銀次。ところが…。

山本一力　深川駕籠《かご》

駕籠《かご》舁《か》き・新太郎は飛脚、鳶といった三人の男と深川から高輪の往復で足の速さを競うことに―。

山本一力　深川駕籠　お神酒《みき》徳利

涙と笑いを運ぶ、若き駕籠舁《か》き！深川の新太郎と尚平。好評「深川駕籠」シリーズ、待望の第二弾！

山本兼一　白鷹伝《はくようでん》

浅井家鷹匠小林家次が目撃した伝説の白鷹「からくつわ」が彼の人生を変えた…。鷹匠の生涯を描く大作！

山本兼一　弾正の鷹

信長の首を獲る。死する定めの刺客たちの最後の愛とは…。直木賞作家の原点を収録した、傑作時代小説集。

祥伝社文庫

風野真知雄　新装版 幻の城 大坂夏の陣異聞

敗色濃厚な大坂の陣。「もし、あの方がいたなら…」真田幸村は十勇士に奇策を命じた！

坂岡　真　のうらく侍

やる気のない与力が〝正義〟に目覚めた！　無気力無能の「のうらく者」が剣客として再び立ち上がる。

坂岡　真　百石手鼻 のうらく侍御用箱

愚直に生きる百石侍。のうらく者・桃之進が魅せられたその男とは。正義の剣で悪を討つ。傑作時代小説、第二弾！

木村友馨　御赦《おゆる》し同心

閑職に左遷された元定廻り伊刈藤四郎。だが正義の心抑えがたく、大物に一直線に立ち向かう。熱血時代小説。

藤原緋沙子　梅灯り 橋廻り同心・平七郎控

生き別れた母を探し求める少年僧に危機が！　平七郎の人情裁きや、いかに！

藤原緋沙子　麦湯の女 橋廻り同心・平七郎控

「命に代えても申しません」自らを犠牲にしてまで犯人を庇う娘のひたむきな想いとは……。待望の第九弾。

祥伝社文庫・黄金文庫　今月の新刊

西村京太郎　しまなみ海道追跡ルート
白昼の誘拐。爆破予告。十津川を挑発する狙いとは!?

梓林太郎　黒部川殺人事件　立山アルペンルート
絶景の立山・黒部で繰り広げられる傑作旅情ミステリー

南　英男　立件不能
証拠不十分。しかし執念で真犯人を追いつめる——

渡辺裕之　死線の魔物　傭兵代理店
最強の傭兵と最強の北朝鮮工作部隊が対峙する!

西川　司　刑事の十字架
警察小説の新星誕生!　熟年刑事が背負う宿命とは…

神崎京介　貪欲ノ冒険
絶頂の瞬間、躯が入れ替わった男女の新しい愉楽!

宮本昌孝　紅《ぐ》蓮《れん》の狼
美しく強き姫武者と彼女を支えた女たちの忍城攻防戦

小杉健治　向島心中　風烈廻り与力・青柳剣一郎
遊女と藩士の情死に秘められた驚くべき陰謀とは!?

秋山慶彦　濁り首　虚空念流免許皆伝
田沼意次を仇と狙いながら時代に翻弄される一人の剣客

岳　真也　麻布むじな屋敷　湯屋守り源三郎捕物控
連続殺人の犠牲者に共通するのは「むじな」の入れ墨?

高野　澄　奈良1300年の謎
「平城」の都は遷都以前から常に歴史の表舞台だった

大村大次郎　図解　給与所得者のための10万円得する超節約術
知ってるだけでこうも違う裏技を税金のプロが大公開

宋　文洲　ここが変だよ　日本の管理職
管理職の意識改革で効率は驚異的にアップする

金　文学　愛と欲望の中国四〇〇〇年史
中国の歴史は夜に作られ、発展の源は好色にあった!